漂々三国留学記

旅山端人
Tanjin Tabiyama

文芸社

この書を　亡き母に捧げる

目次

ロ　シ　ヤ
ウラジオストック

Россия——Владивосток

1994. 4 ～ 1995. 1

旅山端人：ウラジオストック旧駅舎

一、ロシヤの春

三日前までは――サラリーマンであった。

いま、ぼくはロシヤに住む。ロシヤはウラジオストック、極東大学、略称ДВГУ（デヴェゲウ）附属ロシヤ語学校の留学生なのだ。

寒い。と言っても四月。ここにも確実に春は訪れている。一日寒ければ、翌日は暖かい。なによりも街が白くあかるく、日が長くなる。

一九九四年四月三日、一五時三〇分。アエロフロートのジェット機は加速するとともにわずか一〇秒で新潟空港の滑走路を蹴るようにして離陸した。まるでスクランブルだ。そしてこの時点から、ぼくは〝ロシヤに入国した〟と自覚した。でも、しばらくは本州沿いに北上するのであろう。それから一時間、雲上からふたたび下降して、家が一軒だけという緑の山々の視界を目にしたときには、〝日本もまだゆっくり住める余裕があるものだ〟とのん気に構えていたものだ。だが、これが誤りということはすぐ判った。着陸態勢に移り、降りたところは背の高い枯れ草の生い茂る空港――ウラジオストック空港だった。時は一六時五一分、現地時間に腕時計を直して一八時五一分——ロシヤはこんなにも近かった。さっき、眼下にしていたものは沿海州だったのだろう。

ここでひとつ問題がある。日本から西に向かいながら、なぜ時差が二時間早くなるのか。一時間は夏時間の採用によるものとわかったが、それでも一時間早い。これはぼくを悩ます宿題となった。答が出るまでしばらく時間がかかった。だから、読者もちょっと待ってほしい。

大きなトランクの荷物を受けとると、ぼくは円からルーブルへなにがしかの両替をすませ、ゆっくり外へ出た。こちらが探すより先にДВГУの事務長ロマノフ氏がぼくを見つけてくれた。実は昨年の夏、ぼくは外国人への開放まもないウラジオストックを見ようとツアーでやって来て、このとき旅程の一部をカットして極東大学の下見をし、事務長とも会っていた。このときはアントニーナ・ネジダーノワ号という船に乗っての船旅での入港だった。すでにДВГУへの留学を決めていたわけではないが、その後ロシヤの他大学との連絡がわるく、FAXを使って当日ないし三日以内に返事が来る便利のよさからДВГУに決まっていった。ロマノフ氏が英語の達人でもあったので、その辺はテキパキ運んでいたことにも因る。

学校所有のトヨタのバンが待っていた。なんと飛行中ぼくの周辺にいた若い人たち七、八人がすでに乗っていたのだ。ぼくはそのときクラス分け試験にそなえて教材を通読しながら、すこしは隣の若者とも話をしたのだが、まさか皆ДВГУ入りとは思いもよらなかった。

オブシェジーチェ（留学生寮）へ着いたときにはさすがに暗くなっていた。大きな黒い犬が一階の窓から首を出して吠えたてていたのが、最初の〝歓迎〟であった。寮といっても十階以上ある集合住宅の三、四階を借りきって使っている感じで、一、二階は既婚の学生や学校関係者、五階以上は一般のロシヤ人学生が占めていた。エレベーターもないので、荷物揚げに奮闘しなければならない。それまで運転してきた若いロシヤ人運転手が、得たりやとばかりに手伝ってくれた。物凄く強靭な体の持ち主で、指一本か二本をトランクの取っ手に引っ掛け両手に下げて、二段とびで階段を一気にかけ上がる。もしかすると、あの指使いは軍事教練で銃の引き金を引くとき鍛えたなごりかもしれない。

部屋に入る。コンクリートの打ち放しで、窓は小窓を除いて密閉されている。天井はかなり高い。ベッドが一台、机、入り口そばには電熱器とオーブン、バスタブとトイレ、そして洗面台となっている。ガスではなく電熱を使うのは、これだけ密閉されていれば安全上当然であろう。ただ全般にレイアウトが悪く、とても動線上に必要なものが並んでいるわけではない。コンセントも少なく、繋ぐとコードが通路をまたがることもしばしばだった。水の供給は手洗いも、炊事も洗面台一個所のみ。しかし、最初から自炊ができるようになっていることはありがたい。オーブンなんか過分ですらある。知識さえあれば、トリのローストから菓子作りまでできるはずである。ただ油炒めや魚焼きは廊下側のドアを開けるということになり、そのせいかいろんな臭いが立ちこもっている。

もうひとつ。この種の寮ではなぜか便座が壊れているものだ、ということをぼくは発見した。

大分あとでわかったことだが、そのわけは詰まるのを避けるために朝顔の形が急になっており、そのため事の最中に汚水がはねる。それを嫌って両脚で便器に上ってしゃがもうとする者がいて、特に大男がそれをやるとき片足ずつ上るさいに片荷重になってジョイントが破壊されてしまうのだそうだ。

それから鍵を二個もらった。

このビルに入るにはまず入り口に関所があり、これは留学生以外の住人が交替で二人ずつ当たっている。そこを抜けても二階まですぐ上れなくて、一旦一階廊下を全部通りぬけ、二階に上がり、また廊下をバックして階段を上ると三階の扉に出くわす。この扉は堅固な造りで、ブリキを貼ってあって、一つの鍵はこれを開けるために使う。だから上の階の住人もこの区画には入れない。三階の扉を入ると、すぐ脇にアドミニストラトール（舎監）の部屋があって、廊下が奥まで続き、そこの一つ一つが各人の部屋で、ここで小さい鍵を使う。治安状態が悪いから、たとえ学生の宿舎であってもこれだけの対策が必要なのだ。

それにしても今夜の食事はどうなるのだろうと思っていたら、学校側も良くしたもので、パン二切れ、サラミ、チーズ、バター、ロシヤ風ケーキ、ゆでタマゴ二個、ジュース一本とえらく偏った組み合わせではあるが、各人にセットで配ってくれた。これで助かった。ぼくは明日のクラス分け試験に備えて、一部を朝食用に残して食べた。この処置は正解だった。この夜は、荷解きもそこそこに、ベッドにもぐりこんで眠りにつく。

翌日、午前一〇時よりクラス分け試験。住居ビルの裏側に一連の教室と事務室があり、そこがぼくらの学校だった。三分とかからない。つめかけていた各国の留学生は六〇人もいたか。筆記一時間。そのあと口試。ぼくの傍に少女が黙って座っていた。アジア系だが、どうも日本人ではなさそうだ。ぼくは声をかけた。

「どこから来たの」

「ベトナムです」

ぼくはとても驚いた。はじめて接するベトナム人だ。ほかにベトナム人はいるか、と聞くと、彼女一人であることがわかった。高校を卒業して当市にやってきて、いま一八歳ということも話してくれた。こんな若くて、不安も多かろう。大事にしてやらねば、と思った。しかし、なんともいえぬ新鮮さにこころを洗われていた。名前を「タン」と言った。

その日は昼食のあと街案内があった。マイクロバスが二台やってきて、それぞれに日本語と韓国語の説明役がついてくれた。これでわかったことは、ウラジオの街は基本的に〝カネ尺〟のような形をしていて、短い一本がわれわれの住まいに通じるアレウツカヤ通り、長い方のもう一本が街路樹の美しいスベトランスカヤ通りとなっていて、カネ尺の直角部にだだっ広い中央広場、シベリア鉄道の終点ウラジオストック駅——この駅は改装中で黄褐色に塗装されていたが、ぼくは以前見たモスグリーンの駅舎が気に入っていた——、ウラジオストック港がまとまってあるという、きわめてわかりやすい形をなしているということだ。しかし、ここは港町。

当然ながら坂が多いから細部は探索の余地がある。ДВГУも、われわれの寮のある建物と向き合って、広場を介して大きな建物群を形成しているほかに、物理学部などまた別に街中に散在していることもわかった。またスターリンが東洋学部を疑って、KGBに教授や学生を拷問させたという、現代史の生々しい一端も聞かされた。

このあと、いそいそと買い物。スパゲッティ、砂糖とインスタントコーヒー、それにトマト一キロ——とくにトマトは野菜不足が案じられたので急いでいたものだ。翌日は、追加してニンジン、トリ肉は買えたが、ジャガイモ、パンは入手できず、ほかに石鹸とスリッパで計七〇〇円相当。結局、パンを入手できるまでに三日かかった。

この日、もうひとつ吃驚することがあった。ロシヤ側が留学生ひとりにつき三万一〇〇〇ルーブルのスチュペンディア（奨学金）を毎月出すから取りにこいというのだ。学校にそんな余裕があると思えないし、どうしてそこまでやってくれるのか、恐縮してしまった。ずっと後でわかったことだが、当時のロシヤの最低年金は月額三万四四四〇ルーブルだったのだ。

クラスは初級後期と決まった。ぼくは上級の文法をナめたことはあるが、今回は初級から学んでみようと希望を出していたので、その通りとなった。韓国のサンジン、日本のタケオ、クニミツ、ぼく、それになんとベトナムのタンも一緒だった。たった五人の贅沢なスタート、机は横一列である。最初のレッスンはイリーナ先生という、おしゃれな、うりざね顔でメガネ美人のにこやかで、やさしい先生であった。「カク　ヴァス　ザヴート?」（お名前は）、「スコー

リコ　ヴァーム　リェト?」（おいくつですか）、「シトー　ヴィ　パ　プロフェッシー?」（ご職業は）などの質問を相互にして答えるという基本練習。それから、各人がロシヤ人の名前をつけ、レッスンを活性化しようというイリーナ先生の提案があり、すったもんだのあげく、タケオはエフゲニー・セバスチアン、クニミツはイリヤ・ポポフ、サンジンはニキタ・ゲラシーモフ、タンはゾーヤ・ミレニーナ、そしてぼくはアントン・ビクトロビッチという勇ましい名前を選んだ。こうして毎日午前のみ三時間のロシヤ語レッスンは始まった。

　レッスンが終わると、ぼくらは寮の真ん前にあるスタローバヤ（食堂）に直行する。クラスメイト同士が同じテーブルについて、お喋りしながら食事をとるのは楽しい日課であった。メインは牛肉とジャガイモの煮込みで、ほかに魚を取ることもできた。ただし緑葉野菜は街でもここでも見かけることはなく、したがってサラダのようなものはない。市価の半値くらい、まあ一五〇〇～一七〇〇ルーブル（一〇〇円）もあれば一食がすんでしまうという格安さであるが、あまりきれいではないというのが玉に傷であった。というのは、野良犬が自由に入り口から入ってきて、残飯を漁り、揚げ句の果てに〝落とし物〟までして立ち去るのだが、従業員は終業まで片づけようとしない。片づけるときも、塵とりで取って、サトイモみたいな観葉植物の植えてある区画に放りこむだけで、埋めたりしないのだ。ぼくらもそれは最初は顰蹙《ひんしゅく》の顔をたがいに見合わせたりしたものだが、そのうちに〝こんなことでいじいじしていたら、ロシヤでは生きていけない〟と開き直るようになった。あの衛生過剰な日本女性のほうが、かえって慣れるのが早いくらいだ。

ところが、である。「スタローバヤはロシヤ人学生も利用したがらない」という話をクニミツことイリヤ・ポポフがもたらしたのだ。彼は高校時代からロシヤ語を専攻し、本科のロシヤ人学生に友人がいた。道理で学内唯一の食堂なのに、あまりここで食べている学生を見かけないわけだ。ロシヤ人はこういうことに無神経かと思っていたら、そうではなかったのである。ほとんどが部屋に帰って食べるという。むしろ問題はそういうことの改善を要求する自治活動がないらしいことだ。

腹が満たされると、大抵の者は昼寝する。街へ出ても昼休みで食料品店は閉まっているからだ。だいたい三時ころから行動を開始する。ぼくは両方で一・六キロあるドタ靴を好んで履いて出かける。このほうが歩行が安定しているのだ。街をさまよう要領は、知っている点から知らない点へと結びつけるようにすることだ。ウラジオストックは歩くのに手頃な規模の都市で、疲れれば電車もバスもトロリーバスもあるが、これらや市内電話はタダ。社会主義から引き継いだもののなかには、こうしたありがたいものもあるが、電話などは軍港時代の余波で普及がひどく低く、大学の先生でも持っていないことがよくある。市内電車は窓が汚れているが、港町特有の急坂を一気に登るところを見ると、余程強力なモーターを備えているにちがいない。電車もバスも運転手は中年の女性が主流。男が運転するのはトラックやシベリア鉄道だ。

ぼくが日課のようにして行く向かい先は、アレウツカヤ通りを過ぎて、ツェントル（中央地区）を越え、メインストリートのスベトランスカヤ通りを遡ることだった。スベトランスカヤ通りは一五メートルを超えるトーポリ、ニレなどの街路樹が天を覆い、その枝ぶりは美しい。建物の並びもいいし、よく見ると一軒一軒坂の地形に合わせてレベルをとらなくてはならない。ぼくはモスクワに行ったことがあるが、モスクワは針葉樹が多いという印象だった。それに建物でもモスクワ大学やウクライナホテルのように、一本だけ至上のものとするようなソビエト式尖塔のゴシック様式がいくつかあり、権威好きのスターリンの意図を表したもののようだが、ぼくはあれが好きでなかった。それに反して、ウラジオストックにはあの様式はまずない。誰が設計したのか。シベリア鉄道の両端を対照的な景観にしたなんて、洒落《しゃれ》ているではないか。もしかすると反体制の人々かもしれない。そしたらフルシチョフ時代に建てられたものが沢山ある、と聞いた。しかし、グム百貨店のように前々世紀から伝えられたものを、内装だけ変えながら使っているものもある。

わずかな日射しがあれば、子供を外に連れだすのが目につく。ロシヤ人の幼児はとても小さく、いわば〝小さく産んで、大きく育てよう〟の典型のようだ。並んで歩くと、子供は親の四分の一くらいの背丈に見えるから、話すときは大人は膝をしっかり折って子供と同じ目線になって話をする。では、いつごろから大きくなるのかというと、一四歳くらいから一七歳くらいが伸び盛りのようで、まるでアメを引き伸ばすようにあの足の長いロシヤの成人になっていく。

帰り道はもっぱら買い物である。ガストロノームと呼ぶ店がある。「ガストロ」とは〝胃〟にかかわることで、肉やソーセージ、魚、缶詰、調味料、酒などを売っているが、いかにもうまそうな響きがある。あるときは、混んだこの店のなかで日本人の女子学生が立ち話していたら、ロシヤ人のおばあちゃんに荷物を頼まれたことがあった。列に並ぶためだが、ロシヤ人はみな忙しそうにしているし、信用していなかったら頼みはしなかったろう。

いま、ロシヤでは実にさまざまな形態の商店がある。まず、ひとつのビルのなかにいくつもの商店がはいっている例。これは一般的だ。つぎにひとつのビルがそのままひとつの商店になっている例。衣料品店が多いが、書店や青物屋もある。レストランはほとんどこれ。ビルには大きいのも小さいのもある。ここまではどこの国にもあるようなものだが、あとは違う。

まず、プロムナードに沿って建てられたキオスクと呼ばれる簡易商店がある。通常、四角形または六角形のプラスチックとアルミの檻のような売店である。裏側の、人がひとり入れる扉を除いては、全面がショーウィンドウになっているから、衣類のようなものは吊るし、ガムとかライターとかボールペンなどありとあらゆる小間物をカウンターに置いている。どの店に掘り出し物があるかわからないから、客は一軒一軒見てまわることになる。

つぎに木箱や敷物を置いただけの〝店〟がある。たいていジャガイモとかバナナとか釣ってきた魚とかカーネーションとか古本とか、単品を扱っている。どういうルートで入手したものだかわからないが、物さえあれば誰でも商売に参入できるということだ。例えば、ロシヤ特有のダーチャ（別荘）で穫れたものに余裕があれば、こうした形で売ることができる。ただ、ロシヤ人はあまり商人に向いていない国民性であるらしく、店番が商売そっちのけで分厚い書物を読んでいたりしている。さすが文学の国である。

区画をきめて集合的な販売をすすめるものとして、ルイノクとバザールがある。大抵は野菜、果物、花など青果物が中心だが、ときには肉、電気部品、衣料品などを対象としていることもある。ルイノクは同じような台を何列か並べて、おじさん、おばさんが呼びこんでいる。屋根があるのとないのとあるが、常時開設されているものだ。これに対して、月の特定日を限って広場を借りきり各地から売り手が集まって売るのがバザールだ。トラックなどで駆けつけるのが多いところからみると、大口の生産者や輸入業者で占められているのではないかと思う。安く、まとめ買いするのに便利で、当日は賑わう。

ロシヤの物価の現状はどうだろうか。ことわってないものは一キロあたり。

ジャガイモ七〇〇ルーブル（四二円）――価格単位以下同、トマト三五〇〇（二一〇）、キャベツ一個一五〇〇（九〇）、リンゴ三三〇〇（一九八）、カラフトマス中一尾二九〇〇（一七四）、ブタ肉八〇〇〇（四八〇）、コメ六〇〇～一二〇〇（三六～七二）、チーズ六〇〇〇以上（三六〇以上）、砂糖二〇〇〇（一二〇）、ウォトカ四〇〇〇（二四〇）、バラの花一本六〇〇〇（三六〇）、冬ズボン一着三万五〇〇〇（二一〇〇）、……。

ぼくが行ったころはこんなものだったが、貨幣価値がどんどん下がっているから物価はその後さらに高くなっているものと思う。当時、英字紙で読んだのだが、沿海州の平均所得は一二万ルーブルとあった。やはり生活は食べるだけでも大変だ。まして花のプレゼントなんかしていたら、痩せてしまうところだろう。その後一九九八年に、一〇〇〇旧ルーブルを一新ルーブルに換算したデノミネーション前のことだ。

ツェントル（中央地区）屈指の美術商はアルトエタジュ。そこは前年のツアーでも立ち寄ったところであり、女社長とも懇意にして雑談したり画家の紹介をしてもらったりしていた。ある日、そこを出て裏手に回ったところで、クレドバンクという銀行をみつけた。これはぼくの長期留学を安定させる一大発見となったものだ。なぜならトラベラーズチェックからルーブルへの換金とか、クレジットカードをパスポートと照合してルーブルの引き出しが可能になったからである。安全面でも、外側と内側にガードマンが立ち、カウンターにひとりひとり通される仕組み。担当の女事務員は大柄な美人であるが、寡黙で内に秘めたような色気があり、微笑を絶やさず、仕事は適確であった。ロシヤでは駅や郵便局の窓口は非能率で、列で並んでいるのに突如時間がきたと窓口を閉じたり、大きな舌をだして切手を舐めてべたべた貼ったりいらぬことをするから、ときには日本の窓口の一〇分の一くらいの能率の悪さをさらけ出す。しかし、クレドバンクやアエロフロートの窓口は、さすがにちゃんとしている。そのうちに、ぼくは銀行にとってぼくら留学生が上客であることに気がついた。いま、ロシヤ人はすこし稼ぎに余裕がでると、ドルに替えて蓄財し、そのドルは持っていさえすれば確実に値上がりする。ときにはドルが足りなくて、ドルの到着まで銀行の前に客が列をなして待っていることすらある。だから、ぼくらが行くと、「どうぞお先に」ということになる。たとえ二〇ドルでも、ドルからルーブルに換金するおめでたい客なんて、何十人に一人あるもんじゃない。

ニレなどの街路樹は、一カ月もすると、葉が縦も横も二倍くらいに成長した。

街を歩くと言っても、ウラジオストックはロシヤでも有数の〝危険な街〟であることには変わりはない。そこでぼくは最初から、安全確保のための鉄則を自分に課していた。一、暗くなっても帰宅できないようなことを、絶対しない。二、なるべく、カネのなさそうな恰好をして歩く。日本から、スキー宿でストーブに近づきすぎて穴をあけてしまったスキーウェアを持ってきていて、それを着ていた。また、不精ひげを生やしていたが、どうも鼻下の髭は汚らしいと感じてからは、あごひげだけを伸ばしていた。そしたら日本人を脱して中国人ぽくなってきた。

ところでロシヤ人は物不足に追われてきたない姿をしているのでないかと思われがちだが、これは誤解だとわかった。洗濯機が十分普及していなくても、水は豊富なのか、いつもきれいにして小ざっぱりした服装をしている。あるとき、いかにもみすぼらしい木造の家々を道路側から見下ろしていたら、その一軒からあざやかなブルーのコートを着た外出姿のお嬢さんが出てきたのには絶句した。たしかにトイレにはひどいのがある。しかし、これは低温で凍結して水洗が効かなくなるという宿命にもあるようだ。街でリヤカーに載せた台の上で袋詰めのクッキーを売っていたことがあった。ぼくはプラパックに入れたクッキーをちょっと品定めして戻したら、次に来たロシヤ人男性が買うときその袋を渡された。そしたら彼はそっと戻して、わざわざ下の方のヤツを抜いて持っていった。奇麗好きかというと、ご本人はあまり自分では手を洗ったりしないようなところもある。

意外だったのは、この地方のロシヤ人は中国人に偏見をもっていることだ。ウラジオには中国人が四〇〇〇人ぐらい住んでいるそうで、ロシヤ人のやりたがらない建設業には中国東北部から出稼ぎに来ている人たちが多い。ちなみに日本人は九〇人に過ぎない。この人たちにせよ、衣類の露店商にせよ、外の仕事だから顔も着ている服装もきれいというわけにはいかない。しかし、建設現場での仕事ぶりはテキパキしているし、現場での煉瓦積みや板金加工の仕事なんか、しっかりしているとぼくの目には映った。悪感情の因は露天商から買った衣類を洗ったらいっぺんに色落ちしたとか、店主が発注して届いた商品を開けてみたら、石がはいっていたとか、要するに一部中国人に騙された経験とかそれに類する噂を根にもっていて、それをまた外見に結びつけているようである。

ぼくがあまりうまく中国人に変装したもんだから、ゆき過ぎてトバッチリを受けたこともあった。学校のすぐ裏にパン、菓子、惣菜を売っている店がある。その店のおばさんがなぜか最初からぼくに悪感情を露骨にしていた。だいぶ経ってから、おばさんが「このキターイ」とつぶやいたことからわかったのだ。キターイとは〝中国人〟のこと。このときはロシヤ人の女子学生が助太刀してくれて、「キターイでないの。ヤポンなの」と言ってくれた。ぼく以外にも、肩幅の広いB君が、ロシヤ人のあまり着ない黄土色のアノラックを着てトランバーイ（市電）に乗ったら、いきなりツバをかけられたということがあった。

中国東北部の人はしばしば縦も横も大柄で、これはロシヤ人も大柄なのと一致するが、ぼくはこのことを中国東北部からロシヤ大陸にかけて、土壌にカルシウムが多いのではないかと仮説を立てている。しかし、これについてまだ手頃な文献を見つけていない。でも、中国にゆとりができるとともに、こういう感情は変わっていくのだろう。

さて、安全の話に戻ろう。

なるべく標的にされない恰好を、というぼくもすべてうまく行ったわけではない。一番最初に遭った経験は、来ロ数日目にして夕方であったが、寮に通じる砂利道を帰るとき、ロシヤ人の若者に「一〇〇〇ルーブルよこせ」と手を出されたこと。この男は、たしかルノワールの絵にあったと思うが、白に黒の太いタテ縞のある上衣を着ていた。ぼくはとっさに「ダー、ダー」(よしわかった)とか言って、なにか出す振りをして踵を返し、ちょっと戻って別な道を小走りに走って寮に駆けこみ、難を逃れた。もうこのときには、寮へ通じる路が何通りあるか研究してあったのだ。まず中心街へは、ダイレクトにマルスコイ(港)に通じるパルチザン通り、電車道のあるアレウツカヤ通り、そして海岸通りの三本がある。一方、これに通じる寮からの路は、さっき声をかけられたДВГУの青い図書館へ出る砂利道、低い民家のある裏道、丘を登って電車道へ出る小径とこれも三本ある。組み合わせれば九通りあることになるのだ。

この砂利道は人通りも多いのに、のちにもう一度〝危ないな〟と予感したことがあった。午後のまだ明るい時間だが、ぼくが歩く。道の反対側に二人のロシヤ人がこそこそと話している。そしてどうもツけているようなのだ。そのときぼくが採った対抗策は、まずワザとゆっくり歩いて様子をみたのだ。それに歩調を合わせるようだったら〝これは怪しい〟とみる。つぎに逆に速度を上げて歩く。これも相手が同調してきたら危ない。大分離れたところで一気に走り去れば、まず追ってこない。ゆっくり歩くのは、走り去るときの力の貯えにもなる。ぼくはこれを総括して、こう考えた。〝ぼくらは草食獣、かれらは肉食獣〟。これが、前述の二つの鉄則に加えて、安全策三、だ。弱き草食獣が肉食獣から身を守るには、知恵袋を働かせるよりほかはない。

ところで、さきほど一〇〇〇ルーブル要求された話をしたが、帰ってよく考えてみると、一〇〇〇ルーブル＝六〇円ということになる。つまり、一九九四年のこの当時、一〇〇ルーブルが六円だったのだ。考えてみれば〝かわいいタカリ〟である。ぼくはクセになるからそれすらも回避したが、おかしくはある。日本人の女の子に話したら、「そ奴、もっと要求すればよかったのに」と怪しからぬ冗談をとばした。この〝ルノワールの縞服〟男を学校近くで再度見たことがある。このときは車のボンネットに腰をかけていた。まさか彼の車とは思わないが、仕事に就かないでブラブラしているのであろう。この程度は警察の対象にならないようだ。これ以外にも、街で「アチェツ、アチェツ」（お父さん、お父さん）と後ろから呼びとめられたことがあったが、言葉で応じないでぼくはどんどん行ってしまった。

これは教室でも話題になったところだが、〝辛いもの〟をめぐって先生と意見が対立した。ぼくらのクラスは日、韓、ベトナムとアジア系ばかりでスタートしたものだから、「辛いものが味わえないようでは、食べ物の旨さがわからないのではないか」という意見で一致していた。とりわけ韓国人のニキタ・ゲラシーモフは、いつもは病弱で元気がなかったのに、この問題については俄然元気がでて愛国者のように振る舞った。対立するロシヤ人の先生は「辛いものは苦手です」という。ロシヤ人は心身ともにがっしりしているから、イメージからすると辛いものが好きでも不思議でないのだが、ぼくはロシヤへ来てこれはまったく意外であった。逆に、甘いものは大変好きである。あるときなんか、スタローバヤの一角を占めるカッフェで、すらっとしたロシヤ人女子学生が五〇〇グラムもある蜜のべっとりついた菓子パンをジュースと一緒にとって昼食にしているのを見て、仰天してしまった。彼女はいまは細身だが、ああいう食事を続けていては良いはずがない、と余計なことを考えた。それに間食好きで、大抵の職場では午後三時すぎになるとクッキーをぼりぼり食べながらお喋りして仕事をしている。

そうは言っても、洋食としてのロシヤ料理は別な意味で旨い。ジャガイモ、牛肉をベースにことこと煮て味を出すが、塩分は控えめで、むしろ酸味などでバリアントにしているように思う。野菜は、ほかに玉葱、ニンジン、トマト、キュウリ、キャベツ、そしてロシヤ独特のものとしてスビョークラ（赤かぶ）がある。ボルシチの赤はスビョークラから煮だす。見てのとおり、青菜の類がまるでない。先生は、ロシヤの食卓もいまは流動的だという。外国からスパイス、ドレッシング、さまざまなソース類が自由にはいってきており、それに応じて試してみようという好奇心が主婦のあいだに芽生えているからだ。朝鮮族の人もかなり根づいており、ロシヤ人が辛いもののよさに気づくのも時間の問題だと、ぼくは思う。

ロシヤ人にかぎらず、どこの国にもどうしようもない〝甘党〟がいるという経験をした。寮で古い日本人学生が歓迎会をやってくれたとき、各人に一つずつ大きなトルト（ケーキ）が配られた。ぼくは先輩たちの話す、ロシヤに生きるいろんな知恵に耳を傾けながら、トルトは後の楽しみに手をつけずにいた。そしたら、横にいた太っちょの先輩が、もう我慢ならぬとばかりにぼくのトルトにつかみかかったのだ。

「なにをするんですか？　それはぼくのです」

「食べないのかと思ったよ」

どうやら甘いもの好きとは「いらないならください」と口に出すひまもないくらい、目にしたらヨダレが出て耐えられないものらしい。

寒い土地柄で、身体も大きいせいか、ロシヤ人の最大の生き甲斐は食べることと飲むことのように見受ける。食べることといえば、量がちがう。日曜日の昼下がり、街のカフェテリアに行ってみると身なりの貧しい男が昼食にロシヤ産のトリモモ三本載せた皿その他を取って食べている。いくら小ぶりといっても、ぼくなら一本どころか、昼に肉を食べることもない。ペレストロイカ以後、ロシヤの物不足が世界に伝えられ、〝ロシヤを救え〟という声が出かかったが、あの勢いで食べるとなると救うのもかなわない。これは自助努力で解決してもらわないと。余談だが、ロシヤは戦争でも補給の届かないようなところまで深追いするような馬鹿なことはしないような気がする。日本軍は〝現地調達〟と称して略奪したり、野生のものを当てにしたりした。それで評判を落とし、失敗もした。もっとも、略奪では、ロシヤ兵も有名だが。

酒はウォトカ、ブランデーなど、安くて、強くて、旨くて、後に残らない銘酒ぞろいだ。外国酒も自由化されているが、同じ棚に並べられても競争力ではロシヤ産に太刀打ちできない。それだけロシヤにとって自信のある分野だ。ロシヤから日本に帰るとき、税関でいちばんチェックされるのは酒類を余分に持っているかということ。七六〇ミリリットルで三本までしか無税で持ち帰れない。左党の留学生には、ロシヤは天国だろう。この国の人々は食べるのも、飲むのも底無しだから、日本人会でも経験者から「飲み負けするくらいなら、家に招待しないほうがいい」という忠告があった。いちど上がりこんだら、夜半になって冷蔵庫が空っぽになるまで腰を上げようとしない、のだそうだ。それで主婦が悲鳴をあげる。彼らがケチなのでなく、彼らも自分の家にひとを呼ぶときには、精一杯の歓待をするというのだが。

部屋にはロシヤ製のテレビが置いてある。映りは悪いが、ロシヤ人の関心を知るには役立つ。朝起きるとモスクワからオスタンキノテレビのリズム体操がとびこんでくる。これはぼくがとても気に入っていた番組で、軽快な音楽に合わせて各年代のスタイルのよい男女が舞うように動きまわるのである。その動きは放射状に散ったり、回るようにして戻ったり、いわば〝無秩序の美〟のようなものがある。日本でも新ラジオ体操を作る、とか、作ったという話があるが、こういう発想はどうも日本人には欠けているように思う。おそらくこれはペレストロイカ以降の解放感開放感を反映しているのであろう。他方、音楽については、伝統的なロシヤ音楽が影をひそめ、若者たちが日常聴いている新曲も多分にアメリカ音楽の影響を受けたもので、しかも英米の音楽を超えるものはまだできてないように思う。

月に二回、大バザールの催される港の大広場を根城に、ロシヤの臭いのぷんぷんするポピュラー曲を集めて野外コンサートを開いている楽団がある。団員はカジュアルというよりボロに近い服装を着ており、ことに団長は復員兵のような姿である。演奏はソロの歌唱が軸になっており、ときには渋い声で哀愁を、ときにはテンポのよいリズムが心をくすぐる。楽団の名称もないようで〝辻音楽隊〟と言ったら似合うようだが、みんな歌好きでセンスのよさを感じさせる。演奏中、真ん中に山高帽が裏返しに置いてあって、聴衆の心づけを待っている。収入はそれだけなのだが、休憩中に帽子を持って回ることはあっても、頑《かたく》なくらい声をかけることはしない。

買い物で外出したとき、ぼくはこの楽団と出会すことを愉しみにしていた。ときにはベンチに腰をかけて、飽きることなく二時間も聴いていた。ぼくの投げ入れるのはせいぜい三〇〇ルーブルまでだが、帽子のなかには千ルーブル札も結構はいっていた。ここから見るロシヤ風情もおもしろかった。あるとき子供が胸の高さまである巨きな犬を連れてきた。男の子は友達にも気が引かれ、ときどき立って席をはずした。そしたら犬が追おうとして、子供が小さいものだから群衆の中にはいるとなかなかわからない。おおいに慌てて、ようやく探し当てたときには、巨犬は外からでも判るように心臓を高鳴らせていた。彼にとっては、子供でも主人なのだ。

外出の季節には「犬の展示会」というのもある。場所はディナモの陸上競技場。二日がかりで催したときは、一日目は熊のように黒い大型犬、二日目はドーベルマン。それぞれ何十頭と集めている。ロシヤはいま防犯のために大きな犬を飼うのが流行《はや》っている。それに純血種をことさら好むようで、それは仔犬を売るときに血統のたしかなものの方が高く売れるからであろう。その点、日本やアジア諸国のように拾ってきた雑種でも〝可哀そうだ〟と飼うのと違う。あれは仏教の伝統から来るのだろうか。そんなわけで、ロシヤでは野良犬でもいまのところ〝純血種〟が走りまわっている。野良犬は群れをなして縄張りを作るから、夜中にひとりで帰るのは怖い。怖いのは強盗だけではないのだ。会場の入り口にはトリの足、牛骨などエサも売っている。大型犬は相当食べそうだし、飼いきれなくなったとき、野良犬として放逐されるのであろうか。

犬を売るのも、仔犬ができてしまったような買い主がルイノクなどに持ちこんで、一列に並んで買い手の現れるのを待つ。いつか成犬を連れている売り手がいたので「こんな大きな犬でも、うまく買い主に慣れるのか」と聞いてみたら、「いや、これを売るのではないのよ。これは大きくなってからの見本で、売るのはこの子どもさ」と返ってきた。まだうすら寒い季節には仔犬をそのまま出すのを控えることもあるようだ。暖かくなると、直《じか》に仔犬を箱に入れて、客に見せて売る。いつだか、ルイノクに入るとき四匹いたのが、出るとき三匹になっていたので、「おばさん、一匹売れたね」とお祝いを述べたら、「そうよ。あなたが買ってくれたら、今日は二匹売れたことになる」と来た。そうか、藪蛇だったかと退散。

国の祭日のなかでも、五月九日の「対独戦勝記念日」は最大の盛り上がりを示す。十一月の「革命記念日」もあるが、今日ではこれは閑散として比較にならない。直前のメーデーも敵わない。市でも港の中央広場で軍事パレードが挙行されるが、先頭は胸一杯に勲章をつけた老兵たちである。彼らにとっては、一年に一回誇りをとり戻す日となっているかのようだ。大勢の市民が見物につめかける。大音声のスピーカーで繰りだされる演説では、ナチスドイツへの勝利とともに〝日本軍国主義〟への勝利も高らかに謳っている。日本人留学生にはちょっぴり複雑だが、韓国の留学生にとってはまさにロシヤ人と一体になって祝福できるだろうな、と思った。

テレビ番組も一日中お祭り一色で、ロシヤ軍の声よしが伝統のロシヤ民謡を朗々と歌う。空手の実演もあった。カネもかからないし、軍が訓練に空手を導入しているのであれば、最大の空手人口は今日では日本よりロシヤに移っている可能性がある。

六月にはもう相当暖かい日があって、海岸の砂浜に水着姿になって日光浴をたのしむ人々を大勢見かけた。まだとても水に入ることはできないのだが、ロシヤ人にかぎらず北方に住む人々は太陽信仰のようなものをもち合わせているとみえる。太陽がさんさんと照り始めると、まず全身で陽の光をうけ留めようとするようだ。元来はクル病予防のために始めたことなのであろうが、それが年間の健康維持に欠かせないものとなっている。ある日の夕方、買い物から帰ってオブシェジーチェにたどりついたら、上のほうの階で女性の脚が窓ごとに一斉に二本ずつぶら下がっていて、その異様な光景に思わず笑ってしまった。部屋の中ではおそらく長椅子かなにかを窓に引き寄せて、水着姿で仰向けに寝ころんで満身に西日を受けているのであろう。

六月はまた不安定な季節でもある。トマンという霧が立ちこめると、暗くてものはよく見えないし、体調は崩れるし、一年中で最低の季節になり下がる。教室には新たにデーモンとクリフというアメリカ人が入ってきたが、巨漢のデーモンと韓国のニキタ・ゲラシーモフはともに若いのに腰痛に悩まされ、勉強家のエフゲニー・セバスチアンはナスモルクつまり鼻風邪、ゾーヤことタンは頭痛に重ねて階段で転倒して負傷、ぼくはぼくでやはり頭痛、それになにか蚊のようなものがしょっちゅう目の中に飛んでいるようで気になる。

だがそれも過ぎて、気候が安定してカラッとした日々を迎えると、ぼくは学習面でもう一歩欲張ってみようという気になった。家庭教師に就くということだ。条件は英語で説明できるひとを探すこと。はじめ英語科のロシヤ人学生を当てにしたのだが、街を散歩して偶然「作家協会」のくすんだ看板を見つけて、入ってみた。アレウツカヤ通りの発端にあるその事務所は、てきた。用件は素早く伝えられ、その日の夕方に寮に電話が掛かってきた。クニャーゼフさんという作家が明日の午後会ってもよい、ということだ。翌日うかがうと、女秘書がひとりで守っていた。待つ間もなく現れたその方は、大柄で肩幅の広い、およそインテリ臭くない、七〇がらみの人であった。若いころ船員をやり、世界を股にかけてきたという。かくして、隔週ごとの個人指導は始まった。最初の一、二日は基礎表現みたいなものをチェックしたが、ぼくの要望で〝自由露作文〟を書いて添削してもらうことにした。何語にせよ、ぼくは作文が好きだったのである。場所は協会のガランとした事務所。ク先生は、ときに動詞を説明するのに、床に寝転んで動作を示したりした。情熱的だ。あるとき、一三歳の少女が訪れてレッスンが中断したことがあった。戻ってこられた先生はにこにこして「『自作の物語を書いたから、見てくれ』と作品を置いていったよ」と言うのである。ぼくは〝ロシヤは、捨てたものでない〟と感じた。

後になって、クニャーゼフ先生が極東有数の現役作家であることを知った。だがぼくは、いまだに先生の作品を読めるレベルにない。

そうこうしているうちに、イヤな事件が起きてしまった。

その日、家から届いた荷物の中にあった味噌を使って、早速みそ汁を作ろうと、具になる野菜を求めて普段と逆方向のフタラヤレチカに向かった。三時半のトロリーバスはいつになく混んでいた。軽装の姿でぼくは右手だけはズボンのポケットにある財布をつかんでいたが、ひとが寄りかかってくるので左手は車内上方のわずかな縁をつかんでいた。しかし、この姿勢は危ないな、と思って、左ポケットを確認したら、そこにあるはずの鍵束はすでになかった。「モイ　クルチ」（ぼくの鍵が）と小さく叫んで、前の小頭の若者を睨んだ。男は次の停留所ですぐに降りた。〝あの男にちがいない！〟ロシヤ人にしては黒目がちの、髪の黒い痩せた男。車内がグラと揺れた一瞬のあいだにやったのだろう。なんの痛痒も感じさせないプロの手口だった。鍵束には自分の戸口と寮の三階のブリキの扉を開ける鍵、その他がついていた。部屋にほとんど現金を置いてないが、皆と共通の扉を開ける鍵がなくなったのは心配だった。もし彼がぼくの居所を知っており、さらに仲間がいれば、集団強盗に入ることもありうるではないか。そのとき留学生寮の安全神話は崩れる。

そそくさとキャベツとニンジンを買い、三階の扉をガンガン叩いて、アドミニストラトールに開けてもらった。「カルマナック（掏模《すり》）に遭いました。カギを盗られました」。その晩、思い悩んだ。とくに、警察に言うべきかどうかについて。翌日、朝一で日本領事館に電話で相談した。日本人会の会合で、領事館が日本人居留民の安全に格別な関心を払っていると聞いていたからだ。「共通鍵が含まれていたことは気になる。犯人がはじめから跡をつけていたかもしれないから、いちおう届けておくべきだ」。領事館の意見であった。

「ウ　メニャ　ニェプリヤートノスチ」（イヤなことがありましてね）。教室で大柄なリュドミラ先生に言ったら、「それは困るでしょう。すぐに鍵を作るよう頼んであげる」と言ってくれた。実は先生も二週間前に手提げを剃刀で切られたそうだ。そしたらタンが「ベトナム領事館だってしょっちゅうよ」と挟んだ。下校後、警察に電話して「ДВГУの留学生だ」と言ったら、相手はなぜかケラケラ笑って、「聴取に行くからそこにいろ」という返事。ところが小一時間たっても来ない。買い物の時間もあるし、アドミニストラトールに「警察が来ると言って、いつまでたっても来ないから、よろしく応対しておいて」と言ったら、小声で鋭く「あなたはドクメント（身分証明書）でも盗られたのか。なんで警察に言ったの」と、この人にしては珍しく詰問調で言った。領事館はああ言うし、舎監はこう言うし、ペレストロイカになってもロシヤはスターリン時代の影を引いてひとびとは少々我慢しても警察とかかわりたくないのだろうか。だとすると〝悪かったな〟と思わざるをえない。警察も結局は来なかった。例の小頭の若い男を、ぼくは後に繁華街のフォキナで見かけたことがある。滑稽なくらい派手な赤いシャツを着て、しかしどこかチグハグで、これも盗んだカネで入手したものだろうか。警察も凶悪犯に手一杯で、この程度の常習犯は及ばないのかもしれない。失業が背景になっているかもしれないが、こんな野郎がなんの仕事であれ真面目に働くことはないだろう。

この学期の途中に、ぼくはロシヤ製の「ベガ」というラジオを学習用に買った。〝村山内閣〟のニュースにはアッと驚いた。瓢箪から駒というべきか……。短波で日本のニュースが聞けたのである。そのうちに、日本の猛暑の話が伝わり、高知市の動物園ではライオンが肉を食う元気もなくなったので、トマトやスイカを食わしていると伝えてきた。ぼくはおかしくなって、ラジオに向かって「いっそのこと、今後とも野菜食中心のライオンにしてやったら」と言ってやった。

そうしてウラジオストックにも本格的な夏がやってきた。この季節、ロシヤの学校は三カ月休む。小中学生になると少なくとも一カ月は学校が丸ごと山や海に移動し、自然と親しんだり、サークル活動などして思いっきり遊ぶようだ。沿海州には丸太を組んだ巨大な山小屋があるのだ。わがロシヤ語学校も七月末から休暇に入る。夏休みを丸ごと旅行に使うほど余裕はないし、どこも暑かろう。家のこと、友人のこと、いろいろ迷惑をかけているし、一旦は帰ることにした。ただし、二、三の周辺旅行は入れよう。そのあと、以前気に入った船旅で帰ろう。七月末、テレビの予報ではタジキスタン四〇度、ウズベキスタン三九度、シベリアのヤクーツクだけは一九度だが、イルクーツクは七月上旬ですでに三四度になる。

空港とちがって港は直ぐ行けるから、ありがたい。アントニーナ・ネジダーノワ号がゆっくりと岸壁を離れるとき、見送りに来たひとりのロシヤ人女性が乗客のある日本人男性に向けて叫んだ。「シャスリーババ　プーチィ」（ごきげんよう。いい旅を）

その姿は小さな小さな点になるまで手を振っていた。ぼくはロシヤ娘の情の深さをしみじみと感ぜずにはいられなかった。

二、ベトナムの少女

安全面や物資の面でいろいろ制約のあるウラジオストックの生活のなかで、ぼくが留学を通して二倍楽しい生活ができた理由は、〝学ぶ〟という充実感のほかに、タンというベトナム娘と識り合ったことがおおきい。

タンは当初、ぼくらのようにオブシェジーチェに住んでいたわけではない。中心街のルゴバヤにある貸ビルの一室から登校していたから、試験当日まで顔見知りはいなかったようだ。そこで真っ先に言葉をかけたのがぼくだった。さらに、クラス分けしてみたら、また一緒――なんという運命か。こうして滞ロ中の小一年間、ほんの一時期を除いて、ふたりはずっとクラスメイトだったのだ。

一八歳の少女として、単身で留学していたわけではない。父親はナホトカにあるベトナム領事館総領事、母親は本来は医師だがいまはこちらに移り住んで家族を助けている。兄はベトナムとロシヤを結ぶ貿易会社を興し、あまり拡大しないように地道に固めに事業展開している。それには利発な姉も加わっている。家族のだれかがいつも周りにいる。だから、タンにとって

〝淋しい〟なんて感情はあんまりないだろうとぼくは思った。それに一年前からここに住んでいるから、当地の事情もぼくなんかよりよっぽど判っているはず。

彼女がおとなしかったのは最初の一日だけだったような気がする。持ち前のあかるい性格でつぎつぎと言葉を交わし、いろんな国にいろんな友だちを作ってしまった。それも女友だちよりは男友だちのほうが多いという変わったところがあった。留学生のなかにはシンガポールから来ている方々もいたが、こうして揃ってみると、東南アジア出身者は性格の明かるさという点では際立っていたように思う。例えば、ぼくらはよく〝アメリカ人は陽気だ〟と思っているようなところがあるが、ДВГУで学んでいるアメリカ人にはそういう人もいるが、またひどく朴訥であったり、内向的であったりして、むしろ風変わりな人が多かったように思う。ただ独立心はいずれも強いものを持っていた。

クラスでの会話から、彼女の趣味もわかってきた。食べ物はバナナ、パイナップル、ジャガイモが好き。色では緑とか黒。ある日、やや遅刻してとびこんで来たときは、あざやかな緑のセーターを身につけていたが、そのセーターは首の方が広く、胴回りで締めてずり落ちないようにしてあるという奇抜なものであった。腰のあたりに黒と白の横縞のアクセントがある。それに黒縁のある黄色いニットの帽子。「グム（百貨店）でみつけたのよ。韓国製なの」とタンは言ったが、まるで妖精のような着こなしであった。

外出のとき、タンはかならず誰かを伴っていた。ま、エスコートの意味もあったろうが、そんなところから男の友だちがふえたのかもしれない。その中でも、ぼくは誘われる機会がダントツに多かった。ふつう、ぼくが買い物に出るときは、食料品店やせいぜい本屋に寄る程度である。彼女がいちばん丁寧に見て歩くのは服装店やキオスクで、それこそ昨日買ったばかりなのにどうしてまた見て歩くのだろうかというくらいよく見て歩く。しかしぼくはそれについてせかしたり、批判めいたことを言ったことはない。ただ、女の子の違いを見せつけられて、おもしろかったのである。

彼女はまた大のマロージノエ（アイスクリーム）好きであった。ロシヤではマロージノエは夏はもちろん、冬でも売っている。甘いもの好きのロシヤ人向きながら、こればかりは甘さ控えめで、その代わり乳脂肪たっぷりで、外国人観光客にもたいへん評判がよい。あるとき、そのマロージノエ屋が街角に着いて売りはじめたら、ワッと人が集まって列をつくった。タンも駆け寄り、小柄なのをよいことに列に割りこんだかと思うと、前の方に出て、アイスを三個手にしていた。ロシヤ人はなにかいいものを売っているときちんと列を作って並ぶ。ぼくは「ひとを押しのけるのは、よせ」と忠告したが、タンは「ベトナムではこうなのよ」と取りあわない。一個をぼくによこし、あとの二個を自分で食べはじめた。「そんなに食べたら夕食に差しつかえるよ」と言ったら、なんと「二つ食べた日は夕食抜きなの」と来た。

学校では毎月曜日、週末と日曜日にどう過ごしたか、ロシヤ語でひとりひとり表現するレッスンがあった。ぼくがこの話を自分の報告に採り入れたら、先生がそれを使って例文にしてしまった。たしか、нравиться（ヌラーヴィッツァ、好きだ）を使ったと思うが、この語は日本語の対象語を主語にする用法のように独特なので、ロシヤ語のなかではとても感じのよい言葉となっている。ここでは〝マロージノエ〟が主語で〝彼女は〟は与格（間接目的語）にしなければならない。ところが、これがタンにとっておもしろくなかったようだ。「もう食べない」と言ってプン。たしかに「坊ちゃん」は読む者にとって笑えるかもしれないが、〝坊ちゃん本人〟はおもしろくないかもしれない。その辺をもうすこし理解してやるべきだったのだろうが、かと言って謝るのも仰山だし、という状態のなかで彼女の方も二、三日はぼくと行動を共にしなかった。

でも、ヨリはすぐ戻った。レッスンが終わって昼食に向かうとき、彼女はぼくの腕に腕をとおし、「モイ　パパ」（わたしのパパ）と小さく叫んだ。そこを目ざとく通りがかりのイリーナ先生が聞きとって、意味ありげにニヤと笑った。ぼくは恥ずかしくてならなかったが、振りほどくわけにもいかずといったところか。赤面こそしてないが、その実、首から下は真っ赤だったろう。しかし、これだから若い日本人学生にうとまれる結果となった。

ある日の午後、ぼくたちふたりがオケアンスキー大通りを港に向かって歩いていたら、向こうから若い日本人男子学生の一団が歩いてくるところだった。回避するわけにもいかず直行したら、すれ違いざま、互いに挨拶を交わすどころか、なんともいえぬ歪んだ顔ですれ違ったものだ。タンだけはなんともない顔つきでいたが。彼女は誰にとってもアイドルであり、また誰もがアイドルにしたがっていた。

タンのつき合いは国籍をとわず広かったが、とりわけ日本人とは相性がよかったと言える。それで若くて親しい者は母親に紹介され、家に招待されて食事をもてなされた。これぱかりはぼくは招待されたことはないが、聞いたところによると、かならず〝犬の肉〟が出て「食え」と強く勧められるそうだ。それはベトナム人との仲間づきあいができるか試されているようだったという。家族は〝将来のムコさん〟の品定めをしていたのかもしれない。

そんなことからタンはまた日本語を習いはじめていた。先生はユミノさんという、ぼくより四つ年上の日本語教室の男性講師で、学校にほど近いマンションの立派な部屋を月三〇〇ドル支払って住んでいた。中学校の社会科教師を定年になって、最初はサンクト・ペテルブルグに行き、ホームステイしてロシヤ語を習っていたという。ここから後は伝聞だが、ステイ先に四〇代の婚期を逸した女性を紹介された。そしたら夜な夜な迫られて、勉強どころではなかったそうな。「羨ましいかぎりだ」とぼくは笑った。紹介したロシヤ人もいたずらっぽいな、と思ったものだ。そういうユミノさんが最初にタンに教えた言葉は「わたしはタンです。わたしはあなたがだいすきです」。これを繰り返し言わせた、と。テキもなかなかやるな。

九時から正午までの日々のレッスンも、終了はクラスごとにドンピシャリと一致するわけではなく、同級生同士がスタローバヤで昼食をとるところまでは一緒になる。タンとぼくとのあいだでは、さらに昼寝のあとタンが自宅から訪ねてきて、部屋をノックして外出に引っぱり出すもんだから、またつながりができてしまうのだ。そしてついに、タンが「うちに寄っていかない」と言い出す日が来た。もうそのときには、タンの家に行ったことがあるという者が二人くらいいたし、ぼくも喜んでついて行った。

四階建てのそのビルには何軒か住んでいるようだった。鍵が三つあって、その最初のを使って開けようとしたときだ。折悪しく、鍵が折れて効かなくなった。タンは呼び鈴を鳴らし、中から誰か出てくると自分から名乗って開けてもらった。最初の鍵は、二軒ずつくってあるブロックを開けるものだったのである。二〇代後半の黒い服を着た女性が、そこにいた。「ムジカントよ」(音楽家)とおしえてくれたが、たがいによく分かっているようで、ニコリと笑っただけだった。あとの二つを使って、やっと自分の家に入ることができた。

中は案外広いが、閑散としている。「今日中に直しておかないと、不用心でマズい」。タンは向かいのドアを叩いた。痩せた四〇がらみのロシヤ人男性が無愛想に出てきた。こんな陽の高い時間にいるとは、仕事があるのだろうか。用件をのみこむと、家の奥から細長い道具箱を持ちだして、道具を使って古い錠を取り外した。新しい錠はタンの家にスペアが用意してあって、それをつけるということだった。当然、前の切りこみと同じでないから、ノミを使って新しい錠の型に合わせ、取りつけてくれた。タンは家中をさがし歩いて、洋モクの何箱か集め、それを件《くだん》の下宿人に与えた。ぼくはこの間一部始終を見ていたが、この男は現業の経験があるのかもしれないが、なかなか器用で力もあるな、と思った。

ようやく落ちついて、中で休むことができた。タンは小さなカップになにがしかのインスタントコーヒーを取り、少し水を加えて猛烈な勢いでスプーンで掻きまわして泡立てた。それから湯を注いで小机に置いた。そのあと話でもするのかと思ったら、ビデオの見掛けをデッキに装着して見はじめた。余程ビデオが好きらしい。こちらが退屈して、「このビデオ、あとどのくらい続くの?」と聞いたら、「一時間くらい」と答えた。〝一時間も〟か。思いきって「音楽をかけて、ダンスでもしないかい」と誘ってみた。「ダンスはしないの」という答え。要するに、兄姉の帰ってくるまでの時間、自分が夕食の準備をするとはかぎらず、こうして淋しいひとりだけの時間をいつも過ごしているようだった。そう、淋しくないわけではなかったのだ。

その気持ちがいちだんとはっきりしてきたのは、「オブシェジーチェに移って、みんなと同じ生活をしてみたい」と言いだしたからだ。彼女は「そのために母親と相談している」と言った。そしてついに母親と兄まで一緒について寮を見にくる日がきた。ぼくはこのときはじめて紹介された。お母さんという人はもう十分中年に達していて、やや不安げな様子。兄という人は長身のなかなかの美男子だった。ベトナムは社会主義国だが、この一家は新興勢力とはいえ、どこか毛並みのよさを感じさせる。そうかと思うと、父親は生まれ年はわかっているが、誕生日が何月何日か不明なのだ、という話も聞かされた。戦争のさ中で〝生まれた日〟がはっきりしないのだそうだ。それを聞いたとき、ぼくはギクリとした。太平洋戦争突入のちょっと前、日本軍が仏領インドシナに侵入したことがあったではないか。あれと関係はないのか。それはともかく、親の了解を得て、タンはオブシェジーチェに移ってきた。三、四階は満杯で、二階の角があてられた。

そんなことから、ぼくは放課後、自分の部屋に戻るまえに、彼女の部屋の前を過ぎるとき、「寄っていって」と誘われることになった。そういうところが彼女のふつうの女性と一風かわったところだったのだ。また、そうしても困ることがないようにもしていた。およそ洗濯物とかドレスとか、見えるところには置かない。ベッドはカバーで覆ってある。カセットテープとビデオがやたらとあるのは万国共通の若者風情であろう。唯一、女の子らしいところはそこいら中に大小のぬいぐるみが〝止まっている〟ということだけだった。

残り物のトリ肉料理かなんかに火を入れ、昼食にしながら、日常的な話をした。ぼくにとっても、とても落ちついた時間であった。しかし、相手は女性、それもとびきりかわいい女性であることにちがいはない。それは同時に休火山のようなものだった。一定の距離を保ちながら、その距離が〝もう少し縮まってくれれば〟といつも思っていた。だからどうしても早くわかれるのでなく、いつまでもそうしていたいという気持ちであった。なにもしゃべらなくても。ひょっとすると彼女のほうもそう思っていないのだろうか。

こうしたなかで、ある日立ち寄って、夜おそくまでタンの部屋に居過ごしてしまったことがあった。ようやく立ち上がったとき、まだ心残りがしてならなかった。団地スタイルの狭いドアの通路で、ぼくは思いきってタンの肩を抱きよせた。彼女はあわてることなく、ただ右腕をお腹の前に密着して横に構えた。それは丸太ン棒のようで、こうされるとぼくはそれ以上身体を合わせることができなかった。一八歳の少女にしては沈着な。ぼくはタンのなかに用意されてある、ある種の〝決意〟を読みとった。それあってこそ、ぼくといつでもつき合えていたのだ。

「スパコーイノイ　ノーチ」（おやすみなさい）

落ちついてそう言って、タンはドアを閉めた。

タンが教室でこっぴどく叱られたことがあった。たび重ね宿題をやってこなかったのだ。その頃、ぼくたちのテキストは「ルスキー　イエジク　ドリャ　フセー」（万人のためのロシヤ語）と言って、日本でもよく使われている、よくできた教材であった。ただ、日本にいるときとちがうところは、あれには別に沢山の文法問題がついていて、置き換え、語尾の変形、穴うめなどするように一課ごとに宿題のコピーを渡されたことである。タンが宿題を何度かやってこなかったとき、小リュドミラ先生という小柄できびしい先生が「プローハ」（悪いぞ）という言葉を何度も叫んで、タンを叱った。タンはなにも反論しなかった。涙を浮かべたわけでもなかった。ただ、ぼくとして最高の救いは、あれだけ課外につき合う機会がありながら、このことについて一切愚痴をこぼしたり、小リュドミラ先生の悪口を言わなかったことだ。ぼくはそのことを〝すばらしい〟と思った。タンの予習しない、遅刻する、休むの三悪はその後も直ったわけでない。休みが長引くと「愛するタンよ、どこへ行っちまったの」とぼくは心の中で叫んだ。

また、教室でぼくが愛読書の井上靖『おろしや国酔夢譚』についてあらすじを説明したときも、頭をぶらぶらさせて気が散っていたことがあって、先生に注意された。

ついでに言っておくが、ぼくはこの「おろしや」の〝お〟について、丁寧語ではなく、大黒屋光太夫ないし江戸時代にロシヤと接点のあったひとびとがＰｏｃｃия（ロシヤ）のＰを、英語で言うＬでなくＲであるから、それを正しく聞きわけて舌端が口蓋につかない唇の形を観察して〝お〟を入れたのではないかと思っている。英語のｒａｄｉｏを〝ォレディオ〟と発音すればうまくいくように。あくまで推察だが、そういう点で〝凄いな〟と思っている。

読みの浅いところもあった。「ワジムは陽気で、社交的な性格の若者だった」で始まる小話では、「わたし、こういう性格好き」ととびついた。その後の展開は「ある日、ワジムが友人たちと映画を見にいった。人気女優が登場すると『あ、ぼく、あの女優知っているよ』と鼻高々に言ったもんだから、友だちから口々に『こんど、紹介して』とせがまれる。映画が終わって、電灯がついたら、そこにはワジムの姿はなかった」というものだ。

ぼくとは最もつき合いがあったことは確かだが、ぼくとだけつき合っていたわけでもない。とりわけ秋期にやって来た若いサトシは、一目見ただけで惚れこみ、強力なライバルとなった。いちどは夜遅くまでぼくと彼がタンの部屋で時間を過ごし、いたたまれなくなってぼくが先に席を立ったことがあった。「ぼく、ベトナム人に生まれたかった」と言っていたそうだが、彼の切々たる思いが伝わってくるとともに、こちらの心中もおだやかならぬものがあった。

そんなつき合い友だちを集めて、パーティを開く日が来た。仏教のお祭りかなんかであったが、彼女のエンターテイナーとしての素質を遺憾なく発揮した日であった。彼女はこれがやりたくてたまらなかったのだろう。蓋を開けてみると、呼ばれたのは日本人では古いのも新しいのもいて、アメリカ人、フィンランド人、シンガポール人、それに学外のベトナム人など一五人と多彩で、やはり男友だちが六割強と多い。あとで聞きつけた先生の一人が「私も呼ばれたかった」と言ったものだから、「親と先生は呼びません」とぼくはいたずらっぽく繕ってやった。ぼくの部屋からロシヤ製の絨毯を持ってきて敷いたら、全員がべったり腰を下ろして座ることができた。

飾った花を隅の机の上にどけて、手作りのベトナム料理がつぎつぎと運びこまれた。カニ入りスープ、肉の春巻き、ベトナムサラダ、……ケーキ。この日は招待客からもいくつかの持ち寄りがあったのだが、豆腐のみそ汁、カレーライス、魚フライ、スパゲッティのケチャップあえ……と並べてみて、やはりタンのベトナム料理が抜群にうまかった。彼女はおばさんにホテルを経営しているのがいて、料理はその直伝だと言っていたが、さすがだ。ぼくはこのとき、ベトナム料理はタイ料理なみに国際性がある、とはじめて確信した。対照的に、アメリカ女性が持ってきたスパゲッティのケチャップあえは、大鍋になぜこんなに作ったの、と言いたいくらい量だけ多くて、ほとんどだれも手をつける者がいなかった。まったく料理とは、経済の発展度とは関係ないのではないかと思わせる見本のような会だった。このあとひとりずつ唄を歌ったが、この方面では日本人はどうにもならないくらい不器用をさらけ出した。唄好きのタンは、ベトナムの国歌まで歌ってくれたが、こういう場で違和感なく聞けるということは驚くべきことだった。最後は盛りあがって踊りだしたものだから、階下や隣のロシヤ人から苦情が出て、それがきっかけとなってお開きとなった。

この会をめぐって、ひとつ悔やむことがあった。この日の夕方出ようとしたら、タンが駆けこんできて、市場で珍しくクレソンを見つけ、四〇〇〇ルーブル買って一万ルーブル札出したが、息子と母親のその店はお釣りをよこさなかったというのだ。抗議しても、言を左右にしてとり合わなかったと、涙ながらに訴えたのだ。場所はフタラヤレチカのルイノク。ぼくに取り返しに行ってほしいということのようだ。だが、フタラヤはバスで四五分かかり、問題なのは、相手の素性がわからない上に、所轄の警察詰め所がはっきりしていないこと。ロシヤでは駐在所のようなものはあまりない。手薄の警察はかえって集団で攻撃されたら危ないからだろう。ウラジオのディナモに近いところにあるビルが本署なのであろうが、ポリスはこんな遠くまでつり銭詐欺のことで同行してくれるだろうか。六〇〇〇ルーブルのお釣りは当時約四〇〇円。「しかし、そのくらいで済んだと思った方がよいのかもしれない」とぼくは慰めたが、後々まで自分を責めた。

会が始まったときには、彼女は気持ちを切り替えていたが、ぼくはこのご馳走の内容といい、たった一人で皆を和ませてくれるエンターテイナーぶりにはあらためて感心させられた。教養でガチガチになりがちな日本の学生にはあまりないタイプだ。それでぼくは言った。

「君はあまり勉強好きでない。いまみたいな調子で学校通いしても、外交官だとかむずかしい仕事は無理かもよ。むしろ、日本へ来て、ベトナム料理店を開いたら大成功すると思う。日本ではエスニック料理が大流行《はや》りだし、そのための日本語はДВГУで十分身につけられる」

しかり、ДВГУ日本語科の三年生くらいになると、そのうちの少数は日本語をべらべらに喋れるのをぼくは見ているのだ。つまり、日本語を習得するのに、日本に行って始めるのでなくて、ロシヤでかなりのところまでやれるというわけだ。

タンはこの話に相当乗り気になった。父親にも、母親にも相談したようだ。学校の事務局にも転科の意志を伝えた。ところが、学校側は、講師間で〝欠席が多すぎる〟ことが問題になっている、とそれ以前の問題を指摘してきたという。転科そのものはむずかしいことでも何でもなく、すでにイリヤ・ポポフことクニミツがジュルナリスト学部（ジャーナリスト学部）に移っていた。そのときはロシヤ人学生と机を並べるには不十分とみて、学務長みずから特訓でレベルアップして送りこんだものである。タンはそのことをよく覚えていて、自分に補習授業すると言わないのは「差別している」といきまいた。ぼくは「そうではない。現在の科を終えるだけの力をつけないと、特訓どころではない、ということだ」と説明してやった。ベトナムは日本よりよほどロシヤにとって近い同盟国なのだが、こういうことについてはきちんと個人として評価してくるということでは、ロシヤの教育は見事なくらい徹底していた。

好悪がはげしい、ということはタンの性格でもあったが、気に入ったときの彼女の情熱はすばらしいものがあった。ぼくが彼女の部屋に行ったように、彼女もぼくの部屋に入ってきたが、いちばん最初に目をつけたのがぼくのポータブル・ワープロだった。まだ今日のようにパソコンが普及していなかったが、ワープロは日本では各家庭一台ぐらいある、と言ってぼくは講師の先生を悔しがらせたことがある。ただロシヤまで持ってくるというのは、そう多くいなかった。ぼくのはパナソニックのU1Sという機種で、重量三キロくらいだから身の回り品として持ってこれた。ぼくがこの機種を選んだのも、ロシヤ語が打ちやすかったからである。通常ロシヤ語とかギリシャ語は一字打つたびに文字表が消えてしまうのが多いなかで、この機種は「スペース」や「実行」を押さないかぎりカーソルを移動して続け打ちができるから、まず句読点のない長い連続文を打って、最後にスペースや句読点をまとめてインプットすればよかったのである。タンはこの機でベトナム語ができないかと、欧文活字の一覧表を出させ、ごく一部の文字は不足しているがほとんどきれいに打ち出せることがわかったらしい。ベトナム文字は頭に数種のアクセント記号がついていたりして、そこまではカバーしきれなかったのである。この日、タンはおばあちゃんかだれかに宛てて三ページほどの手紙を打ちあげた。

この後も、ワープロ目当てに三階のぼくの部屋を訪ねてくることがしばしばあった。二回目のときは、市在住のベトナム人とスペクタークリ（劇）をやるとかで清書のために来た。彼女はぼくの椅子に座り、画面以外見向きもせず励んだ。ぼくは一・五メートル離れたところでベッドの端に腰をおろし、タンの横顔を見ていた。一体、この少女は何なのか。ぼくがこの子に快感を覚えるのは、この子が〝女である〟ということにあるのはまぎれもない。できれば、いますぐにでも跳びかかってもみくちゃにしてやりたいくらいだ。だが、ぼくはこの一・五メートルの距離を縮めることを自制した。こんなにもぼくを信じて、いわば安心してワープロに励んでいる。ぼくはあくまで彼女の〝パパ〟なのだ。それなら、パパとして振る舞ってやろう。ぼくは心に決めた。

彼女がワープロ二回目にして打った枚数は六ページに及んだ。鼻の頭に汗をかき、上気して打ちあげたときは、夜中の一二時をわずかに回っていた。「帰る」とひとこと言って、出来あがり品を持って出ていったが、廊下でアドミニストラトールがちゃんと見ていて、〝めっ〟という目付きをしてみせた。年増のおばさんはどこの国でも同じである。ぼくはこのとき、ベトナム人のもっている潜在的エネルギーに深く感動していた。

だが、その感動をさらに上回るようなことがこの後に起こった。実はぼくはタンに、日本に帰るまでに「ぜひ、ワープロを譲ってほしい」と言われていたが、そこはぼくははっきりことわってきた。売ったって新品を再度買わなくてはならないし、だいいちドルで買ってもらったとしても、そのドルを空港でもち出せるか保証できない。その話がしばらく沙汰やみとなっていたある日、タンがサトシをつれて部屋にとびこんできたのである。

「ワープロ、買った」

「ええっ」

見ると、五キロはあろうというカシオの大きなワープロをサトシが抱えて、後ろに立っている。テレビ塔の下の電器店で見つけて、親を説きふせて三六〇ドルで入手したというのだ。どんなに彼女は街中をさがし歩いたことか。ウラジオストックでたった一台のワープロを見つけるという執念――それは今日のロシヤ人にこそ求められているものではないか。

新しいワープロをめぐって、いろんなことが起こった。まず二〇〇ボルト電源を一〇〇ボルトに変換するトランスが必要で、これが入手できるまでぼくのをときどき貸してやることにした。その間はぼくが不自由するのはやむをえない。ついている説明書は日本語と英語。両方ともタンは読めない。それでも漢字がわかれば想像がつくのだが、ベトナム人はもう漢字と縁がなくなってしまっている。そこで知り合いの日本語の解る女性に内容の要点を翻訳してもらうよう渡してしまっていた。だからぼくは今までさわったことのある日本語ワープロの経験から、初期化、保存、呼出、印字などをさぐり出して、おしえてやった。

「兄たちにまだ見せてないの。手伝ってくれない？」

タンはぼくにそう頼んだ。小柄なタンが五キロ超のワープロを持って、市電に乗ってルゴバヤの先まで行くのはしんどいから、荷物運びにつき合え、というのである。兄の会社の車を頼んでもよさそうに、というところだが、ぼくはむしろ頼まれることに喜びを感じていた。土曜日の午後であり、その辺りは市場の多いところだから、乗りこんでくる人もいつになく増えてきた。ワープロは蓋を閉めると厚みのあるハードケースのような外観を呈するようになっており、それを大きな紙袋に入れて、抱きかかえるようにしてぼくが持つ。車内では片手は吊り棒につかまらないとてもじゃないがフラフラする。隣にいた二人連れの男が「重そうだね。下に置いたらどうだ」と声をかけてきた。その実、その目は紙袋のなかを覗きこむような仕草だった。ぼくはこのことを〝気安いロシヤ人だ〟と思ったのだが、タンは〝怪しい〟と女の第六感が騒いだようだった。

ぼくたちはそのまま乗っていってもよいはずだった。ところが、次はルゴバヤというところで、タンが「降りましょうよ」と言いだした。決して小さな声ではなかった。ぼくとタンとのあいだの共通語はロシヤ語しかない。それは男たちにも通じてしまう。その時にはぼくも怪しげなものを感じていたので〝マズいな〟と思った。しかし、それは言えない。電車が止まりかかると、ぼくらは沢山の乗客の流れに沿って前の方から降りようとした。二人の男も、一人は前の方へ、もう一人は後ろのドアに向かって降りようとしている。ドアの回りは降りる客でギッシリだった。乗ろうとする客も下で沢山待っている。その時だ。タンが脇の群衆のなかに潜りこみ、片手を伸ばして黙ってぼくの袖をつかんで引き寄せた。〝降りるフリして降りないのだ〟——ぼくはピンと来た。

奴ら二人は車内にはもういない。〝危なかったなあ〟という思いを噛みしめていた。それにしても、タンの賢さにぼくは今更のように感じ入っていた。それこそ〝草食動物の智恵〟だ。〝聞こえたらマズいな〟と思ったところは、わざと聞こえるように芝居を打ったことがわかった。彼らはハードケースに札束とか、貴金属とか、なにか貴重な物が入っているとニラんだのだろう。降りたところで強奪して、人込みに交じって逃げようとしたにちがいない。開けてみれば、それは彼らにとって役に立つものではない。操作もできないし、転売もできないだろう。二〇〇ボルトの電源に差しこめば、たちまち壊れてしまう。それでも強奪の状況によっては、こちらが大怪我したにちがいない。

このことあって以来、ぼくはふたりの符牒としていくつかの日本語を採用することを提案した。「あぶない」「ドロボー」「降りよう」「気をつけて」……といったところだ。だが、日本語をこんな言葉から始めるのは、情けない。

冬が来て、年を越し、タンは父親が買ってくれた銀ネズ色の毛皮を着て、すっかりウラジオの生活に怖じけることなく過ごしていたが、日本語科進級についてはさらに母親が反対しているから難しくなったと告げてきた。「学費の一切は母親が握っているから、逆らえない」とも言った。ロシヤに一家でお世話になっていて、日本語を習うというのはマズいという〝家庭の事情〟もあったのかもしれない。一八歳ではまだまだ独立するには及ばないし、あまりにも母親べったりに見えることもあったので、そのことを指摘したら、「ママはわたしを愛しているし、わたしはママを愛している」とムキになって答えたことがあった。しかし、父親は一時かなりその気になったようで、お忍びで日本に立ち寄り、「日本は街が清潔だった」と好意的な印象をタンに伝えた。

ともあれ、タンはいまはひたすら、ロシヤ語を学ぶことに精を出すしかない、と気づいたようだった。

三、秋から冬へ

一カ月の日本での休暇のあと、また戻ってきた。日本ではみな相変わらずせわしなく、個々の道で日々を暮らしていた。九〇歳の母親は老人マンションで数紙の新聞を読む日課を欠かさず、しっかり過ごしていた。ぼくにとっては、一呼吸入れるのには都合がよかった。回転寿司のカウンターに、止まり木にとまる鳥のように座り、気持ちのリフレッシュに努めてきた。

船旅のことを想いおこす。四人ずつのキャビンでどんな人物と一緒になるか、乗るまではとても心配なものだが、これは相手も同じ。精神障害児の施設で働くというイタリア青年が早々と乗船して船室におり、とてもナイーブな感じの人であっただけに、英語でたがいに言葉を交わし、ぼくの素性がわかってくると不安を取り除かれたようで喜んでいた。束の間の夏休みを、ロシヤから日本へ抜けるコースを辿って旅を楽しんでいたのだ。ほかには同室者はいない。デッキではロシヤ人の小学生たちが英米人と交歓していたが、近年ロシヤで進んでいる外国語教育の成果はめざましいものがある。

「部屋の中は、なにか変わったことはなかった?」

カルマナック(掏摸)の一件で口を利かなくなっていたアドミニストラトールも、ふだんのように声をかけてくれた。「ええ、なんにも」とは答えたが、実を言って、部屋に入ったとたん室内が片づけられていて、放置していたはずのガウンが見当たらず一瞬ギクリとしたものだ。だがクローゼットを開けたら、ガウンとかズボンとかまとめてたたんで、ぼくの大風呂敷に包んであった。ジェジュールナヤのワレンチーナおばさんがやってくれたのだ。こうした人たちに、ぼくは甘口のカレールウを一箱ずつおみやげに差しあげた。肉好きのロシヤ人に、辛くして食べる旨さも知ってほしいという願いもこめて。

炊事台の鍋をどけたら、一斉にタラカン(ごきぶり)が逃げだした。ロシヤのごきぶりは日本のより小さく、一・八センチくらい。敏捷性も日本のほうが上。だが繁殖力はロシヤのは旺盛だ。保温の効いた集合住宅に人間様のように居着いている。食べ物を置いていたわけでもないのに、付着していた油でもなめていたのだろうか。カニクルィ(休暇)、タラカン、バクラジャン(茄子)、パチタリオン(郵便配達夫)……どこの国の言葉でも一度聞いたら覚えてしまう独特の響きの言葉というものはあるものだが、タラカンもその一つ。

暑かった今年の夏。それでも秋の足音が聞こえはじめている。まず、日が微妙に短くなりだしたのに気づいた。九月九日で日没二〇時。以前に七月二十二日に観察したところでは、日昇七時一五分、日没二一時三六分——夏時間一時間を考慮すると六時一五分~二〇時三六分だったことになる。これだって水平線のあるところで見たわけではないので、本当はもうちょっと長い。つまり、日照時間がロシヤ南端で長いときで一五時間くらいある。もっと北なら、もっと長い。これは驚きだった。実際、汽車で旅行から帰ってくるときの車窓から、子供が夜の七時ころまだ元気よく沼に飛びこんで水浴している光景を目の当たりにしたことがある。午後七時ではまだ白昼のように明るく、水も温いのだ。

ところで、四月にウラジオストックに来たとき、時差が二時間早かった問題は何だったのか。まず夏時間一時間を差し引いても一時間の差。ウラジオの経度は広島と同じくらい。そうなると、東経一三五度、明石基準の日本時間より先行するのは科学的にみておかしいではないか。

ロシヤはユーラシア大陸、つまり欧州からアジアにわたるくらい広いから、地域ごとに違う時間帯を採用している。ウラジオストック～モスクワで七時間の時差があるとされる。ところが駅に掲示されてある列車の時刻表などモスクワ時間に統一しているものだから、鉄道で旅行するさいなどわれわれ外国人はさっぱりわからなくて慌てる。結局、ぼくが出した結論は、いちばん東に位置するカムチャツカとモスクワ間をいくつかに分割して、時間を順に当てはめていったら今のようになってしまったのではないか。この場合、区画が粗ければ、主要都市が区画の中心に来るとはかぎらない。外れに来るかもしれない。つまり、ウラジオストックの時間が東京より早いということは、単なる〝行政上の都合〟であって、科学的な根拠があるものではないということである。

学校のほうも、タンと別クラスになった。これはショックだった。

また、先生が代わった。前期は四月から正式に二人のリュドミラ先生が入り、ぼくは頭に〝大〟と〝小〟をつけて区別していたが、大リュドミラ先生はいかにもママさんタイプでおっとりし、世話好きでぼくの盗られた鍵もすぐに事務方に連絡して新しいのを作らせてくれた方である。小リュドミラ先生は〝山椒は小粒〟のタイプで、レッスン内容はしっかりしていて、かつ生徒には厳しかった。〝代わる〟ということは休職になることであって、どうもこの学校では半年教壇に立ったら、半年は原則として休みになる仕組みのようで、いわばワークシェアリングをしていたのだと思う。例えば、一度だけ実験授業のようなことをやって、ノートのとり方などまで干渉して、氷のように冷たい感じを与えたT先生も、後期にどこかのクラスに採用になったら、レッスン中に見せなかった笑顔でぼくらに語りかけてきた。先生も休職待機中は次に採用になるまでは不安なのだな、と察したものである。

新たにぼくらのクラスにおいでになったのはアンナ先生とリューバ先生。アンナ先生は詩の愛好者で、ほとんど詩を教材にしていたが、超スローな人で一言ことばを述べるとつぎの言葉までしばし沈黙が続くという有り様。最初ぼくはこれは困ったものだと思っていたが、そのうちにこういう珍しいタイプを観察するのに秘かな愉悦を見出すようになった。ロシヤ人は一般に詩がとても好きだが、その典型を目の前にして、その感受性、時空を超えた生きざまに興味はおろか、最後には魅力を感じていた。

クラスメイトの方は、新たに韓国系アメリカ人夫妻が入った。というより、ぼくらが合併させられたのかもしれない。この二人はウスリースクでキリスト教の布教活動をやっていて、学校が中心なのか、布教が中心なのかわからないような生徒であった。とくに夫のサムは予習どころではないようで、その分ある先生のごときは基礎に属する単語までレッスン前から黒板に書き出し、意味の説明をしていた。そこで、ぼくは「学生は予習をするのが義務なのに、なんでそこまでやるのか」と文句をつけた。教材が同じようなクラスが合併すると、進路の遅いほうに合わせる。ただでさえ同じことを再度やらされるものだから、ぼくは気に食わなかったのである。

アメリカからの宗教活動はほかにもある。あるとき音楽専門の高校でコンサートがあるというので、文化担当のアンジェリカに連れられて聴きに行ったことがある。行ったのは中国人四人とぼく。オケアンスキー通りを歩いていくとき、向こうから交歓上陸していた中国の軍人二、三名がやって来て、中国人学生は彼らと親しく握手した。ぼくは紅軍の本も読んでいたし、親しみを感じて手を差しだしたのだが、相手はまったく握り返すことはなかった。やはり、まだ戦後は終わってないのだなあ、と思った。会場では、高校生がロシヤの歌のほかに「さくら」など二、三の日本の歌も美しく歌ってくれた。最後にアメリカから来たというコーラスグループが演奏したが、一曲目の演奏のあとソルジャーにはなれないような痩せたリーダーがながながと説教を始め、ロシヤ語訳のバイブルを配り、そして聴衆に立つように勧めた。なにするのかな、と思って見ていたら、なんと祈りを始めた。「なんだ、話がちがうぞ」。ぼくはあからさまに不快感を示して座ってしまった。一般の聴衆は特別どうってこともないという顔をしていたし、一緒に行った中国人はぼくが感心するほど無表情だった。こういうところが中国人の人つき合いの上手《うま》いところなのかもしれない。会場を出たとき、会場では〝あまり正面に出すな〟という表情だったアンジェリカが「どうもアメリカはね」とぽつりと言った。先生のなかにも、いまはどういう役割を任じているのかわからないが、かつてはアメリカの世界戦略を担っていたといわれるコルプ・ミーラ（平和部隊）のロシヤ語講師に転職された方もいるとかで、どうもペレストロイカ以後、ロシヤはアメリカに好きにやらせているという感じ。物の面でも、一本が五〇〇～六〇〇グラムくらいありそうな冷凍のトリモモが、市街はおろか、村々にまで行きわたっている。その名は「フライング・チキン」（空飛ぶトリモモ）という米国産。安くて、満腹できることはよいにしても、あの化け物のような大きさにはどんな肥育がなされているのかいささか気にはなる。いずれにせよ、これだけ好きにやらせてくれるロシヤにアメリカは足を向けて寝られないだろうし、ロシヤの悪口を言わないのは当たり前のような気がする。

ことわっておくが、ぼくは戦後の日本にアメリカがもたらした民主主義を高く評価している。この会では、招かれた者が母屋まで入ってくるのが〝どうかな〟と思った次第である。

「最近、どうですか。すこし元気がないように思うけど」

教務主任の知的な目をしたニーナ・ミハイロブナ先生が聞いた。

「四月に来たときのように、日々新鮮というほどではないのですよ。やはり、教材のなかでもっといろんなテーマを取り上げてほしいんです」

そしてぼくは一例として、来ロのとき機内で読んでいたテーマごとにストーリーづくりをしている教材の話をした。日課、買い物、スポーツ、旅行……。

「わかりました。じゃ、もう少し、内容をレベルアップした教科書をやりましょう。一つはハブロニナのものとか」

九月の秋分の日に夏時間は元に戻されたようだった。気温は日一日と下がりはじめ、日本領事館に近い花壇では、よく見ると、日だまりに蜂、蝶、ハエがしきりに蜜をなめている。腹一杯にしている蜜蜂もいる。彼らも冬支度なのだろう。ロシヤの自然の逞しさを感じる。子供づれの母親が「ごらん。ムシさんが頑張っているよ」と注意を促している。給水の一本に温水が届いて、震えながらシャワーすることがなくなった。

ただ一日、変な日があった。十月四日、〝ここは傘なしで住める土地だ〟といつも通り気軽に外出したら大雨に襲われたのだ。空は雷鳴がとどろき、稲妻が走った。道路は洪水状態で、市電もほとんど停止。道路に通じる石段のあるところでは、濁水が急流をなして石段を消していた。ところが、三〇分もしたらケロッと晴れてきた。ロシヤは地震は少ない。小松左京の『日本沈没』では日本列島に地震や噴火が襲って各国に避難させてもらうのだが、そのなかにロシヤもある。実際、例の奥尻島に地震が起きたときもウラジオストックはびくともしなかったというから、作家の着眼は大したものである。しかし、台風の余波は年に三本くらい届くことがあるそうな。

「日本はどうですか」

「もちろん、船の寄港のようにやってきますよ」

ナホトカを中心に、この年、洪水が発生。平地が多く、山地が高くないことは、こういうときはうまくないようだ。

かと思うと、断水する日があって、飲み水の備えに間に合わなかった新入生を部屋に招きいれて、お茶を振る舞ったことがあった。このときは性格のあかるいアメリカ人で、流せないトイレの臭いのするわが部屋に嫌な顔もせずにはいって来てくれた。新入生と言っても国ではロシヤ語を専攻していて、ここへ来て仲間とともにトルストイの『戦争と平和』を読むクラスを作ってもらって、それに参加しているという。ぼくにとって大変参考になったことは、彼が並行して〝バイオテクノロジー〟を学んでいると聞いたことだ。ぼくは自然科学や歴史や経済も関心があるし、そういう環境で学生時代を過ごしたかった。おそらく、これこそ「リベラル・アーツ」というヤツであろう。こういうところでは、米国は進んでる。

十月下旬にはほぼロシヤ全土で一〇度以下になった。暖房はいつから入るのだろうか、と話題になった。「いま、テレビ塔の下あたりまで来ている」と聞いてから四、五日して、ついに寮の暖房パネルにチョロチョロと鼠が這うような音がしはじめた。蒸気が冷えた鉄管の中を通るものだから、最初は水に変わるらしい。

丁度この頃、例の韓国系アメリカ人夫妻が帰国することになり、そしたらクラス合併でタンがまたこちらに戻ってきた。どうやらタンとはぼくは〝赤い糸〟で結ばれているみたいだ。ほかにモンタナ州から来たデーモンという巨体の男がいたが、彼は将来貿易の仕事を計画しているようだった。十一月半ばには街では毛皮帽を被るひとがふえていた。こうした中でタンとの生活のリズムがまたまた復活していった。

ДВГУのすぐ裏にパクロフスキー公園がある。公園といっても、ほとんどが雑木林である。後期が始まって間もなく、樹葉が色づきはじめた林のなかで、日本から交代で赴任したばかりの日本語科講師がピストルを突きつけられてカネを奪われる事件が起こった。いくら盗られたのかは聞いていないが、下手に抵抗して撃たれなかったのはさいわいである。講師はそれ以後、見るも哀れな、みすぼらしい姿に変身して仕事を続けられたものである。ほかにもこんな事件があった。ある男子留学生が独立してアパート暮らしをしていたら、短刀をもった二人組の強盗に入られた。なんと女だったという。彼は抵抗し、傷を負ったが、女二人は逮捕された。われわれの住むオブシェジーチェは本当に安全なところで、一旦は街中住まいに出た人がたちまち舞い戻ってくることもあった。ただし、夜遅く帰ってきた者は、どんなに激しく鉄扉を叩いても開けてはくれない。ことに真冬にガンガン叩くさまは、哀れではあるが、一面では凍死しないように身体を温める結果にはなっている。最終的には知り合いの寮生を呼び出して扉を開けてもらうのだが。

ぼくの買い物探索も経験を増してきた。何がうまいか。どこが安いか。ウラジオは黒パンのうまいやつがなかなか見つからないので、ぼくは米食中心にしていた。ここのコメは短粒種だし、好きな北海の魚は味が濃いので、米食に合うのだ。コメは専門店があるわけではないので、どこで売り出されるのかつねに気をつけている。手に入るとかならず「どこ産か」聞いてみる。「ナッシュ」、という答えが返ってきた。（われわれの）とは（ロシヤ産）ということだ。これに対して、輸入品は「イズ　グラニッツィ」（外国から）。たいてい、中国産だ。簡潔な表現ながら、どこの国でも生活用語は生きた表現をするものである。

ロシヤ人は辛いものは食べないと思いこんでいたら、辛い食材もあるにはある。あるとき青ピーマンを買ってきた。調理のとき、目を擦ったら目が痛くなった。トイレに行ったら、局部がピリピリする。ピーマンの切り口をなめてみると、物凄く辛い。これはマズいぞ。たまたま酢に指をつけてなめてみたら、辛みが減っていた。そこで、酢のうすめ液をコップに作って洗浄液とし、難を逃れたのである。

気に入ったのは、チーズ。一キロ三六〇円くらいからあり、毎日好きな面を切りそいではラップに包んで冷蔵庫に叩きこみ、最後にはサイコロみたいにしてしまう。輸入物も国産物もあるが、輸入のほうが旨かった。ぼくなりの順位をつければ、一位ブルガリヤ産、これは安く

安くなってもいい。

のはローソクみたいだ。それにしても輸入品がこの値で買えるなら、日本も同じはず。もっと

もあった。二位はドイツ産。三位はニュージーランド産。ロシヤ産は旨いのは旨いが、まずい

街には中古車が行き交う。日本車が多いことはわかっているが、いちどゆっくり数えてみようという気になった。第一回目は、一〇〇台中日本車七六、国産車二三、他の外国車一。第二回目、日本車八四、国産車一六、という結果となった。あまり洗車する余裕がないから、どれも中古車に見えるとも言えるが、すくなくとも日本車は中古が圧倒的とみて間違いなかろう。

まあ、こんなことをしながら、心は冬の野菜をどう確保するかいつも考えていた。「冬には野菜が姿を消す」という恐ろしい話も先輩から聞かされた。秋以降の物価の上昇もいちじるしい。菜園を持っている市民は大量のビン詰めを作って対応するが、ぼくらにはそれができない。缶詰野菜もあるが、塩分が異常に高いのもあるので当てにすることはできない。栄養バランスから言ってもジャガイモ、ニンジン、玉葱が中心になるのだが、住居の密閉性が高く、暖房も利いているので、これも芽が出ないうちに使いきってなんとか次を探して買い足さねばならぬ。冷蔵庫に入りきれるものでなく、衣類を除けてクローゼットに収蔵するしかないからせいぜい一〇キロまでだ。案外良かったのは例のスビョークラと呼ばれる赤かぶ。とても保ちがよく、一カ月くらいはなんでもない。小出しに切っても切り口が乾いたあとは、それ以上乾燥が進まないのだ。あと、キャベツの塩漬けも便利だった。ボルシチを作ってもなぜかあの微妙な酸味

が出せないので苦労していたが、あるとき試しに酸味のある塩漬けキャベツを加えたら、なんと成功！　寒くなるにつれてオブシェジーチェの窓々から食品を入れた袋が下がる。外気を冷蔵庫代わりにしているのだが、多くは肉の欠かせないロシヤ人学生だ。

文化活動の話をしよう。ロシヤは文化を大切にする国である。前期の途中から水曜日の午後、ロシヤ民謡を歌うオプションが発足して、外部からマリーナ先生がおいでになった。〝海洋〟という名前からして、ウラジオ育ちなのであろう。とてもキビキビした指揮を執り、才能のある人とはこういうものかな、と思った。そのうちに、お腹に赤ちゃんができた、ということで中止になったが、ぼくはつい「また一人、音楽的才能のあるロシヤ人がふえますね」と言ってしまった。

そういうのとは別に、学校は各国もち回りでその国の文化を紹介する行事を企画してきた。日本人学生はいちばん多いものだから、まず「日本デー」をやるという。民謡を歌うのでも、せんべいや民芸品を並べるのでもなんでもよいのだ。ところが、こういうときのまとまりの悪さは日本人ほどひどいものはない。それにすぐ完璧主義を考える。日本人留学生の三割は新潟一県から来ていたが、もうすこし経たないと、と考えたのか、この人たちの賛同を得られなかったら何もできなくなった。〝地方の時代〟に入って、日本海側の新潟、富山県などロシヤ語振興に大変力を入れ、成果も挙げている。新潟では検定試験を誘致することもした。日ロの経済交流が盛んになれば、必ずやこうして生まれた人材が活動を支えてくれるだろう。惜しむらくは、ロシヤという国は〝文化〟を入り口にしてこそ事が運びやすい、という認識が日本側にやや不足しているように思われることだ。このあと「シンガポール・デー」など、たった三、四人の留学生でうまくこなしていた。

ぼくが三〇代でそもそもロシヤ語に手を出した動機は、ひとつにはロシヤ民謡が好きで、また自分の低い声域にとっても、話しやすい、歌いやすいということにもあった。ところが、ロシヤに来てみて、かつてのようなロシヤ民謡の隆盛はなくて、テープやCDで入手できるのはほとんどアメリカナイズされたポピュラーソングである。学生寮でロシヤ人学生が大きな音で流している人気曲も、そんなものである。しかし、街には音楽ホールがあって、そこではクラシック曲をよくとり上げていたので、三回ほど聴きにいった。イーゴリ・ボルコフの独唱。モスクワから流してきたコーラスグループ。これはよかった。熱中して襟巻きを置き忘れて、電話したら「とってあります」と返事があったこともあった。帰りは、こればかりは暗くなるので、街を走り抜けるのだった。

学校の掲示板で、スベトランスカヤ通りのスハノフ記念「白い家」で市民グループが不定期に集まって、歌う、聴く、踊るの活動をつづけていることを知り、行ってみた。「サーマ・ジェーヤチェリノスチ」（芸術自主活動）――ソビエト時代について描かれた書物で読んだ、勤労者の文化活動――が一部に引き継がれて行われているのを見て、感動した。このときは年金生活の面々がイタリアオペラをやっていたのだが、なかでも男女がデュエットで歌うところなどあまりにみごとにハーモニーができているのに一驚した。〝プロだったにちがいない〟と確信して、そのうちの七〇歳代のおじいさんに聞いてみた。

「マンチョール（電気工）だった。三菱の長崎造船所で働いたこともあるよ」

ぼくは仰天した。彼らはまったくの素人集団だったのだ。しかも、若い頃日本へ出稼ぎに来たというのなら、おそらく高等教育を受ける暇もなかったろう。だがこれだけに歌いこなすということは、ロシヤの音楽教育がいかに基礎学習をしっかりやっているかということを物語る。白い家にはこの後も出入りし、クリスマスパーティのときには「指輪まわし」というゲームで早々と当たったもんだから、子供たちの前で「サンタ・ルチア」を歌ったこともある。また、さきの年金生活グループには、帰国後、日本の唱歌集を送り届けもした。その中には、ぼくが名曲と信じる「夏の思い出」がはいっていた。

サーマ・ジェーヤチェリノスチは細々と残っていたが、参加者はいまも生き生きとしていた。ロシヤ人は〝物乞い〟に寛大な民族だと思うことがある。地下道に通じる階段口の手すりに箱を置いて、おばあさんが立っている。が、これ見よがしに汚い身なりをしているわけではない。むしろ、この人のいま持っている衣装のなかの〝一張羅〟を身にまとっているようにさえみえる。最後の〝誇り〟を大事にしているとさえ思う。それは〝ずいぶん努力しましたが、いまの年金ではとても立ち行かなくなりました〟と訴えているようである。なにがしかのおカネを投じると「スパシボ」と力なく礼を言う。一般にロシヤ人はこの（ありがとう）を滅多に言わない。ことにおカネを払ってモノを受けとるなど〝等価交換〟では絶対言わない。おカネをあげるほうも、困ったひとを助けるという宗教的伝統みたいなものに深く根ざしているのかもしれない。よくしたもので、人々はわずかな拠金を割《さ》けるだけの〝小銭〟を持っている。その理由は、一キロいくらの計り売りが徹底しているので、魚三尾、肉一塊、カボチャ一個という買い物をするとかならず端数が出て、店では重量に応じて電卓で比例計算して、お釣りを小銭でよこすのだ。消費税はないのだが、みな小銭を抱かされる。ひとによってはこれが煩わしくて、物乞いの箱をみつけると気軽に手放してしまう。社会的になかなかうまく回しているのだ。

すこし楽器などの素養のある人なら、街角や地下道に立って歌ったり、奏でたりする。それが傷痍軍人であったり、少女であったりするが、おカネの入りは物乞いとは全然ちがう。あるとき地下道で少女がバイオリンで練習曲かなんかの断片を弾いていたが、足元のバイオリンのケースは札びらでぎっしり詰まっていた。ロシヤは犯罪が多いといっても、こういうカネにはだれも手をつけない。弾く方もカネに目をやるようなことはまるでなく、一途に演奏に集中している。べつに上手とか下手とかではなく、悲しげな抒情曲で、ロシヤ人は大甘といえば大甘、苦もなくおカネを投じる。貰う方も上げる方も、ぼくはこういうロシヤ人気質が好きだ。

地下道の一角ではほかにジリノフスキー党、正式にはロシヤ自由民主党の機関紙販売もおこなわれていた。傍らにはシンボルとなるこげ茶、黄、白をあしらった小旗が立っていたが、この配色はひとをギクリとさせるものがあるな、と思った。この党が伸びるか、国際上重大な関心をもたざるをえなかったが、結局ぼくは現地にいて〝伸びないだろう〟と判断した。ロシヤ人の美意識にはすぐれた曲線愛があり、彼のように生一本なのは馴染まないとみたからである。例えば、筆記で文字を清書をするにも、思いきりひねった線のほうがよいらしい。ぼくが街を散歩する楽しみのひとつは、面格子、カーテン、フェンス、衣装……のありとあらゆるところにひそむ非直線的な趣向を発見することにある。ジリノフスキーにかんする図書は日本で三、四種出版されていた最中に、ロシヤでは探しても見当たらなかった。あの粗雑さはロシヤ出版界から無視されていたのではないかと思う。

それとは別に、ぼくがどうしても理解できないことがある。ロシヤの現状を社会主義とか市場主義の観点から論じるのではなく、ユダヤの影響の大小で判断しようとすることだ。一部のインテリにその傾向があるようだ。だからレーニンでもエリツィンでもジリノフスキーでも、その目で詮索する。ちょうど大統領候補のこともあったので、「では、誰がいいですか」と聞いてみたら、「まあ、ルツコイだな」とか答えが返ってくる。「日本にはそういう問題がないので、よくわかりません。それに、中東の石油に依存しているからイスラエルに肩入れすることはできません」とぼくが言うと、「そんなことないさ。『日本におけるシオニズムの影響』という論文を読んだことあるぞ」とおっしゃった人がいた。ぼくの考えでは、ロシヤに鄧小平のような現実感覚、実践力のある人物が生まれないこと、税の捕捉、契約の実行などのほうが大事だと思うのだが。それこそ〝近代化の遅れ〟である。

昼間はドタ靴をはいてよく歩くから、夜はよく眠れる。ある晩、ぼくは部屋中に立ちこめるもうもうたる煙に目を覚ました。火事だ！　どこだ。身体を起こしてドアの方に向かう。なんと、煙の出所は自室のオーブンからではないか。二日前にトリをローストしたときは、たしかオフにしておいたはずだ。ともかくも、たった一カ所の小窓を開放した。これまでも、切っておいてもいつの間にかオンになっていることがあった。しかし、いまは再び入れても温まりもしない。トリの油が燃えているうちに、配線まで焦げてしまったにちがいない。この話を一つ隣のエフゲニー・セバスチアンことタケオにしたら、彼は「ぼくは寝る前に、かならずコンセントを抜いておく」と答えた。〝そこまでやるか〟。ぼくは感心した。不安定な電気機器を相手にするには、そのくらいの心構えが必要なのだと悟った。

ウラジオに住む日本人は九〇人に過ぎないが、セキュリティがよくないだけに、日本人会も頻繁に開かれ、目が届くようにしていた。戦前はかなり日本人が住んでいたそうで、ゾーヤ・コルビンさんという研究者によると、最盛時は一九〇二年（明治三十五年）の二九九六人で、職業別では娼婦が第一位で四五八人。長崎などから送りこまれ、ロシヤ人漁夫の相手をしたという。ほかでは官吏、貿易商、洗濯女、大工、料理屋など。シベリア出兵（一九一八）以降激減したそうだ。

日本人会が「要塞見学」と銘打った企画をしてくれて、面白そうだからぼくも参加してみた。そもそもウラジオストックという軍港は立地が大変堅固にできており、敵艦が金角湾奥の軍港に迫ろうとするなら、大陸と細長い半島や島々に挟まれた水路を三〇キロも通らねばならない。だから、両側の陸地にびっしりと砲台を設置すれば確実に侵入艦を撃滅できる。素人目にも、攻撃を避けることなんか不可能だと容易にわかる。要塞建設は一八八九年以降におこなわれ、シベリア出兵では湾を避けて半島の根元に上陸し、裏をかいた部隊もあったらしい。本格的に要塞建設に励んだのはスターリンである。それとともに、ウラジオストックの人口も影響を受け、一九一七年一三万〇二〇〇人、一九三七年二三万七九二三人、一九三九年二〇万六〇四五人、一九七七年五五万二〇〇〇人と推移した。三七～三九年に人口が突如大きく三万人減ったのは、要塞が完成してスターリンが秘密保持のため工事従事者を全員抹殺したからだそうだ。今はほとんど廃墟にすぎないが、一九四五年の千島占領に出動した部隊のいたところ、U－2機を撃墜した部隊の所在地など、はるか遠くから望むことができる。博物館に立ち寄ったとき、ある人が「核戦争に対応できるか」と聞いたら、女性学芸員が「核戦争で七〇万市民全員が避難できるような要塞を作ることは、予算上不可能です。戦争はしないことが一番です」ときっぱり言いきった。ちょっとびっくりしたが、この常識こそ大切にしていかなくては、と痛感したものである。

こうして後期の学校生活は過ぎていったが、十月頃からぼくは現在のロシヤ情勢についてもっと知りたくなった。そこで本来のレッスンを抜けて上級クラスの経済の講義を聴きに行ったりしていたら、教務主任のニーナ先生が「あなたのクラスにも設けてあげますよ」と言って、本学のイワノビッチ教授をつれてきて「新聞講読」というレッスンを作ってくれた。それはありがたかったが、ぼくはそれでも金曜日には相変わらず抜けだして、上級の「極東経済の現状」という講義を聴いていた。資格をとろうなんて考えは毛頭ないから、気に入ったレッスンがあればすぐ出かけていったのである。

一月十七日早朝、ラジオでNHKを聴いていて、神戸を大地震が襲ったことを知った。

十二月、一月となるとさすがに寒い。昼間でマイナス一三度、夜間でマイナス一六度以下。ハバロフスクなんかマイナス二五度になるから、まだ大したことはないと思う人がいるかもしれない。実際はウラジオの方がきびしいと言われる。海風が吹くなかでのマイナス一三度は、体感温度としては無風のマイナス二五度よりきびしいのだ。それに雪が飛ばされて、あの美しいロシヤの冬景色が見られなかったのは、ぼくにはもっと残念だった。この寒さのなかで、犬なんかも毬のように丸まって、日当たりのよいところでたがいにくっつき合って昼間から伏せている。あるときは三本足でコチョコチョとんで歩く犬を見た。〃障害犬か。可哀想に〃と同情した。と、次の瞬間、その犬はいままで上げて温めていた足を下ろして、代わりに使っていた三本の足の一本を上げて、またケンケンで走りだしたのだ。こんなの智恵でなくて、自然に獲得した習癖なのであろう。おかしいやら、感心するやら。

また、ぼくは夏場に買っておいたゴム長を履いていたが、こんなものではフェルトをどんなに詰めこんでも覚束ないことがわかった。街でトランバーイ（市電）を待つあいだにもピョンピョン跳ねていないと我慢できない。以前、第二次世界大戦中のモスクワ攻防をめぐる独ソ戦の記録をビデオで見たことがある。十一月の寒波を予測して現地のドイツ軍はヒットラーに冬用軍靴の支給を要請するが、無視される。そして十一月が来て、夏用の軍靴では立っていることもできない。そればかりか、不凍潤滑油を開発していたソ連軍戦車の一斉反撃を受け、総崩れになる。あれを思い出した。ぼくはロシヤ製の防寒靴をはいてみた。外見はどうってことはないのに、地面から凍てつく寒気はまるっきり上がってこない。裏のギザギザは細かくてこんなので大丈夫かな、と思わせるのに、実際には刻みの深い靴より滑らないのだ。やっぱり北国の知恵は北国に頼るにかぎる。

冬になると金角湾は凍る。凍ると言っても、一部の海路は確保されている。その理由は、火力発電所の排水のせいだと言うひともいるし、もともと暖流が流れこんでいるのだと聞いたこともあるし、よくはわからない。丘の上から見下ろすと、海は氷でほとんど白くなっている。真冬でも空が真っ白に晴れている日がよくあり、しかもこういう日は殊のほか寒気がきびしい。それは海陸を覆う〝天井〟を取り払ったようになるからである。

遠くから見ると、氷の上にぶつぶつと人影のようなものが見えだした。それは動かない。〝こんな寒い日に何をしているのだろう〟。日曜日を待って、ぼくは海辺へ出かけていった。もちろん完全装備である。

それはおびただしい釣り人であった。遠浅の海岸から三、四百メートル離れたところまで、わざとひとの踏み跡のある汚れた部分を選んで、氷の上を沖合に向かって歩いた。知らないで、氷の薄いところに乗ったら危ないとみたからである。釣り人の群がっているところからも、それ以上に沖合に出ることはもっと危ない。人々が釣っていたのはコーリュシカという、小ぶりの魚である。そうか、街角で売っているのはこうして捕っていたのか。氷にでかいドリルで穴をあけ、釣り針をつけた糸を垂らす。ただそれだけだが、力量の差があらわれるらしく、たくさん釣っているひともいれば、ほとんど釣れてないひともいる。上げた魚は氷の上に投げださされてたちまち凍ってしまう。小さな木箱に腰を下ろし、寒風を避けて防寒着で顔まで覆っているが、風よけの囲いがないのは驚きだ。ぼくは、しばらくいると尿意を催し、大慌てで岸に戻らずにいられない。そのせいか、ロシヤ人でも男性が圧倒的で、女性はあんまり見かけない。

コーリュシカは〝わかさぎ〟そっくりな魚である。辞書では「キュウリウオ」となっているが、この魚にキュウリの匂いを嗅ぎだした人は偉い。イメージとしては〝ウミワカサギ〟と名づけたらわかりやすいのだが、この系統は川を遡上するともいう。ウラジオでは真冬に海で捕るのが旬のようだ。味は、淡水魚のわかさぎより濃く、ずっとうまい。フライにする、ムニエルにする、醤油で煮る、と和洋自在、いずれの調理もよく合う。街ではひと山二〇〇〇～三〇〇〇ルーブルと手頃な値段。ご飯によく合うから、ぼくの好物となった。ロシヤ人はウォトカの肴にしているのだろう。釣って食べる――大都市近傍で庶民がたのしめる娯楽のひとつだ。

日本に帰るときも、ぼくは揚げたコーリュシカをプラパックに詰めて、ビンに残っていたべトナム・チリソースをかけ、おみやげに持ち帰った。ロシヤの余韻をすこしでもとっておきたかったからである。

一九九五年の一月末、ぼくは今回の長期留学の予定を終えて日本に帰ることになった。心残りのするタンとはコーリュシカ漁を見に行ったり、室内装飾の人工樹木を買うのをつき合ったりしていたが、荷造りの段になってロシヤ製絨毯とワープロ用変圧器をプレゼントした。どちらも重かったり、嵩張ったりで持って帰るわけにいかないが、貰う方としては大変有用で価値のあるものである。

帰国の日、共に日本へ帰る三人の学生が大学所有のバンで空港に送られたが、そのとき残留の留学生はオブシェジーチェの入り口に揃って見送ってくれた。タンもそのなかの一人であったが、意外とさっぱりしていた。ぼくたちのあいだには、同じ地球のどこか二個所に元気で生きていることだけを頼りとする日々がすでに始まっていた。

このつぎタンと会うのは、どういう形になるのだろうか。それとも、もうそれはないのだろうか。

四、北方領土のこと

ぼくはロシヤについてアンビバレント（ふた思いに似た）な感情を抱いている。ぼくに限らず、そういう日本人は多いと思う。それは領土問題にからんでいる。

逆に、ロシヤ人は意外と日本人が〝好き〟である。これはウラジオストックに来て驚いた点で、説明を要する。ロシヤ人は日本を〝フジヤマ、ゲイシャ〟の観点で見てはいない。まず、敗戦から立ち直ってなしとげた経済成長であり、その象徴としての〝車〟つまり小型車分野でアメリカを凌ぐほどのものを作り上げたということである。ここにはぼくの観察的独断もあるにはあるのだが、そうした〝敬意〟〝好感〟が転じて〝好き〟になるのではないか。日本がロシヤを〝仮想敵国〟としたことはあったが、平和憲法を持ったし、核武装もしなかったから、〝攻めてくる危険〟を感じさせなかったのもよかったのだろう。

一方、一九八〇年代にロシヤがペレストロイカに至ったのも、ひとつの〝敗北宣言〟ではあった。二大強国としてアメリカと対等に競争していたのでは、もはや立ち行かなくなった、ということだ。社会主義計画経済とは言いながら、実態は官僚主義の非能率が常態化していた。さらに一九八六年のチェルノブイリ原発事故は自分の頭の上に〝原爆を落としたような〟追い討ちをかけてしまった。もはや冷戦対決どころではない。こうなると、素直に〝敗北〟をみとめることが〝敗北を克服する〟ことになると気づいたのだ。いや、ロシヤは〝戦わない国〟が〝負けではない〟ということを、日本やドイツから学んだのではないか。ロシヤ人にとって、アメリカに敗北したはずの日本が、ベースボールと並んでアメリカを象徴する〝乗用車〟部門で、故障のしにくさ、低燃費、低公害ではむしろ得意分野にしてしまって、性能、価格面で競争できるものを仕立てたという状況は、まぶしく目に映ったにちがいない。それこそがロシヤに欠けていたものであり、いまも欠けているものだ。

M教授は上級で「極東経済」を担当しておられた。生徒は二人のみ。そしたら中級以下の留学生からも聴講希望者が後を絶たず、彼らを受け入れていた。ちょうど日本との関係を扱う段では、二〇名も集まったことがあった。多分、このときは他のレッスンを譲って合併講座のようなことをしたのだろうと思う。

教授が言うには、日本との間に横たわる問題は「領土問題だけである。エトロフ、クナシリ、ハボマイ諸島、シコタンは資源的に特別魅力あるというほどのものはない」と言う。ついでに言えば、中国との国境問題はほとんど解決済みだという。講義の後半に入って、意見を発表できるところへ来た。ぼくは「ウラジオへ来て、当地のひとが日本に好意をもっていることがわかった。残念ながら、逆は真ではない。ロシヤが北方領土を長く占領していることが悪感情を植えつけてしまった。日ロ関係の進展にマイナス面を強化している」という意味の発言をした。おおむね、そういう意見が続いたと思う。ただ、こういう議論において、日本の官庁、県庁から派遣されてきた留学生は、考えを述べることはまずない。今後の仕事の上で、支障が起こることを恐れているようだ。M教授は〝若いひとは別な考えをもっているかもしれない〟と期待したのだろう。「だれか、若いひとで意見はないか」とうながされた。

新潟のK子が発言した。

「ロシヤは世界一の広大な国土を有しながら、どうしてちっぽけな島の領有にこだわるのですか」

これは図星だった。教室は爆笑につつまれた。

ほかにも、こういうことがあった。ぼくらのクラスに新設された「新聞講読」の学期末の二次試験で、自主テーマを発表する機会があり、ぼくは「ロシヤの未来」と題して発表した。締めくくりに「領土問題を早く解決して、必要な近代化資金の流れやすい環境を作ったほうがよい」というひとことを加えた。ぼくの口述後、イワノビッチ教授はふたつ設問した。

「一、クリルを最初に発見したのはどこだ。二、日本はいくつの民族で成り立っているのか」

ぼくは一番目の問いに答えるにはまだ勉強不十分だった。おそらくアイヌが最初に住んだのだろう。二番目については「アイヌ民族もあるが、ほとんど単一民族だ」と答えた。すると教授はすかさず「そうだろ。ロシヤは一〇〇あるんだぜ」と答えられた。いつもは温厚な方であるだけに、このきつい返答には驚いた。一〇〇も民族があるのだから、どこかをいじれば蜂の巣をつついたようになる、というわけである。

それにここには論理矛盾がある。北方四島がどこのプロパー（固有）なのかということと、それを言いがかりに他の地域で紛争が起きてしまうということは、完全に別問題である。前者は国際問題、後者は国内問題で、国際問題を国内事情で引き伸ばすのはよくない。

この言い合いによって、教授が採点に手ごころを加えたということはまったくない。しかし、ぼくは日本人として勉強不足をますます感じた。すでに極東経済の例の講義のあと、日本領事館へ行って関連する資料を貰っていた。その中に『日露間領土問題の歴史に関する共同作成資料集』というのがある。日本外務省とМИД（ロシヤ外務省）が一九九二年九月に発刊したものだから、ペレストロイカ以後の日ロ外交進展の健実な一成果と言える。対等公平な立場に立って、これまでの条約や一部資料をまとめたもので、その対等、公平さは日本語の縦書き、ロシヤ語の横書きをうまく組み合わせて、右からページをめくれば日本語文、左からページをめくればロシヤ語文になっていることによく表れている。以下は同書からの要約。

一八五五年以前の歴史

一六四四年　正保御国絵図　国後、択捉、歯舞、色丹の島々を記述した世界最古の地図。徳川幕府公式地図。

一七一三年　コズィレフスキー「海島図」　クナシル島にイトゥルップ、ウルップと同じ異国人

四、北方領土のこと

（引用者注　アイヌのことか）が居住の記述あり。

一七八七年　ムロフスキー大佐への海軍省幹部会訓令　松前島からカムチャトカのロパトカ岬に至るまで、すべての島々を公式にロシヤ国の所有に加えるべく、探検して適確な地図を作成せよ。

一七九九年〜十九世紀初頭　一七九九年、幕府は蝦夷地経営にかんし南部、津軽二藩に命じ、国後、択捉に勤番所が設けられ、一八〇四年二藩に永久警衛を通達。

一八二一年　アレクサンドル一世勅令　クリル諸島、すなわちベーリング海峡からウルップ島南岬に至るまでのあらゆる産業は、ロシヤ臣民のみが従事できる。

一八五三年　ニコライ一世のプチャーチン提督宛訓令　クリル諸島のうち、ロシヤに属する最南端はウルップ島、日本側は択捉島の北端が国境となる。

一八五五年　日魯通好条約　今より後日本国とロシヤ国との境はエトロプ島とウルップ島との間にあるべし。エトロプ全島は日本に属し、ウルップ全島とそれより北のクリル諸島はロシヤに属す。

こうして見ると、十八、十九世紀ころの辺境地はたがいにせめぎ合いはあるが、実効支配からして十九世紀半ばまでに国境をウルップとエトロフの間に置くことは、歴史的事実として確立していたとしてよいだろう。つまり、北方四島は日本のプロパーだったのだ。二島だけが日本領だったのではない。これは鎖国下の日本でもやることはしっかりやっていた。ただし、千

島全域にかんして、アイヌからの反乱は日本もロシヤも経験はしている。（参考　和田春樹著『北方領土問題』朝日新聞社）

問題はその後である。時々の力関係で、条約上の規定も変わるのだ。

一八七五（明治八）年　樺太千島交換条約　ロシヤ皇帝は樺太島の権利を受し、代わりに現今所領のシュムシュからウルップ島まで一八島の権利を日本皇帝に譲る。（引用者注　エトロフ等四島はすでに日本が領有）

一八九五（明治二十八）年　日露通商航海条約一八条　一八五五年通好条約から一八六七年新定約書までのロシヤ側が日本国で執行した裁判権は消滅し、これより日本裁判所で執行。

一九〇四～一九〇五（明治三十七～三十八）年　日露戦争

一九〇五（明治三十八）年　ポーツマス日露講和条約　サハリン島北緯五〇度以南の島嶼を日本へ譲渡。

一九一七（大正六）年　ロシヤ革命　一九二二（大正十一）年　ソビエト連邦成立

一九二五（大正十四）年　日ソ関係の基本的法則に関する条約第二条および声明書　ソ連はポーツマス条約の効力存続を約す。ただし、前帝政府と政治上の責任を分かつものではない。

一九三六（昭和十一）年　日独防共協定

一九三七（昭和十二）年　盧溝橋事件　日中戦争はじまる。

一九四一（昭和十六）年四月　日ソ中立条約　たがいの領土保全および不可侵。第三国からの攻撃が締約国の一方にあったとき、中立を守る。五年間有効後、一年前に廃棄通告。それ以外は自動延長。十二月　日本軍真珠湾攻撃　太平洋戦争はじまる。

一九四三（昭和十八）年十一月　カイロ宣言
一九四五（昭和二十）年二月　ヤルタ協定　ルーズベルト、チャーチル、スターリン三首脳会談。ソ連の対日参戦、南樺太の対ソ返還、ソ連の千島列島取得を決める。

四月五日　ソ連、日ソ中立条約廃棄通告。日本はドイツの対ソ戦を援助し、かつソ連の同盟国たる米英と交戦中につき、一九四六年四月以降は日ソ中立条約は延長しない。七月二十六日　ポツダム宣言。八月六日　広島に原爆投下。八月八日　ソ連対日宣戦。八月九日　長崎に原爆投下。八月十四日　ポツダム宣言受諾決定。翌日　天皇の終戦詔勅放送、無条件降伏。

ここまでは『共同作成資料集』に歴史的事件を補足してまとめてみた。

一九四五年八月八日の対日宣戦は日ソ中立条約の規定からして、条約に違反している。近代国家にあってはならないことである。翌九日、ソ連軍は旧満州、中国東北部の日本軍を攻撃し、さらに日本兵六四万を捕虜としてシベリアやモンゴルに移送し、苛酷な環境のなかで労働に従事させ、その結果六万二千人の死者を出した。クリル諸島（千島列島）への攻撃は、日本が無条件降伏を認めた八月十四日より後に開始され、九月三日にかけて択捉から色丹までを加えて、全列島を占領してしまった。それは、社会主義が批判する〝帝国主義〟ではないか。レーニンならこうはしなかったろう。スターリンはさらに北海道の北半分の占領を要求したが、米国にことわられて断念した。

一九三六年から一九四五年にいたる日ソ関係のあり方は、国際条約というものが理念や相互信頼のうえに成り立つものでなく、軍事上の作戦を政治的に補完するようなご都合主義によっていたことが気にかかる。それは将棋のコマ打ちのようだ。

すなわち、一九三六年に日独防共協定を日本が結んでいるのに、一九四一年に日ソ中立条約を結ぶ。その思惑は、ソ連としては欧州とアジアの二正面に敵をもちたくなかったこと、日本としては南方進出であった。その前の一九三九年八月の独ソ不可侵条約は前年九月のミュンヘン会議で、英仏がヒットラーの要求にしたがい、チェコのズデーテン地方をドイツに割譲するということをソ連、チェコの同意なしにやったことに不信をいだき、ソ連は逆に主敵であるはずのドイツと手を握るという内容の条約である。しかも、調印の日を好機として欧州から大量の軍を移動してノモンハンに集結し、紛争のあった日本軍を殲滅してしまった。ただ、ノモンハンの問題地域は本来モンゴル領であったので、ソ連は同盟国として効率的に応援したといえる。だが、一九四六年四月以降有効であるべき日ソ中立条約廃棄通告は、一九四五年八月六日の米軍による原爆投下で生じた新たな状況に待ちきれなくなって挙に出たとしか言いようがない。

一方、ぼくは日本が軍国主義者の支配下にあって、ソ連に対して脅威になっていたということも理解する。ソ連の敵国たるドイツと組み、同盟国である米英と戦争することは、本質的に

〝ソ連の敵〟だというのだ。また、終戦時に北朝鮮清津の激戦で五八人の負傷水兵を救出したあと、重傷兵の手当てに手間取り、捕虜となった従軍看護婦マリヤ・ツカノワの胸をえぐり、目を抜いて虐殺したというようなことが、どんなにソ連国民に悪感情を与えてしまったか、日本人は知らなくてはなるまい。ウラジオストックのスベトランスカヤ通りにある海軍病院の門脇に彼女の白い像が立つ。緑を背景としたその像はいまでも絵はがきとして市内で売られている。しかしまた、ソ連が労働力確保のために戦後不当な抑留と労働を強制したことにより、元日本兵六万人余の死者を出したことも、簡単にほうむるわけにいかない。ソ連は第二次世界大戦で戦死者四五〇万人と参戦国で最大の犠牲をはらって勝利した。しかし、この犠牲は日本軍との戦闘で生じたものはほとんどないはずである。

ではどうあるべきか。近代以降の戦争によって生じた力関係で領土を分けることは止めて、十九世紀半ばまでに確立していた領土状況に戻すことしかない。これこそが国と国との敵対感情や紛争を克服することになるであろう。

そこには過去の教訓がある。ぼくは一九四三年のカイロ宣言の精神が今日の国際社会の底流になっていると考える。その訳はこうだ。一九一四～一五年の第一次世界大戦は欧州を巻きこんで未曾有の戦死者を出した。その結果の終戦処理として、ロンドン会議では主敗戦国のドイツに一三二〇億金マルクという賠償を課した。ドイツは支払いに窮し、天文学的といわれるインフレに悩む。賠償金をヤング案の三〇年度一七億マルクに減額、期限八七年まで引き伸ばしとしたにもかかわらず、支払い不能となる。結果として、一九三〇年の総選挙でドイツはナチス党が大量進出し、ヒットラー独裁の基盤をつくり、一九三九年九月にポーランド侵略をかけるや、二五年ぶりに二度目の世界大戦を引き起こしてしまった。一九四三年のカイロ宣言は戦勝国が固有領土の変更を求めることが次なる戦争を再生産することを思想的に理解していると思う。それは、第一次世界大戦で巨額の賠償を敗戦国に課したことからの類推ともみえる。しかし、最大の理由はナチズム、軍国主義の領土拡張主義に対抗する立場を鮮明にすることだったろう。その結果はみずからの植民地も解放することになるのだが。結局、第二次世界大戦の決着は〝戦争犯罪者の追及〟という形でなされた。

　カイロ宣言の参加国は米、英、中華民国であり、ソ連は入っていない。しかし、一九四五年の国連憲章、大西洋憲章を通って、第二次世界大戦後世界大戦を回避して五六年を越えている。例えば、大西洋憲章では領土不拡大原則、主権尊重、ファシズム反対が盛りこまれている。それどころか、EUのように欧州では〝永遠に〟戦争を回避する枠組みが作られた。ぼくはロシヤがアメリカとは別な独自の発言力をもってほしいと思っている。それは湾岸戦争の終結でも調整役として必要であった。そのためにはロシヤが戦争の成果として領土の獲得を求めたり、自国の経済の補強に武器輸出をしたりする域を脱することで、その資格を強められるのだと思う。

　こういうことは侵略戦争をやった敗戦国の言えることではない、ということはある。それを主張できるのは「日本が平和国家である」ということを今後も実証するしかない。

つまり、ぼくが提案したいのは、いかなる国も〝近代化〟して、それを国際関係に示してほしいということだ。〝近代化〟とは本来、法秩序の確立、なかでも契約の実行、人権尊重、経済上基本的に自由競争が保証されている、領土の力による変更をしない、宗教による政治支配がない、などを内容とするものであって、それは〝民主化〟に先立つ概念と思ってほしい。その反対は、拡張主義や経済の過度の独占、帝国主義による〝歪められた近代化〟である。それは、日本側に侵略政策が継承されていたら、成り立たない。しかし、今日の日本に侵略政策の克服が見られるのならば、ロシヤも日本の固有領土を奪ってほしくないのだ。そうでないと、両国にとってあかるい未来に向けての対等で協力的な関係など望みようがない。

これは両国にとって〝教科書問題〟でもある。ロシヤは中等教育において、スターリンの功と罪をあきらかにし、太平洋戦争末期にとった対日軍事作戦を正確詳細に学生に伝えているかどうか。ナチの大量虐殺を非難するように、スターリン粛清、ポルポトの虐殺は二度と再現してはならない。逆に、それを問うならば、日本も〝教科書問題〟を起こしてはならないのである。自国が他国に侵入侵略することを正当化していて、どうして他国が自国の一部を不当占領していると非難できるだろうか。歴史学者の評価が定まったことを簡単に否定するのはよくない。それは〝言論の自由〟のレベルではないと思う。「新しい歴史教科書」は多く採用されなかったとはいえ、この教材の公認は北方領土の返還問題にマイナスだと、ぼくは思っている。

国民の保守的意識の固定を期待する与党が、狭い了見でこうした教材を応援するならば、中韓両国との関係ばかりか、北方領土返還の環境を悪くする。国のあり方として平和主義を掲げるからこそ「返してくれ」と高々と主張できることであろう。

それはまた言論の自由、情報公開の問題でもある。ウラジオストックで海軍が核廃棄物を海洋投棄したことについて、日本の新聞記者に情報を流したことが問題であって、やったことが人類社会にどういう意味をもつのかが問われないのならば、ロシヤのために悲しまざるをえない。

これまで、日本の新聞に載った北方領土についての「ロシヤの世論調査」にぼくは注意してきたが、八〇％方は返還反対であり、日本にとってあまり芳しいものではない。ロシヤにとってきわめて小さなこの部分について、大衆が歴史的経緯を知ったうえで判断しているとも思えない。返還反対に強硬な現地知事も保守派というより〝民族主義的〟な立場からのようだ。

「今の世代のロシヤ人には、以前の我が国の指導者が行った政治的な冒険に対する責任はないとの点につき、同意します」とはエリツィン大統領が一九九一年に言った言葉だが、同時に彼は「新しいロシヤの指導者が負う無条件の義務は、今日なおロシヤと国際社会との正常な相互関係の発展の障害となっている、過去の政治から踏襲されてきた問題の解決方法を探求することにあります」とも言っている。

もはや、北方領土問題解決は、ロシヤが〝近代化した公平な国であり、世界をリードする理念を提起しうる国である〟ことを示す好事例として、ロシヤ政府が国民に働きかけるべきところに来ている。

両国に横たわる領土問題は、実はロシヤにとっても大変な不利益を与えている。ロシヤは核とミサイルを背景に、日本が取り返しにこないとタカをくくっているかもしれない。しかし、それが大きな損を招いてしまった、とぼくはみる。

まず、アメリカとの比較において。アメリカは沖縄戦で激戦ののち沖縄を占領したが、自国領に編入することはしなかった。それは迷いなくそうしたとも言えないようだ。一九四五年二月のヤルタ会談で米、英、ソ三国首脳が決めたなかに「千島列島のソ連への返還」という一項がある。スターリンはルーズベルト、チャーチルの対日参戦要求に対して、「極東では日本軍の歴然たる敵対行動が少しもない以上、無条件参戦ではソ連国民は納得しない」と主張し、日露戦争で失った旧ロシヤの中国領での利権の回復も要求している。千島列島引き渡しについて、上智大学の藤村道生教授は、カイロ宣言にもかかわらずアメリカがこれを了承したのは、自らも沖縄の領有をねらっていたからだと述べている(同氏著『日本現代史』山川出版社)。こうしたアメリカの姿勢はサンフランシスコ対日講和条約までつづいていたように思われる。一九五一年九月に結ばれたサンフランシスコ条約では、沖縄、小笠原は米国の信託統治に一旦置かれるが、住民の祖国復帰運動が実り、一九七二年五月施政権は日本に返還された。アメリカが沖縄に極東における軍事拠点を置いていることは、多くの日本人にとって快いものではない。しかし、ロシヤは大した戦争もせずに、沖縄本島以上に広い、全部で千葉県に匹敵する面積の日本固有領土を統治していることは、日本人をしてソ連、ロシヤの印象をいちじるしく下げてしまった。さらに、冷戦の終結はロシヤ、アメリカともに領土や基地の問題について本来のものに変更を求める新たな環境ではないか。

だが、ロシヤにとって最大の損は〝資金の流れ〟を悪くしてしまったということではなかったか。これればかりは日本が川上であり、ロシヤに流れなくとも日本にとっては痛痒を感じない。また、これは本来領土問題と交換になるテーマではない。しかし、これを理解するには戦後の日中関係を見ればよい。「ジェトロ投資白書」二〇〇一年版によれば、九九年までの日本の対中直接投資累計は一九五億一四〇〇万USドルであるのに対し、九九年度までの対ロ累計は一億六三〇〇万USドルにすぎない。中国については、この外にODA（日本からの途上国援助）による円借款があり、一～四次で二兆五八〇九億円にのぼる。ODAは旧ソ連の中にいたCIS中央アジア五カ国、コーカサス三国にも流れているが、ロシヤは対象国に格づけされてないからこれはゼロ。鄧小平の現実路線で水を得て、中国は今日世界でもっとも経済的にあかるい展望をもつ国となった。中国は、このまま行くと二十一世紀の早い段階でGDPの上でもきわめて自然に日本を超えると思われる。しかるにロシヤは、国民の知的レベルにもかかわらず、はるか後ろにとり残されている。

北方領土の返還と対ロ投資が交換になると言っているのではない。そもそもこの二つは交換できるものではない。投資にはそれだけではすまない要素があるからである。対ロシヤでは、一、返済契約をきちんと守るかどうか。旧ソ連時代の債務も一〇三〇億ドル残っているというではないか。二、ユジノサハリンスクのホテル合弁事業にもあったように、共同投資しながらロシヤ側が経営を占拠してしまうという事件。こうしたことが起こる可能性があるかぎり、そして国がそれを取り締まれないかぎり、どんな国も投資にしりごみするであろう。三、利益が上がっても、脱税したり、マフィアがからんでくる体質。そのために社会自体の再生の非能率がある。以上三つは、ロシヤが真に〝近代化〟しているかの問いでもある。その上で、四、経済発展が見こまれる魅力があること。しかし、北方領土の返還は、こうした問題点が改善されさえすれば、すぐに資金の水門が開くくらいの環境つくりにはなるだろう。いまはその通路さえ閉塞状態だ。

中国への日本の投資は、基本的には中国市場や賃金に魅力があるからであって、中国が日中戦争の賠償放棄や戦犯の釈放をしたことへの引き換えでなされたものではない。だが、ここは洞察的に見てほしい。例えば戦犯について、余生を農耕に従事しながら、日中友好活動に参加したような元兵士がたくさんいたと聞く。ぼくが教師をやっていた青森県の辺地に、通称「ジャジャメン」と呼んだ行きつけの屋台があった。そこの親父は元中国東北部の刑務所の作業係をやっていた人で、日本風にアレンジした炸炸麺を得意にしていた。湯通ししたうどんの上に、ニンニクを利かせたひき肉みそをのせた簡単なものであったが、その後日本のどこで食べたジャージャーメンでもこれに匹敵する旨さにぼくは当たったことがない。一九四五年から引揚げまで、中国側の終戦処理と国つくりを目の当たりにしてきた親父は、つねに中国についてはベタほめであったのに、ソ連については侵入時の略奪、レイプのさまから不快感をかくせなかった。一方、中国は政府、民衆ともに日本が侵略戦争中になしたことを十分に謝罪しているとはいまでも思っていない。しかし、日本国民のあいだにはひろく〝中国にはすまなかった〟という感情を抱かせる結果となった。そして、中国指導者が高い理念に立った未来志向ならば、こちらも中国の経済建設を助けようという未来志向にきわめて自然に移行していったのだと、ぼくは思う。そうした国民感情を順風として、中国への援助や投資が進んだ。つまり、中国人は日本人の〝こころ〟をつかんだのだ。かつて欧米との不平等条約是正に苦しみながら、日清戦争で勝てば法外な要求をした日本と全然異なるものが、中国にはあった。終戦時に、弱体化した関東軍をソ連軍が襲ったとき、中国人は日本人居留民が逃げるのに、残すなり、託してきた幼児を養育してくれた。心情的には三国は三つ巴の関係にあるようなところがあるが、日本人からするとこういうことになる。日本による中国への経済援助は、結果的には、賠償に準ずるようなものとなり、そしてなによりも両国間の戦争をなくするような環境をつくった。

ロシヤのもつ資源は日本とオフセット（補完）するところがあるにもかかわらず、「どうだ、もっと投資したらどうだ」と言われてみても、気乗りしないのはそこである。芸術的にすぐれたロシヤ人が他国の〝マインド〟を読み取れなかったのは不思議である。ロシヤ人は緻密でもあり、粗雑でもあるように思う。

同時に、ソ連は日本に対して〝漁夫の利〟を得た、というだけの話にしてはならないと思う。ソ連抑留は悲劇ではあったが、日本人がロシヤ人とからむとき〝文学が生まれる〟という点では、ここでも例外ではなかった。「シベリヤ文学」と呼んでもよいような一連の作品が生まれたのだ。なかでも、胡桃沢耕史『黒パン俘虜記』(文春文庫)、三浦庸『シベリヤ抑留記』(ちくま文庫)はぼくが気に入っている作品である。三浦氏は山形県出身の農民兵である。例えば、老婆がジャガイモを呉れたという話は、厳寒の地で食料も極度に不足した生活のなかでは〝生命を救った〟とも言える。あきらかにスターリンとロシヤ庶民とは異なるのだ。ほかにも、ДВГУの先生から「子供のころ、祖父が〝飢えた日本兵を家につれてきて食べさせた〟という話をしてくれた」と聞いたとき、なにかの統計で見たウラジオの抑留日本兵の死者数が他所より少ないのは〝そのせいかな〟と思ったものだ。日本が敗戦後の困難ななかでポリオ(小児まひ)が流行したとき、ソ連は大量のワクチンを贈ってくれた。事実上、いまではポリオは絶滅した病となっている。片や、ペレストロイカ直後の極東で、体表面の八〇パーセントを火傷した少年をみごとな連携で北海道の病院に運びこみ、命を救ったという事があった。隣国というものは本来こういうものでありたい。

日ロ間でもっとも抵抗なく進められるのは文化交流だと思う。日本人にとっても、ロシヤ人の精神性にはつねに窓を開け、刺激を受けておいたほうがよい。そうでないと、歌謡曲のように、いつもおなじような用語や曲調の範囲から出ることがむずかしくなる。文化に罪はないし、相互に対等に交流できるし、その理解は基本的には個人の感性にかかわるものである。現状では、ロシヤ語を学ぶ日本人は多いとは言えないが、ロシヤのセンスに共感して、絶ちがたい魅力を感じてついて行くひともいることは事実である。その色感、曲線志向、味、重厚さ、あたたかさ、土くささ……など。ロシヤ人でも教養あり、国際交流の活発化を求めているひとは、南クリル四島を領有しつづけることの不利益を感じていると言ってよい。ロシヤ文学の巨匠ドストエフスキー、トルストイ、チェーホフなどは、日本では古くから中村白葉、米川正夫、原久一郎などによって全集が翻訳されてきた。難しいとされながら、早い段階でロシヤ語をマスターするひとがいたということである。スポーツの世界でも、ロシヤはフィギュアスケート、体操、新体操、シンクロナイズドスイミングなど芸術系に強い。

ぼくがのちにカナダの図書館でみつけた画家にニコライ・フェーチンというのがいる。レーピンの弟子で、革命期の混乱でサンクト・ペテルブルグの美術学校での実習継続が困難になり、国外に流れ出て、最終的にはアメリカで活躍した人である。彼の作品は、住み着いたニューメキシコ州の美術館にまとめられてあるらしい。人物像が中心だが、これだけ基礎のしっかりした、また色感のすばらしい画家は、アメリカ人画家にも簡単にはいないのではないか。

文化、芸術はロシヤのもっとも得意とするところであり、今後ともロシヤにはそうした発信を続けてもらいたいものだ。NHKの那須記者によれば、ロシヤは赤道筋に放送衛星を四つ飛ばしており、広大なロシヤの九八パーセントの地域でテレビが映るようにカバーされているという。受像機などの端末の質はあまりよいとは言えないが、ロシヤのアーチストが中心になって各国のスタッフを組織し、音楽、美術、舞踊、それからスポーツなど〝超言語的ジャンル〟をコスモポリタンに編成し、放映するようなシステムを作れないものか。というのは、ロシヤのテレビで少数民族の歌舞などとりあげているのを見ると、やはり〝自国の芸術が誇れるものをもっていると、他民族についてもいいものを採ってくるなあ〟という印象が深かったからである。こういった面で日本も技術的に協力できれば、それに越したことはない。ビザの発行など煩雑なことがあるなかで、ボーダー（国境）そのものの高さを分野によって下げていく努力も求められているのが、二十一世紀以降の課題でもある。

もはや、経済力、軍事力、宗教だけが世界をリードする時代は終わりにしたいからである。

こうしてまとめてみると、領土問題が因《もと》になって交流が進みにくいなら、両国にとってこんなに惜しむべきことはない。

五、タイガに生きる

ジェジュールナヤのワレンチーナおばさんは堂々たる体躯の持ち主である。ジェジュールナヤとは通常ホテルの各階ごとの女性係員を指し、ソビエト時代からあったもので、夜中でも階の出入り口で仮寝姿で待機しているので日本人旅行者はよくびっくりさせられたものである。われわれの寮ではもっぱら清掃を担当しておられた。ワレンチーナおばさんは通いでやってきて、勤務が終わると帰っていく。定年になって就かれた仕事のようだが、前職は何であったのか定かではない。

おばさんはぼくと同年代だから、日頃口数がすくない人なのに、ぼくにだけは話しかけてくる。ペレストロイカで外国への窓が開き、ロシヤ人の外国への関心は高まっている。かならず出てくる質問は「あなたは年金をどのくらいもらっているのか」ということだ。自分たちの生活は苦しい。ならば、外国の人たちは一体どんな生活をしているのだろうか。ぼくは答えるには答えるが、かならず日本の物価のことも並行して説明することにしている。単純に比較すれば、日本人の大部分が五万円とか六万円とかいわれるロシヤ大統領の給与より多く貰っているということになりかねないからだ。殊に、日本では一日外出すれば、交通費が二千円はすぐとんでしまう。駅までのバスも往復四〇〇円前後かかるから、歩ける人は極力歩くようにしているはずだ。ロシヤでは市電、バス、トロリー、市内電話はついこの間まではタダ。有料になっても一回の乗車賃が二〇〇ルーブルだから、物価上昇をみても一五～二〇円というところ。それに教育費が安い。出版物も安い。諸物価一般も日本の物価水準なみではない。消費税はない。こうしてみると、エンゲル係数による比較も、構造上の違いがあるから使えないと思う。むしろ、問題なのは、欲しいものがないということだろう。

ワレンチーナおばさんはひとの見ていないところできちんとしている人だな、と思わせるところがしばしばあった。廊下の掃除のあと、日をおいてシーツの交換や室内の掃除も、ぼくらがレッスンに出ているあいだにやってくれる。ベッドの下の埃まで取ってある、ということは重いベッドをずらしてやってくれているということだ。各人がやるべき便器の中まで、ときにはブラシを使って磨いた跡がある。そして休憩時間には、大きな椅子に腰を下ろし、目をつぶってクラシック音楽を聴いている。でも、若い人のなかには自分でシューターに投げ落とすべき個人ごみまでワレンチーナおばさんに任せて、自分では片づけない者もいた。

体躯も偉大なら、顔貌も立派である。美術でいう〝マッス〟として見事なのだ。それでぼくは油絵の肖像画を描きたいと提案した。アドミニストラトールと相談して、勤務時間の合間をあけてくれた。残念ながらぼくの力量不足で、デッサン段階ではよかったのに、着彩に入ってしくじってしまい、作品としては残らなかった。

ぼくの部屋に箱型の電子血圧計がある。それを見つけて、いちど計ってくれとぼくは言われた。おばさんの太い腕では、巻きつけが二重巻は無理なのはわかっているが、一重巻でも届かないと思われた。やってみると、一重巻でぎりぎりで届いた。さて、どんな凄い数値が表示されるかドキドキして見ていたが、結果は一五九／九〇と妥当なところ。

「ニェ　べスパコーイチェシ」（ご心配いりませんよ）とぼくは祝福した。マイペースで、しかも自発的に働く清掃の仕事が、彼女を健康に保っているのかもしれない。

ワレンチーナは就業して働いているおばあさんだが、一般にロシヤのバーブシュカ（おばあちゃん）は家庭内でとても重要な役割を演じている。共稼ぎが大半を占めるロシヤ社会にあって、働く女性は帰ってきて手のかかる料理を作ったり、洗濯機も十分といえないなかで手洗いで洗濯するなど、過重な生活を強いられている。そういうとき、バーブシュカがいれば留守のあいだに部屋掃除したり、空いてる時間に食材を買いそろえてくれたりする。なによりも幼児の面倒をみてくれることは安心だし、抱きあげたり、お話してくれたりして、精神発達の支柱としてもありがたい存在になっているとみてよい。

ロシヤではある職分を任されると、古くからいる者すらも口出しできないくらいの権限を持つようだ。学校の受付係に新規採用された中年のおばさんがいた。あるとき、物売り風の男が入ってきたら、そのおばさんに甲高い声で追い出されてしまった。おばさんに〝無用な人物〟

と見做されたのがその男の運の尽き、同僚がとやかく言えるところではない。別な例として、夕刻、オブシェジーチェに海軍の少年兵が大挙してだれかに会うことを要求して押しかけたことがあった。「ニェ　ナーダ」（駄目です）。アドミニストラトールのおばさんが断固として謝絶した。力ずくなら男たちが突破しようとしたら、突破できたはずだ。だが、両件とも彼らはおとなしく退散した。中年以上の女性のもつ威厳、それをぼくはこの社会に〝母なるもの〟に対して畏敬の念をいだくようなものがあって、そういう精神性に根ざしているとみているのだが、どうだろうか。

クニャーゼフ先生の個人指導は、最初の数回は作家協会の会議室の隅でやっていた。あるとき、先生から突然「俺のダーチャ（別荘）に連れてってやる」というご提案があった。これぞ、願ってもかなえられるものではない。それからぼくは、成育期と収穫期の二回も連れていってもらった。

一回目は七月に入って間もない頃。「朝、寮で待っていろ」と言われて待っていたら、先生は愛車を運転して迎えに来られた。車はロシヤ製の「ラダ」で、その昔いすずがベレルという後ろ窓のそった乗用車を出していたときのような、あまり格好のよくないデザインの車種である。まず、自宅に寄られた。ぼくにとって高層住宅のこの一室に案内されたのは初めてである。そこで奥さんのジーナさんを紹介され、さらに下で近所に住む孫の小学四年生のボーリャ君、学齢前のミーシェンカを加えて、五人で発車。目慣れたウラジオストックの街々は間もなく消えて、高速道路に入る。と言っても、滑るように走れる道ではない。せいぜい時速八〇キロどまり。途中、先生から「シベリア干渉戦争で日本軍が村人を殺したのは、あの辺りだ」と指摘されたところがあった。ぼくは書物を通してそういうことがあったことを知っていたが、〝ロシヤ人は忘れていない〟とあらためて心に収めた。

高速を外れたら、もう土だけの道になった。あちこちにダーチャの小屋のような家が建つ丘に来ていた。そしてマンサード式（腰折れ型）の屋根のある木造小屋の前で停まった。それがク先生のダーチャだった。作家とはいえ、周囲の小屋よりずっと地味な造りであった。

鍵をあけて内部に入ると、意外と広いことがわかった。大人二人ずつ手前側と奥の側に寝ることができる木のベッド、小さな炊事場――ただし、洗い場の形はしていても水道の設備はない。あとは、かまど兼ストーブ。別に農具置場と二階の納屋。正式のトイレはなくて、先生は汚れたポリバケツに草を敷いて農具置場の入り口に置いた。帰りには穴を掘って中の物を埋めるだけ。だから、ダーチャを（別荘）と訳すのは、ちょっと誤解されかねない。中心はあくまで三百平方メートルくらいある敷地の大部分を占める〝菜園〟である。そこに農機具置場や簡易宿泊施設を付随してつけたということ。贅沢な人はガレージを作ったりもする。だから、あえて言うなら（小屋つき農園）といったところ。

植えてあるのはジャガイモ、トマト、スビョークラ（赤かぶ）、いちご、キュウリ、カボチャ、トウモロコシ、ニンジン……赤かぶ以外は日本とそんなに変わるものではない。人によってはブルーベリーなどの野山に自生する潅木性果樹を植えている。この種の小果実はヤーゴダと総称され、マリーナ、スマロジーナ、カリーナなど一〇種くらいあるらしい。だからロシヤでは、それをジャムにして紅茶にまで入れて飲む風習がある。それに注目すべきことは、鍬が半月形の浅いもので、力があるロシヤ人にまるで不釣り合いだということ。日本の農村で使うさきが長くて、柄に急角度で取りつけられているやつと全然ちがう。理由はすぐわかった。土がほぐれやすくて簡単に掘り起こせるからだ。ミーシェンカが来たということが伝わって、小一のオーリャがとんで来た。おとなしい、気立てのよい少女である。二人は遊び半分にその鍬をもち出して空いている畑をほっくり返していたが、苦もなく土は言うことを聞く。大人はいたずらとわかっていても、子供のやることにとやかく言わない。ロシヤの子供たちはこうして大地とつき合いながら成長していく。ボーリャにはボーリャで、ぼくのロシヤ語のいくつかの発音がおかしいと何度も直された。さすがに作文が好きだというだけのことはあるが、学校でもこうまでくそみそに言われて来なかっただけに、当方くさることしきり。

　牛糞の山が残してあったが、この日は作業しないでのんびり過ごした。夕方、近くのオーゼロ（湖）に行って子供に水遊びさせる、というのでついて行った。道々、タンポポ、アカツメクサなど日本にもある野草が目にとまったが、日本のよりひとまわり花がおおきい。土が肥えているのだろうか、それとも……。ロシヤの大地についてつくづく考えさせられた。オーゼロはそんなに大きくなく、濁っていたが、それは赤土が溶けたような淀みであった。ダーチャに来た近所の子供がみな集まってはしゃいでいる。犬が一匹、泳いでいた。

一時間ほどして帰ってきた。ぼくがなにがしかのコメ、それにカレールウを持ってきたので、それをメインに今夜の食事を作ることにしてくれた。炊事の水は、近所に井戸があって、そこから汲んでくる。肉や野菜は奥さんに分けてもらった。出来上がったカレーライスはオーリャ一家も呼んで食べた。みんな興味深く食べてくれたが、なかでも真っ先になじんでくれたのはいちばん小さいミーシェンカであった。彼女は大の肉好きで、大きな肉の塊を四つも載せてカレーを平らげたのである。

夜の帷《とばり》がおりると、辺りは真っ暗となる。星だけがくっきりと輝いている。電気もない。電話もない。警察のパトロールもない。いわば孤立した地帯となるのだ。すでに先生は、オンボロの自家用車をひとりで運転してどこかに隠してしまった。ロシヤでは町中でも夜間に車を放置できない。車を入手する人はまずシャッターつきのガレージを確保する。この地域でも二、三年前、外に駐車した車をグループに強奪される事件があった。ダーチャの主人が外に出て抗議したら、ピストルで撃たれて殺されてしまったというのだ。そのグループは飢えた兵隊たちだった。実はクニャーゼフ先生も、ぼくを泊めるにあたって、そういう問題を考えられたそうだ。その結果、船が遭難信号を飛ばすときに使う発射装置を持ってこられて、いざというときにはこれで迎え撃つことにした。充分な殺傷能力がある、というのだ。先生は昔は船員をやっていたので、神戸や横浜に寄港したこともある。英語を話せるのもそこから来ている。「心配はいらぬ。これで寝よう」。ぼくたちは外へ出て星空の下で立ち小便をし、それから中へはいってドアを固くロックした。ク先生は寝酒にグラス一杯のウォトカを飲み干し、すぐに寝入ってしまった。入り口近くに先生とぼく、奥のベッドにジーナさんと二人の孫が寝た。

深夜である。ぼくは心配していなかったが、なぜか眠りが浅かった。その時だ。ぼくの寝ている傍のガラス戸の窓枠を強く叩く音がした。心臓が躍り上がった。その音は澄みきったしじまにたった一回だけだった。しかし、まぎれもなくなにかが当たる音だった。〝先生を起こすべきか？〟向かいには大柄なク先生がごうごうと鼾をかき、なにも気づかずに眠っている。

翌朝、起きると同時にこの話を先生にした。酔っ払いが物を投げたか、寝迷った鳥でも当たったのか。先生は心に留めおくが、あまり深刻に受けとめてない様子。ぼくの方も、あれで起こしたら、力もあり、正義感の強い先生のことだから、一外国人と妻、孫のためにひとりで出て行って、危ない目に遭わなかったとかぎらないな、と心苦しく思い返していた。

この日は朝から作業をした。孫たちと奥さんはいちご摘み。先生は畑のあちこちに支柱を立てたりし、ぼくは庭の一辺に生い茂ったカヤを刈った。鎌は鍬とちがって、日本のよりずっと長い刃がついている。いちごは毎年ランナーを出していくらでも殖えるから、絨毯の帯のような畑一面に鈴なりになっている。プロでないから、粒の不揃いはいたしかたない。収穫する容器も、円筒形の大きな琺瑯《ほうろう》製のもので、朝食に食べたいだけ食べても持ち帰る分がたくさんある。ジャムにでもするしかない。あと、バレネツという、牛乳を発酵させたあと煮沸した酸乳を飲んだ。ロシヤでは家ごとに各様に仕立てているもので、その家の味をみるようなもので大変楽しみなものだ。ロシヤの牛乳は癖があり、生では日本人はかならず腹を下す。それだけにバレネツは顕著な整腸作用がある。

月の終わりの木曜日、ぼくはダーチャの印象をまとめた作文を書いて、ク先生のところへ持っていった。このときから、先生の家で指導を受けることになったのである。行くやいなや、いきなり「この間の〝音〟は本物だったらしいぞ」と言われ、「え、何ですか」とぼくは聞いてしまった。忘れていたのだ。あの翌日の昼間、前にある立派なダーチャの主人が畑の見回りにやって来たら、壊れたドアからヤクの回った二人の女がふらふらと出て来た、というのだ。そのオーナーは「もし夜中だったら、お前達は殺してやったぞ」と言ったそうだ。ヤクを吸引する場所を物色していて、先生のダーチャも叩いてみて、最終的には前のダーチャに入りこんだというわけ。後でそのオーナーから話があり、先生も符号が一致したというのだ。

二回目に連れていってもらったのは九月の収穫期。このときは、同じメンバーからボーリャを除いた四人で行った。ぼくはミーシェンカのために夏休みに仕入れた色紙をあげ、ツルの折り方をおしえて喜ばれた。収穫の中心はトマトで、もう何日も前からもぎ取ったまま小屋の中に山積みになっていたものがあった。赤いのもあるが、青いうちに穫るのは保存食のためである。昼食にも皿にスライスしたトマトが盛られ、その上に細かく刻んだ玉葱が振りかけてあったが、それでトマトの味が見事に引き立った。ぼくら、すぐ既製のドレッシングとやらを掛けるが、本来こういうものだったのかと感心した次第。午後からジーナさんがトマトのビン詰作りを見せてくれた。床には中位から大きめの広口ビンがきれいに洗って並べられていた。なんでも、このお宅で一冬五〇本くらいビン詰を用意するが、うち三〇本はトマトだと。

広口ビンには青いトマトを大小とりまぜて隙間なく詰めこむ。決して同じ大きさのものだけで纏《まと》めたりしない。その方が沢山はいるそうだ。ニンニクをひとかけ入れ、熱湯をいっぱいになるまで注ぎ、次に一旦その湯を全部流して捨ててしまった。殺菌したのだが、このとき湯を切るのにビンを逆さにしてもトマトは落ちない。それから塩少々、砂糖を適量入れ、ふたたび湯を満たし、酢で内側を殺菌した金属の蓋をかぶせ、用具を使って締めつけて密閉する。熱いから、ビンを移動するのも専用の引掛具で持ちあげる。用具もビンも百貨店で手に入るそうだ。

「ファンタスチックでしょう」。奥さんのジーナが言った。

出来上がったビン詰は車に載せられるだけ載せて、家に運ぶ。この日はそのためにスペースがなくなるので、ぼくだけ先に汽車で帰ってくれというわけで、駅まで車で送ってもらった。中古でもいいから車のない人は、ダーチャを国から借りても大変だということが解る。

ロシヤの人々はこうして冬を迎える。七〇万ウラジオ市民に対して約一〇万のダーチャがあるそうだ。一戸一ダーチャというわけにいかないが、親戚などで持っている者があれば手伝ったりしてある程度融通はきくみたいだ。土地は公有で、希望者は権利を買い、小屋は自分で建てている。

まず、これからわかることは、ロシヤは経済統計よりは実質的に高い国民生活を確保しているのではないかということ。自給自足で得た食料は、一部は街頭で販売され市場に加えられるが、大部分は統計外で国民の腹の中に収まるのだ。だから、生活が苦しいといっても、日本が第二次世界大戦の戦中、戦後に経験した、それこそ〝体格も造れない〟ような実態はない。

それにしても思うことは、地球が太陽に向かって〝二三・五度傾いていることの偉大さ〟である。これによって世界の高緯度地帯にもたらした夏場の太陽の恵み——温度としては三〇度にもなるが、短い期間とはいえ一日の日照はそれこそ一五時間にもなる。これだ！　だから雑草の花は大きいし、街路樹は一五メートルにもなる。トマトでもキュウリでも成るときはゴロ成りする。ジャガイモなんかシベリヤでもできるというが、ジャガイモなしには世界にベートーベンもトルストイもありえなかったかもしれない。この考察はのちにカナダの留学で生きた。なかでもベロルシヤ（白ロシヤ）産は特別うまいということで「ブーリバ」という雅名までついているそうな。以前、食糧不足が言われたときも、片やジャガイモを畑で腐らせているというニュースが流れて、〝ロシヤはなんていうことを〟と思わせたが、そうではないのだ。実際には昔からの習慣で大学生がジャガイモの収穫を手伝いに行っているが、あまりにも一気に成るものだから手に負えなくなるのだ。あのとき北海道の人々から、ロシヤの街道沿いに建てるように貯蔵庫を贈ったという話があるが、あれこそ正解だった。

北海道だって日本の食料庫になりえたのも、コメの生産量日本一というのも、この日照時間の長さにあるはずだが、ぼくらは旅行しても蛾のように街灯のあかるい市街ばかり訪ねていたからわからなかったのだ。〝地軸二三度半の傾斜〟は逆に冬には暗くて、寒くて、長い夜をもたらす。だが、これも害虫を殺すというありがたい働きをしてくれる。ロシヤ人は街で喉が渇くとしぼったジュースを買って喉をうるおす。リンゴジュース一杯で二〇〇ルーブル。こんな格安で買えるのは、農薬がついてないからほとんどそのまましぼれるのだと思う。キャベツだって国産品は消毒の跡がない。ぼくは〝二三度半のいたずら〟に地球の可能性を見いだす。地球生い立ちのこの偶然がなかったなら、人類はこんなにも広範囲に住みえなかったのではないか。ロシヤは地下の鉱物資源のみならず、農業面でも実は豊かな国なのだ。いま〝負の環境〟がいろいろ問題になっているが、〝正の環境〟を見直すことによって、地球の未来を信じたい。

もうひとつぼくが考えたことは、ダーチャの役割である。日常住んでいる家の隣人以外に、べつな〝隣人〟づきあいがあるということ。これとか、教会へ日曜礼拝に行くひとはそういうつきあいもあろう。つまり、日本なら親戚、職場、学校、近所ぐらいしかひととの交流の場がなくて、それもタテ社会、形式主義、無関心などの弊害で空疎なものになっている。文化サークルやディスコなどの新しい場もあるにはあるが、ディスコでの出会いはどこか危なげである。文化サークルはサービス残業の男たちにはとても余裕がない。ダーチャという接点はシーズンごとの互いの成長と変化を見ることができる。それは自然で、とても人間的だ。時間すらゆっくり流れる。更に、いまでこそ警察力が届きにくく物騒なところもあるが、やがては電気がはいり、空調や高品質のステレオを持ちこむようになり、体育施設ができたりすれば、保養にはもってこいで、それこそ「小屋つき農園」が「別荘」になるのは疑いない。これは他国にはない類まれな文化である。

いつしかぼくはロシヤを知るには、もっとロシヤの〝大地〟(ゼムリャー)を見なければいけない、と思うようになってきた。それで、日帰りで最大限どこまで出かけられるのか検討してみたら、ウスリースクまでという答えが返ってきた。シベリア鉄道の途中駅で、列車の便もよいので、二度三度とこの農業都市に出かけたものである。しかし、本当に田園風景に適したところは、とある旅行社に相談してみたらアルセニエフを勧められた。ただ、ホテルを一泊六〇ドルで紹介され、高すぎると思い、現地で自分で見つけることにした。夏休みに入った八月始めに決行。

バスの出発は七時一〇分。そのために薄明のうちに寮を出たが、案じられるような危ないことはなかった。この時間には街はもう活動しはじめていた。道路掃除の姿がある。昼間やたらと物を捨てるひとがいるのに、なぜ翌日にはきれいになっているのか、ロシヤの生真面目な側面を見た。このバスもウスリースク経由だから決して鉄道線路とそう離れていないはずなのに、途中の風景は鉄道で見たものと全然ちがう。広い草原の大地は丘陵もすくなく、ところどころ高さ三〇メートルもある樹木の生い茂っている森があるが、密生しているほどではない。それ以外は潅木で埋めつくされ、その柔らかそうな緑が実に若々しい。そうか、タイガとはこういうものだったのか。一日一往復定期バスが通るような道だから、草と土が交じりあいうねっている。

それにしても、これだけ勢いよく草木が生えているのに、なぜ畑がすくないのか。七時間かけてアルセニエフに着くまでに、ぼくが畑として見たのは広大な麦畑の農場一個所のみ。ゆるい丘の上に向かって麦畑が伸びているが、おそらく東京ドームを三〇面貼ったぐらいあるだろう。すでに刈りとった畑には、牛が放牧され、落ち穂を食わせて高栄養の肥育をしていた。巨大な筒状の建造物三本は干し草のサイロか穀物庫か。なんだ、ウクライナじゃなくても麦は育つじゃないか。長い日射。豊かな水。

学校でオリバシュ先生の講義にあった「極東地方の耕地は〇・五パーセント」があまりに低いのでぼくは驚いたものだが、極東にはサハ共和国、沿海州、ハバロフスク、アムールスカヤ、カムチャツカ、マガダン、サハリンを含み、耕地の九〇パーセントはアムール、沿海州、コメを作っているハンカ湖周辺だというから、沿海州ではどんな密度かと思っていたら、いまぼくが見ているウラジオストック～アルセニエフ間でほとんど一個所。〝地軸二三・五度傾斜の恵み〟はここでも目一杯活かせる。贅沢な国土だ。ロシヤは地下資源こそ豊かと聞いていたが、農業の面でも一億四〇〇〇万の人口を養うのに開発の余地はいくらでもある、というのがぼくの印象。「なぜ開発しないのか」と聞くと、「モスクワが資金を出してくれないからだ」と大抵はいとも簡単に答える。ペレストロイカ以後も、ウスリースクで三〇〇〇頭の牛がいた牧場が三〇頭ぐらいに縮小したとか。若者が街の生活に憧れるということにもあるようだ。うまいライ麦でも育てれば、国内ばかりか輸出の可能性もあるだろうに。

ぼくは途中の興味のない軍事地帯ではカメラをしまい、広大な自然の風景だけを興奮ぎみに撮影した。広角レンズでないと撮れない風景ばかりだった。こんなところを旅行するのは、ぼく以外全員ロシヤ人であったが、目慣れているのかみんなそれぞれ本を読んだり、カーテンを下ろして眠ったりしている。幼児二人をつれた一家がいて、その子たちがあんまりかわいくて近接撮影させてもらったが、「あとで送りましょうか」と聞いて遠慮された。本当はほしかったのかもしれないが、ロシヤでは知らない人に住所をおしえることにはかなり慎重だ。その写真が出来ばえがよかっただけに残念だった。

途中にはまた水辺があり、周辺を包む絨毯のような草、潅木はまるで夢のようだった。ところがそういうところでトイレ休憩して、そのトイレの汚さ、そしてなぜかおびただしい布切れが散在しているのを見て、ひょっと気づいた。あの華々しいソビエト時代の宇宙開発は、猛烈な大衆犠牲の上に成り立っていたのではないかと。ブースは上が青天井の囲いだけのものだったので、雨露の泥はねであたりは泥だらけで何がなんだか判らなくなっているが、ティッシュや生理用品のようなものもまともに製造されていなかったのだろう。

運行中、牛で一回、山羊で二回、かれらの横断を待って停車した。

アルセニエフは人口七万。ロシヤが誇るヘリコプター工場があるが、参観できるわけではない。郷土博物館というのがあるが、それを知ったのはあとの祭り。ホテルはちゃんとしたものがあって、一泊一万四〇〇〇ルーブルで済んだ。ウスリースクで三万ルーブルするから、とても安い。だが、ホテルに入って、階下に食事に行こうとしたら、隣の二人づれの中国人商人が騒いでいる。ついさっき搬入した大きな荷物が梱包ごと無くなっている、というのだ。警官が二人来た。ぼくは機転がはたらいて階段の途中からトンボ返りし、オリンパスのカメラのはいっているナップザックを取って、レストランではそれを傍らに置いて早い夕食を食った。こういう情況は、得てして従業員のなかに犯人がいると考えざるをえない。ホテル側にそれがわかっていても告発すればどんな報復が待ち受けているかしれないから言えないのだ。翌日早朝、ぼくは同じバスで戻った。窓外に展開する風景はなんど見ても飽きることはなかった。すばらしいタイガと対照的に、いじいじした社会の裏面も見たような旅だった。

秋、紅葉を見に二度目のウスリースク行きを列車で敢行したときのことだった。キパリンスカバ近くで、紅葉のなかに点在するダーチャが見えだしたころ、ぼくは眠りから覚めてカメラを手にし、窓辺に立った。そしたら、通路の反対側から鋭く声がとんだ。中年のおばさんだ。

「何のために（ザ　チェム）写真を撮るの？」

「ダーチャですよ」

「ダーチャは駄目よ」

「どうして？」（パチェムー）

「どうしてって、駄目よ」

「ロシヤは美しいから撮るのです。ぼくはロシヤを愛してます。時代も変わったでしょう」

ロシヤ人が「ザ　チェム」と聞いてきたら、たいてい詰問だ。ぼくは声も大きいし、ひるまず応答した。とっさのことで多少の文法ちがいもしていたから、逆に凄みがあったかもしれない。中ロ国境が近いとはいえ、こんな古めかしい〝愛国者〟に屈してたまるか。そんなこと防いだって、アメリカの人工衛星が一フィート刻みに監視しているというじゃないか。ぼくは本気でロシヤの大地を愛している。その勢いにおばさんは黙った。というより、周りの者がおばさんにまるで同調しなかったのだ。談笑を続けている人もいる。これはおばさんにとって大きな誤算であったにちがいない。以前、ウラジオストックの港湾広場で五月九日の対独戦勝記念日のデモを撮影するとき、念のために警官に許可を求めた。元々、禁止されているはずの港湾地帯だったのに、いとも簡単に「いいよ」とまるで問題なかった。むしろ、胸に勲章をいっぱいつけて二〇人横隊で行進する老将兵の写真をしっかり撮って、国へ持ち帰り皆に見せてほしい、と言わんばかりだった。

ぼくがいろんな地方を訪ねる楽しみに、いつしかレーニン像を鑑賞することが加わった。レーニンの著作についてはは、ひと通り読んで、動きが見えて読みやすいと思っている。とりわけ、第一次世界大戦直後に書いた『帝国主義論』は、世界戦争の経済的必然性を説いて、なかなか説得的だ。しかし〝資本の輸出〟などは当時ほど一面的ではなく、今日では受け入れ国が簡単に支配されるような構造にはなっていないと考えられる。

それはそうと、ぼくがレーニン像を鑑賞するのは、レーニンに特別な思い入れあってのことではない。ソビエト時代にロシヤ各地にレーニン像が作られ、極東ではいまも壊されずに残っている。その各々は作者が異なり、出来ばえに差がある。同じモチーフを競う。それを観るのがおもしろいのだ。例えばウラジオストックで港を見守る像は、ウスリースクのそれよりもずっとよい。いちばん気に入ったのは、シベリア鉄道の小駅ウゴボエの構内に立つ小品だ。ブロンズでなくステンレスの鋳造品かと思われるが、最初これがレーニンだとは思わなかった。降りてよく見るとレーニンが兵士、労働者を励ましている姿で、実にリアルで芸術性も高い。小駅とはいえ、ウゴボエは鉄道の要衝で、地域は石炭、煉瓦、最近はミネラルウォーターの産地でもある。

タイガを地で行く機会もあった。学校の文化係が企画した。しかし、希望者がすくなく、新潟県庁から来た上級クラスの若者二人、ぼく、フィンランドのオフト君、それに文化係で長身のターニャさん、若き生物学者オーリャさんが加わり、十月始めの金曜午後、学校所有のトヨタのバンで出発。途中、サイケデリックなルパシカを着た、よくしゃべる小柄な中年男性を乗せたが、これが案内のバンニコフ講師であった。物理学者であるが、大の山好きで、地理学会員にもなっている。アルチョムを過ぎ、どこをどう走ったか、車は山中にはいり、高いネットフェンスで囲まれた大きな山小屋の前で停まり、ホーンを鳴らした。門番が出てきて、ネットフェンスの鍵を解く。なんでも、その昔フォード大統領ソビエト訪問時に案内を予定して建てたものだそうだ。ここでしばし休憩したが、山は山だがダーチャ地区とくらべ、外部から侵入できないようになっていて安全だと感じた。会員制度なのかもしれない。知的な顔立ちのダムハジャイカ（おかみ）が小屋を切り盛りし、庭にはミツバチの巣箱が何列にも並んでいた。

バンニコフ先生の案内でここからぼくらは歩く。食料、寝具など分割して男は七、八キロ、ただし先生は防水の大型テントを引き受けたから一五キロ分くらい背負っていたのでないか。途中、増水した小川があり、あらかじめ先生が準備してきた魚釣り用の胸までくるゴム長をはいて、ひとりずつ横倒しにした木を伝わりながら渡る。水は腰まで来た。向こう岸でゴム長を束ねて小さく縛り、こちら岸へ投げ返す。こうして七人は無事渡りきった。あとは山道をひたすら歩くのみ。山道といっても、ロシヤの山は低く、シンドイほどのことはない。それでも四八歳のバ先生は、六〇代のぼくが〝お荷物〟になるのではないかと案じていたらしい。ところが、ぼくはこの日も翌日も、七キロの荷物を背負って先生の直後を終始ピッタリつけて歩いたので、だいぶ信頼を獲得したと思う。元々ぼくは健脚なほうで、山登りを趣味にできなかったのは、適当な指導者に恵まれなかったからだ。歩き歩き、ぼくは先生から山に棲む動物の話を聞いた。そして着いたのが、峰々に囲まれた小さな山小屋。

食事つくり、火をおこす、パンを切る……みんなで手分けして取り組んだ。女性二人は日頃ありつけないサラダを作ってくれたが、ニンジンやキュウリを切るのに片手で持って、ナイフを持ったもう一方の手で先から一切れずつ切り落としていく。まな板を使うのとちがって、ひどく非能率かつ危なげなのだが、ロシヤ人はいつもあんな風にして刻むのだろうか。陽が落ちて、女性たちが肉を煮こんでいるあいだ、バンニコフ先生は近くにあるロシヤ風呂に連れていってくれた。木造小屋の中で、石を加熱し、水をぶっかけ……要するにサウナだ。汗が出てくると、葉のいっぱいついた何とかの枝で体を叩く。終わると裸のまま川まで走り、ざんぶとつかる。

庭の台の上にローソクを何本も灯し、夕食になった。空は満天の星、それ以外の周囲は黒い山影ばかり。バ先生は肉に特別の思い入れがあるらしく、「チェチェン人は日に一・八キロ食べる」とか言って、骨つきにかぶりついた。ぼくはぼくで久しぶりの生野菜サラダを沢山食べた。それから紅茶。こういうものにはロシヤのひとは極上のものを見つけてくる。麓の大きな山小屋のダムハジャイカから提供された蜂蜜をふんだんに投入し、てんでに飲む。砂糖だけでも、このメンバーで一キロも用意してあるのだ。

翌日はいったん山の天辺に登り、紅葉のはじまった木々を愛でながら、コースを選んでバンの待っている大山小屋へ戻った。それでわかったことだが、これはとても山岳ガイドがいなければ辿れるものではないということだ。先生は地図を開くと、毛髪の一本みたいな道を読み解いて「これがいまわれわれのいる所。だからこっちへ出る」というようなことを言われるが、地図の山ひだはそんなところまで描かれているものだろうか。聞くところでは、ペレストロイカになって以前は入手できなかったような精度の高い地図が、一般の人々にも手にはいるようになり、山好きは随分たのしんでいるらしい。それと、ロシヤの山々にはクマもトラも棲んでいるわけだから、危険を予知することも必要になる。バ先生はフンを見つけると、何の動物か鑑別する。この山はカモシカが多いようだった。

もう一回は、山に雪が降ったからスキーに行こう、というお誘いである。バンニコフ先生はもう我慢できなくて、指名でこのメンバーに伝えてきた。ただ女性はこの前の二人ではなく、代わりに賄いのカーチャおばさんを連れていく。その前に、先生の山仲間の倉庫に距離スキーや靴をとりに行った。アレウツカヤ通りのトランバーイに乗って中心部と逆方向の終点まで行ったら、魔法のようにスベトランスカヤ通りの終点と歩いて三、四〇分という地域に出た。ウラジオは立体的だから、カネ尺の両辺をねじ曲げたらこういうことにもなるのだ。ある集合住宅の棟の近くで待っていたら、やがてバンニコフ先生が現れて、地下室へ。なんとひと棟の地下室全部がクラブ倉庫になっていて、テント、寝袋、スキー、靴……と置いてある。簡単な修理具やトイレもあり、薄暗い裸電球に照らされている。「まるでパルチザンの隠れ家だ」。新潟のガクさんがうまいことを言った。

このとき行ったのもアルチョムの先だが、列車を使い、入った山は別だ。泊まったのは「ドーム・オーディハ」（休息の家）という施設。十二月末とはいえ街は雪がなくて汚れていたが、ここには充分ある。山は適当に登っては、下る。決して急ではないのだが、ゲレンデスキーと異なり木と木が迫っているので、操作が間にあわないと、転倒しても樹木との激突を防がねばならぬ。たちまちだれかがスキーを折ってしまった。その辺になると、バ先生とカーチャはまるでましらのような足さばきだ。

このシーズン、雪の上に出ている植物はトクサだけで、ことごとくカモシカに食われていた。あの巨体が生きていくのは大変だと思った。山の中の浅瀬のようなところで昼食をとった。枯れ枝を集め、バーベキューの準備。休んでいると、水を吸った革底が冷えて、焚き火ではいたままの靴を乾かす。晴れた昼間とはいえ、マイナス一一度くらいあるのだ。靴に含んだ水はたちまち蒸気になって、今度はアチチ。湯が沸くと紅茶をいれる。先生が〝レモンの木〟なるものを折ってきた。べつに実がついているわけでなく、枝に香りがするのだ。肉、黒パン、ヤーゴダの自家製ジャム、チーズ……ロシヤの娯楽は、おカネをかけることでなく、あくまで持ちこんだ材料を自分たちで上手に料理して、自然の中でこころゆくまで食べ漁ることだと理解した。宿でも夜カーチャが突然いなくなり、戻ったときには顔を上気させていたので、風呂でも見つけたのか聞いてみたら、なんと〝雪浴〟してきたのだ、と。

留学中、ぼくはだれか気に入った画家から油絵の指導を仰ごうと思っていた。そして行き当たったのがムフタルーリン先生。とくに、街の雪景色は他の人の追随をゆるさない描き手だ。画廊に照会を頼むと、なんと先生みずから寮にいきなりぼくを訪ねてこられた。金角湾の対岸に住んでおられ、電話も車もないものだから、連絡は足を使うほうがてっとり早いと考えられたのだろう。白面でやせて中背の先生は「家で話そう」と誘ってくれて、ぼくらは港までオケアン通りを一直線に歩き、渡し舟に乗った。この渡しは無料だが、将来はサンフランシスコの金門橋のような橋を架ける構想があるとか。対岸の埠頭に着くのに二〇分とかからなかった。

ムフタルーリン先生の家は丘の上の集合住宅の一室であった。ドアを開けると、巨大なコーカサス犬が猛然と吠えたてた。それを奥に追いこんで、ご自分のアトリエに通されたのには感激した。高い窓から光がさし、なぜかよくわからないが、西洋人がよく描くようにハガキをひとまわり大きくしたような小さなカンバスの絵がたくさんあって、大きいのでもせいぜい八号程度。先生得意の街の雪景色と浪立ちさわぐ海洋風景がテーマとなっている。アトリエにはロシヤ製のプレーヤーが置いてあって、うまいコーヒーをいただきながら、LPレコードを聴かせてもらった。静かな曲もよかったが、擦過音がまるで聞こえないのには、なかなかいい技術だなと感心した。

結局のところ、指導とか批評とかは実現しなかった。先生の好みでなかったのかもしれない。近くのキオスクで働く奥さんを含めて、強く迫られたのは「絵を買ってくれ」ということ。小学校のお子さんが三人もいて、ダーチャも持ってなくて、暮らしは楽でなかったのだろう。ぼくのほうも、雪景色の一枚がほしくて、のちに百ドル紙幣をポケットに忍ばせてうかがったが、一六〇ドルでないと駄目だと言われ、残金は後払いにしてもらった。

帰国までに、あのロシヤの冬景色はきちんと記憶に留めておきたい。それには雪が風で飛ばされきらないハバロフスクこそ、ぜひとも行っておきたいところだ。列車で一三時間余かかるから、これまで実現できないでいたのだ。はじめての夜行列車。いくぶん心配だったが、外国人にはクーぺの組み合わせに配慮がなされていることがわかった。一輛に一人のジェジュールナヤ（女車掌）がつき、切符も預かってしまう。どういう関係かわからぬが高校生の男女、化学を専攻している女子学生。三人は発車前からトランプに興じていた。男女の二人は、どうもいとこらしい。ゲームが一段落して、女のほうは、ぼくがひとりで留学していると聞いて、「あいけないんだ。うちのママなら赦さない」と冷やかしとも、非難とも受けとれる言い方をした。化学専攻の女子学生は、聞いてみるとなんとДВГУの同じ寮の住人。名前はオルガ、八階に住んでいるという。「ロシヤは狭い！」と笑い合い、帰省から戻ったら再会を約した。

一月のハバロフスクはさすがに寒い。マイナス二五度にもなる。しかし無風である。一面に雪が積もり、いかにも静かなロシヤ風景を見せてくれる。本来のロシヤは犯罪も少ないこういう姿なのであろう。人口六四万というから、ウラジオよりやや少ない。だが、経済力では差は更にひらいて開放後のウラジオにはかなわなそうだ。ウラジオストックではご婦人は本毛皮を着ているが、ここでは化繊にダウンやウレタンを詰めた防寒着が一般的だ。宿泊は、あるひとの知り合いの母子家庭でのホームステイ。夫に先立たれた上品なジャーナリストと高校生の息子だ。ちょうど冬休みで、息子が出迎えから案内まで、一切をやってくれた。美術館、アムール河畔を訪れたが、現代史に関心をもっているぼくには、赤軍博物館が充実していると思われた。シベリア出兵、ハサン湖事件、ノモンハン事件、独ソ戦の展開などが図解され、外には大砲、戦車、ミグ機を展示。

また、ぼくが美術にも興味を持っていることを知って、陶芸家オルキナ・イリーナさんのアトリエを紹介してくれた。ぼくは最初そんなに期待していたわけではないのだが、実際に作品群を見て、相当な陶芸作家であることがすぐわかった。日本とちがって、土が脆いからロシヤの陶芸は器物よりオブジェに力点がある。彼女の形象する人物像はほどよく抽象化されていて、ときには土着的なもの、ときにはエロス、ときには信仰の姿を表していた。

帰国を前にして、ベトナムのタンが、以前に吊しで買ったうす青いパンツが大きすぎて合わないから、家族のおみやげに持っていってくれと勝手に置いていった。ぼくはそんな説明できないようなものを持ち帰るのは嫌だと言ったのだが、ふと思い出して、例の夜行列車で一緒だった八階に住むオルガに試着してみてくれと頼んだ。そしたら日曜日に「いまならいいから、来て」と言ってきたので、物とカメラを持って階段を登った。部屋は六人部屋、しかし同僚はいなくて、若い男とオルガだけがいた。彼は数学専攻で英語も達者なあかるい青年。〝兄〟だというのだが、にしてはどこか妙な雰囲気。それはそうと、オルガに見えないところで試着してもらったら、ずばりフィット。彼女は喜びのあまりぼくの頬っぺにチュッをしてくれた。それからお菓子とコーヒーをはさんで三人で英語で雑談したが、ふと窓辺を見ると洗ったばかりの色物の下着が紐に干してあるのが目についた。あまりいそいそと立つのも変だし、しかし頃合のところで「写真機もってきたから、写真とりますか」とぼくはさし向けた。写真を撮って帰ろうとしたのである。冷戦時代の名残でロシヤ人はあまりカメラを持っていない。だけど、彼らとて残したい時機はいくらでもある。ポーズの段になって、ふたりは互いの首っ玉にしがみついた。もはや、全てがあきらかだった。

五人の同僚が部屋を空けたのも、ふたりの逢瀬のために気をきかしたのだろう。

ロシヤは物質生活では不足はある。だが、人間生活に必要な、本質的なものでは、どこにも劣らないおおらかな自由を享受している。

カ　ナ　ダ

ヴィクトリア

Canada——Victoria

1996. 9 ～ 1997. 4

旅山端人：教会のロバ／カウチン村

一、巨きな小国

つぎにぼくが目指したのはカナダである。

なぜカナダなのか。その前に、いずれ英語圏には行きたいと思っていた事情がある。英語とのつき合いは、中学以来多少の断続はあったが、もっとも長かった。それにしては、喋るというのにはほど遠い実情を、なんとか克服したいと思っていた。では、どこにするか。英、米、加、豪、NZ、……アイルランドとあるなかで、ぼくはかつてニュージーランドに魅力を感じて旅行したことがある。いまも大好きな国の一つだが、今回はやめた。英語を習いに行くにしては、やや偏りがあるとみたからだ。したがって、オーストラリアも後回しにした。すると、イングランド、アイルランド、アメリカ合衆国、カナダとなるわけだが、アメリカには銃社会の懸念がつきまとい、イングランド、アイルランドは一度きちんと訪ねてみたいが、いかにも遠い。遠いのが気にかかるのは、当時ぼくにはまだ老人ホームに暮らす九二歳の母親がいたからだ。そこへいくとカナダは太平洋ひとまたぎだし、ブリティッシュとアメリカンの両イングリッシュにもまれて、現代ではもっとも一般的な英語が習えそうだ。まだ見ていない自然の豊かさも期待できる。

学校を調べていくうちに、東部のクイーンズ・カレッジと西部のヴィクトリア大学が候補に絞られてきたが、やはり突発的な帰国の可能性を考えると、西部を選ぶことにした。なお、西部にはバンクーバーにブリティッシュ・コロンビア大学という古くて、規模の大きな学校があるが、日本人が食傷するくらい多くて、学校側も牽制していると聞いたので外し、最終的にヴィクトリア大学とした。

一九九六年九月二日、一八時に成田を発つ。いつも飛行機に乗るとき、離陸のとき、ぼくはかるい緊張感に誘われる。このハイテク機械は大丈夫か。外見こそ眉目秀麗な青年だが、内部は納屋の空漠さだし、どこか脆さを感じさせる。飛行中も、ときどきぶるぶると震える。だがヤツは確実に飛翔する。ぼくがこ奴に身を任せられるのも、機やパイロットを信用しているからではない。信用しているのは、かならず飛ぶようにできているという〝物理法則〟のみだ。

そしてカナダの西側玄関バンクーバーに着いたのが同日の朝、夏時間の一〇時、なんと時間は逆戻り！　まるでタイムトンネルをくぐって来たかのよう。飛行時間も実質たった八時間しか乗っていない。以前、ニュージーランドに飛んだときは、こうはいかなかった。窓側の席で、真横に北斗七星を眺め、隣席の若いカップルの女性のほうが「私たち、昨日挙式したばかり」と開けっぴろげに話すのにほほ笑んでいるうちに、着陸してしまった感じだ。

カナダはまさに〝隣国〟だった。そう見えなかったのは、広い太平洋上をまともに飛ぶと思っていたからだ。日本／カナダ西岸間で時差がマイナス一七時間もあるのもそのせいだと思っていたが、実際に八時間乗って時差が一七時間はちと大きすぎはしないか。

地球という球体をイメージしていてわかったことは、飛行機はまともに太平洋を飛んでいるのではない。アリューシャン列島に近い、ずっと北寄りのほうが短距離だ。それを嗅ぎ分けてコースを取っているにちがいない。それはニュージーランド行きには当てはまらない。でも一時は、ぼく自身、これは技術の進歩により〝ジェット旅客機のスピードが地球の自転速度を上回るようになったせい〟と考えたくらいだ。

そのヒントは後の経験にあった。トロントに飛んだときのことだが、このときはバンクーバー時間よりプラス三時間、それに飛行時間四時間を加えて七時間過ぎに着いたが、逆に帰りは時差のマイナス三時間に飛行時間の四時間でたった一時間で着。日本からの時差でいうと、トロントはバンクーバーより遠いのに、バンクーバーのマイナス一七時間に対してマイナス一四時間と少ない不思議。それでわかった。太平洋上に日付変更線という〝仮想の線〟があって、そこを起点に東から西に二四時間に区切っていくからこうなるのだ。つまり、日本から西回りに見ていくと遠いトロントが先で、近いバンクーバーが後になる。

バンクーバー空港で国内線に乗り替えてヴィクトリアの空港へ行かなくてはならない。そこにステイ先のフランク・アロマンさんが待つ。ところがバ空港が広すぎて、また入国手続きに手間取って、国内航空券を入手するまでに、もう二便も遅れていた。しかし、ヴィクトリア空港はたった三〇分で着く。ところが、迎えにきているはずのアロマンさんがわからない。そこで電話してみようと思ったが、海外というところはこういう単純なことでいちいち手間どる。まず、いくらコインを投入したらよいか。局番を打ちこむべきか、否か。モタモタしていると、髭面のひとのよさそうなカナダ人のおじさんが近づいてきた。

「なにかお困りですか」

「電話かけたいのですが、いくら入れたらよいですか」

たしか、一〇セントコインを二個ほど投入したら、

「番号は何番ですか」と問うてきた。ぼくが紙片に書いた番号を見せると、

「あっ、それはうちのナンバーだ!」

かくして、めでたくアロマンさんに会えたのである。ぼくを出迎えるために仕事を休んで、遅れてきたぼくを三時間以上も待ってくれたのだ。

ここはバンクーバー島。細長い島の南端に州都ヴィクトリアがある。それからは銀色の乗用車に乗せられて、レイノルズの同氏宅にやっと着いたが、一時間以上かかる遠距離であり、ひとりでなら辿りつくのは容易でなかったはずだ。道々、カナダの木々と野原と木立に囲まれる家々の風景を見てきたが、カナダはなんとみずみずしく清潔で、住まいがゆったりしていることか、というのが第一印象であった。

巨きな国だなあ。ロシヤ以上にそう感じるのは、なぜか。ロシヤは国土が広くても、一軒が

六〇ないし八〇平方メートルぐらいの集合住宅に住んでいる場合がおおく、こういうゆとりを感じさせなかった。カナダは"大きさ"が個人に還元されている。なんでもヴィクトリア宅の一戸当たりの平均敷地は七〇〇〜八〇〇平方メートルあるだろうという。アロマン宅はさらに大きく、二〇〇〇平方メートルだと。ただ、建材などは凝ったものではなく、本当に贅沢なひとは建具に凝る。

この家は自然の傾斜を利用して、一部は地下室ないし中地下室、上のほうは二階になっていて、二階の一室がぼくの住居となった。カナダの家の造りは皆このように自然の地形を利用している。隣家との柵は厳重なものではなく、周囲は元々はえていた二〇〜三〇メートルもあるオークの古木を切り倒さずに活かしている。そして庭はかならず四季緑の西洋芝を貼りつめている。この芝生のお陰で、ぼくの部屋なんか掃除しなくても二週間は埃が積もらない。なぜか知らないが、綿ごみも出ない。その代わり、手入れが大変で、これは家の男衆の仕事になっていて、休日、ときには平日帰宅後でも、芝刈り機をかけている。彼らはそれを生活の一部として気持ちよく受けとめているようだった。家の裏面を除いて、郊外で芝生のないところを見つけるのは困難なくらいだが、これほどまでに整備するには、役所からかなり強力な指導がなされているようだった。ヴィクトリアは観光都市を自覚している。

フランク・アロマンさんは社交的で、よく喋る人であった。識りあったからには、以下はフランクと呼ぼう。奥さんは外出して、いない。よく片づいたテーブルに紅茶を二つ置いて対話した。ここは英語しか通じないのだ。もう逃げ場もないとなると、こちらもいつの間にか気楽になれた。家族のこと、出身地のこと、職業、食べ物の好き嫌い、趣味……話すにつれてすこしずつリズムに乗ってくる。フランクは建設現場の事務管理のようなことをやっていて、当年五二歳。青年時代にウェールズからやって来た移民で、いまも国籍を二つ持つ。特にスポーツはやっていないが、日曜大工や家周辺で作業をしているときが自分にいちばん合っているという。そして家に入って軽く一杯洋酒を飲み、音楽を聴く。全米地理学会発行の『ナショナル・ジオグラフィック』という世界的に発売されているグラフマガジンを愛読している。娘さんがいて、京都に英語教師として行き、日本人のコンピュータ技師と結婚したのだと。道理で日本びいきだ。

こちらからさらにこの辺の成り立ちについて聞いてみた。

バンクーバーはバンクーバー島になく、あるのはヴィクトリア。なんだかややこしいが、元来は探検家の名前であって、島を見つけたから「バンクーバー島」、都市ができたから「バンクーバー市」となった。いまやバ市は州都ヴィクトリアよりはるかに大きい。それは合衆国のニューヨークとワシントンのような関係である。バンクーバー島はぼくははじめ東京都二三区ぐらいの大きさだと思っていたが、長さ四五〇キロというから東京から米原くらいまであるということ。そこに住む人口は七〇万、ヴィクトリアだけでは三五万、カナダ西部のブリティッシュ・コロンビア州全体では三六七万だそうだ。ヴィクトリアは垂れ下がった島の南端だから、対岸は米国ワシントン州。イチロー、佐々木の本拠地シアトルは斜め向かいだ。カナダでももっとも気候条件のよい地方である。

そうこうしているうちに、若い男がぬうと現れて、挨拶するでもなくレンジ台によりかかっていた。「うちの息子だ」とは紹介したが、どこか他人行儀で名前も同じフランクと聞いた。するうちに奥さんが自分の車で戻られて、買い物袋を下げて入ってきた。名前はリーダ・ヘイワーズ――え、ファミリーネームが違うぞ。旦那より堅実で地味な感じで、自分からどんどん話すというタイプではない。ただホームステイというのは、当然ながらハウスワイフとの接点が多いわけだから、こちらとの意思疎通も大切だ。いまいる家族はもう一人、ならぬもう一匹、オスの老猫オリバー君だ。見事なのはその厚い毛の色。黒猫といった単純なものではない。ぼくの目には〝紫色〟と言いたい高貴な色だ。ひとに慣れず、孤高で動きの鈍いのが彼の貫録となっている。

ここでわかったこと。フランク・アロマンとリーダ・ヘイワーズとは、夫婦別姓だったのだ。それから何カ月かの会話のなかで、ご両人が市のアマチュア・オペラグループの活動で識りあい、互いにすでに結婚していた妻と夫を捨てて一緒になった仲だとわかった。京都にいる娘さんはフランクの先妻とのあいだの子、そしてジュニア・フランクとみたのはリーダの連れ子で、偶然に新しい夫と名前が同じになってしまった。ここまではとてもまばゆい話なのだが、お気の毒なことに小フランクは五年前に交通事故に遭い、学習障害を患って失業し、二児の男の子を妻に渡して離婚せざるをえなかったというのだ。カナダは日本の二七倍もある国土に人口はわずか三〇〇〇万人しかなく、一人当たりの面積が大きくなるから成人は一人一台の車をもち、わずかな用件でも車で出かける。州内は立派な四車線とか六車線道路が整備されていて、郵便局でも、ホームセンターでも、知人宅でも行くにはついつい七〇~八〇キロが巡航速度となる。一方、家々がまばらだから横断歩道橋はすくない。そこで歩行者はタイミングを見計らって道路を横断したくなる。車は高速だから、事故に遭うと死亡するか重傷を負い、治っても後遺症を帯びる結果になりやすい。ぼくの目には、彼は情緒障害もあるように見えた。さいわいなことに、ひととトラブルを起こすようなものでなかったということだ。

二児のほうはよく遊びに来たが、それは離婚協定でもあったのかもしれない。一緒に母親つまり小フランクの元の妻が来たことは一度もない。ぼくは電話を取って声を聞いたことがあるだけである。リーダによると、彼は事故に遭うまでは優秀であったそうで、子供が算数でいつも満点を取ってくるのもそれを承け継いでいるという。これ以後、ぼくは道路の横断にはとくに気を配るようにした。たしかに、大きな通りの坂下などから見ると、やってくる車は坂の上を越えるまで見えないものだ。それはドライバー側からも同じだろう。

到着の翌日にはヴィクトリア大学で四五分の筆記試験が二回にわたってあった。

会場へ行くのに泡食ったのはキャンパスの広さである。ヴィクトリア大学は一九六三年の創立で、島の南端岬の上に設計の粋を凝らして作られた新しい大学である。まず白いループ状の道路が走り、その内側に建築様式の異なる各学部を配し、外側には美術学部や大学の関連施設が木立のなかに散在する。芝生で覆われたキャンパスにはリス、ウサギ、鴨、ウミネコ、カラスが棲みついている。このループは美しいレイアウトを演出しているが、困ったことには、ときとして自分がいまどこにいるのか方向がわからなくなってしまうのだ。ステイ先からすぐのところにマッケンジー・ストリートが貫き、それはループの内側にあるターミナルと結ぶ。初日はさすがにバスを利用し、キャンパスのイラストを頼りにどのビルの脇を通ってという具合にして指定の教室に辿りついた。

その翌日はオラル（口頭）試験。今度は家から歩いてみた。四五分くらいかかったが、ループに入ってどこを曲がればどこのビルに出るのか、ぼくのように方向に鈍感だととんと見当がつかず、慌てた。着いた講堂はもう留学生で満員、おおよそ五〇〇人はいたろう。そこから順次名前を呼ばれて、グループに分かれ、引率者に導かれてそれぞれの試験会場へ散った。つまり、ＵＶｉｃ（ユニバーシティ・オブ・ヴィクトリア）の英語学校は、大学キャンパスの外れに小さな本部を構えるが、教室は各学部の空き教室を洗い出して、それを割り振ってレッスンを受けるようになっている。だから、隣のクラスといえども、いちど別れてしまうとどこでやっているのか、さっぱりわからない。

オラル試験の内容だが、三部構成で、第一部が「昨日、何をしたか」「学校終了後はどんなことをしたいか」に英語で答える。第二部は台詞《せりふ》のない四コマまんがを渡されて、英語でストーリーと落ちを説明する。第三部は二人ずつプロとコン（賛否）に分かれての討論。テーマは「Execution of Criminals についてどう思うか」。意味は（犯罪者の処刑）のことだが、いきなりこのタイトルを突きつけられると泡食う。ぼくもすこし慌てたが「Death Penalty のことですね」と確認を取って落ち着きを取り戻せたのがよかった。相手は韓国青年で、彼は反対、ぼくは賛成をもつように分かれた。ぼくは「現状では廃止は尚早」と主張したが、あくまで英語力を評価するものであって、主張内容を評価するものではない。

こうしてプレイスメント（クラス分け）は決まった。ホームルームはマクローラン・ビルの地下室で、人員構成は日本人六、韓国人七、中国台湾一、仏系カナダ人一、合計一五人。男女比は八対七であった。カナダの一人は、日常フランス語を話すケベック州から来たミセスの女性公務員である。レッスンを担当するのはアンジェラとローリーという女性の先生。このクラスは、はっきりとした位置では判らぬが、全体構成の八合目の下あたりだったろうと思う。罰金を課すまではしないが、当然ながら、クラスの中は勿論、私的時間に相手が同国人であっても、英語を使わなければならない暗黙のしきたりがある。

最初のレッスンで貰ったプリントは「人種差別」についてであった。カナダはアボリジニ（原住民）としてインディアンがいて、そこへアングロ・サクソンや一部にはフランス人が侵入し、今日でも年間二〇万人もの移民を受け入れている。その各種民族をどう共存させるか。最重要課題の一つである。「サラダ・ボウル」という有名な理念がある。アメリカの「人種のるつぼ」に対応する言葉であって、サラダはセロリ、キュウリ、パプリカ、ラディシュ等々がそれぞれの特徴を出し合ってこそおいしくなるように、各人種が宥和して個性を発揮しながら住みやすい社会を築こう、ということだ。なかでも、とり残されがちなアボリジニとどう共存し、どう支えていくかは重要で、カナダの学校教育で重視されていることをわれわれ留学生にも早いうちから及ぼしておこうということのようだ。引率されて歴史博物館にも行ったが、立派なトーテム・ポールをたくさん見た。帰ってから、グループに分かれて〝われわれの〟トーテム・ポール作りの構想をした。あれには各段に意味があって、愛、健康、勤労、洞察、豊かさ、平和などを象徴して花とかワシとかカエルを彫るのだ。共存政策の成果は相当なところまで浸透しているようで、学内で黒人男性と白人女性が手をつないで歩いていたり、また、ぼくらの白人の先生で黒人の妻をもっておられる方もいた。他方ではそう簡単でないところもあって、ぼくが写生に行くとき、汚れてもよい服装で空港に行ったら、検知器に引っ掛かった油絵の具を手荒に扱われたことがあった。アジアの流れ者とみたのだろう。ちょうど、香港返還を目前にしていて、中国系が大挙して入国していると言われている最中だった。ぼくは「自分は日本人だ」などと言いはしなかったが、係員にはそういう中国人に対する苛立ちがあったのだろう。また学内の駐車場で夜ケビンとキムという寮生が駐車中の中年婦人を襲った、という新聞記事を読んで、ぼくはさらに移民問題にからんでないか保安の詰所に聞きにいった。「なんのご用ですか」と、女性の保安員が丁寧に応対したが、ぼくの質問を聞くと、とたんに態度を変えて

「それはお答えできません」ときっぱり断った。この種の質問はカナダでは禁物なのだとわかった。

ステイ先では、作業事務所からフランクが車で夕方六時には確実に帰っていた。だからほとんど夕食を共にすることができた。外国はこれが普通であって、日本のサラリーマンのようなのは異常だ。この家でちょっと変わっていることは、食事の内容がすこし違うということである。フランクには肉がつかない。ぼくには多少でもつく。つまり、彼は菜食主義者なのだ。ぼくは〝そんなことできるものか。見えないところで肉食しているのでないか〟と悪戯っぽく見ておったが、ぼくの目の前ではついに魚や牛乳以上のものは食べるのを見たことがなかった。奥さんのリーダもそのせいか、あまり肉を食べてないようだった。

ついでの話だが、カナダでは安くて良質の豆腐が手にはいる。原料国の強みで、日本の倍くらいある固いやつが一・二ドルぐらい（一カナダ・ドルが八二円のとき。以下、ドルとはCドル）。従来からの牛肉やバターの摂りすぎが健康によくないということで、豆腐は大のピンチヒッターになっており、なんと何十種ものレシピを紹介した豆腐料理の専門書まで出回っている。それに合わせて、ぼくは豆腐のみそ汁の作り方を教えてあげた。居住区の外れにフジヤという日本人経営のちいさな日本食材専門店があり、味噌もかつおだし、こぶだしも入手できたのである。これは大変喜ばれて、ぼくの帰国後も「ときどきみそ汁を作って楽しんでいます」という手紙がとどく。

もうひとつ。カナダでは米食も静かに普及している。わが国も一時、アメリカから「コメを買え」と圧力がかかったことがあったが、いまはあんまり聞かなくなった。日本からある大学の先生が、電気釜とおにぎり用の海苔を携えてアメリカの小学校を巡回して、母親参観のなかで生徒に実習させたことがあった。ああいうことがジワジワと浸透していったのではないかと思う。いまやカナダのどんな家庭にも電気炊飯器がある。コメの質がちがうので、水を四〜五割余分にして、かつ蒸気でむすタイプになっている。パンはできたものを買ってこなくてはならない。コメは貯蔵しやすく、大雪などの非常食としてももってこいだし、食生活に変化をつけるにも見直されているのだ。

ましてやステイ先がアジア移民だったりすると、毎日が米食だ。移民で下宿業をやっている例は多い。カナダは資源的に豊かな国ではあるが、職業創出という点ではとても不足している。国土が東ヨーロッパを含む全欧州の幅をもちながら、人口はたった三〇〇〇万。ぼくの感覚では国内マーケットで一通りの産業を成立させるには人口一億が妥当というところだが、人口四七〇〇万の韓国があと一歩なのもそこのところだと思う。だから、カナダは年間二〇万人もの移民を受け入れるのだろう。しかし、それを迎えるだけの仕事が整っているわけではない。住み家が学校からバスルートで一本の範囲なら、学校に登録してもらって留学生を紹介してもらえるのだ。つまり、ホームステイとは主婦の大事な職業なのである。そういう意味では、小中学校の先生宅というような、すでに女主人に定職のある家庭に住みこむことはまず困難だ。

幼児や小学校低学年児は別として、朝食は自分でセットするのが習わしとなっている。ぼくが起きるとすでにフランクが食べている。シリアルという穀物を配合した、トリの餌みたいなものをプラスチックの大瓶に各種揃えてあって、好みに応じて小ぶりの深皿に採ってミルクを注ぐ。ぼくはそれにタマゴを一個電気プレートで焼いたものをつける。それからオレンジジュースとコーヒー。シリアルは軽くて、繊維が豊富で、朝食には手頃。このごろは日本のどこのスーパーマーケットにもあるところをみると、コメや豆腐とは逆に日本人のあいだにいつの間にか浸透したなと思う。昼食は学校の清潔なカフェテリアを利用し、夕食は家で食べる。

ただ、ぼくのステイ先でもそうだったが、アングロ・サクソン系の人は料理に自信がもてないでいるように思えた。たしかに世界中エスニック料理が栄えるなかで、アメリカ料理、イギリス料理、カナダ料理といった看板を掲げる店はあまりない。それは必要以上に煮こんだりするせいだと思う。だからぼくはみそ汁を作るとき、だしを入れてから絶対に煮るなと強調しておいた。甘いものはくど過ぎるほど甘い。アイスクリームがそうだ。またバンフのカフェテリアでは〝てりやき風野菜炒め〟と称して、野菜だけなのに日本の醤油にたっぷりの砂糖で味つけしてあった。旨いはずがない。例外も挙げておこう。創作すしの〝カリフォルニア巻〟。程よく熟れたアボガドはめしと実によく合う。あれを考えた人物の味覚は、感嘆に値する。

逆にアングロ・サクソンのもっとも優れている点は、まずマナーがこれほどよくできている民族はほかにないだろうということだ。ぼくが接したニュージーランド、カナダ、イギリス……どこでもそういう印象を得た。〝粗雑〟ということをとても嫌う。小フランクの息子にしても、屋内の狭いところで大人とすれ違うにも「エキスキューズ　ミー」とちゃんと言う。まだ幼児をようやく脱したかという年頃で、である。

また、ものの整理がとてもよい。用のない異物が表に出るのをとても嫌い、食器、衣類は徹底的に収納する。あるときには台所のシンクを観音開きの扉で覆っているのを見て、仰天した。こうして室内の四囲がきれいにのっぺらぼうになるから、絵を飾ることにはとても熱心だ。寝室なんか三枚も四枚も掛けてある。その割にはよい描き手が不足しているようであり、日本のように飾るスペースがなくて逆にかなりのレベルで描ける人がいるのなら、これをうまく繋げられないものかと思う。日本は音楽ソフトでは圧倒的に輸入国だろうが、美術品では輸出国になるのだ。そのためには日本のカンバス規格を欧米規格に統一した方がよいのではないか、とぼくは思っている。

更に、早くから文明の近代化を推進してきただけあって、学問や科学や発明の分野での貢献はおおきい。具体的な発想に強く、帰納的である。それはジャーナリズムの面でもすぐれた記録を残してきた。ＵＶｉｃの図書館は、新しい大学であるにもかかわらず、一六〇万冊が収蔵され、一般学生も開架式で夜遅くまで閲覧できるようになっている。これほどの図書が集められたのは、ひとつにはヴィクトリアという土地柄が、活躍したカナダ人にとって余生を過ごすにふさわしい理想郷だということにある。これら名士たちは遺言で競ってみずから収集した各時代の名著をこの図書館に寄贈するのだという。ぼくが羨ましいと思ったのは、英語国民は高校生レベルでもこうした基礎文献を読みこなせるであろうということである。

そして最大のアングロ・サクソンの貢献はデモクラシーである。しかし、これについて述べるには、紙幅が足りない。

どこの国でも、外国人の目はよく見えるものだ。カナダ人の英語教師には日本での教師体験がきっかけとなったという人がよくいる。いい思い出をもっているのは当然だが、留学生はいろんな国から来ているから偏った国のことはあまり言わない。数少ないわるい点では「日本の都市計画はテリブルだ」と言われたこと。これは赤面だった。たしかに彼らが〝醜悪だ〟と見たとしても、返す言葉もない。

ある夜、ぼくは心臓が猛烈に痛くて目を覚ました。場所が場所だけに不安がつのる。朝まで眠れないで、起きて飲食するうちにすこし落ちついてきたが、レッスンの後で大学診療所を訪ねた。若い女医さんが診察してくれ、まずしっかり両手でぼくの手を握って、それからけげんな顔で問診してきた。症状、病歴、両親の病気、のんでる薬。とても丁寧なので感激した。ぼくが「不思議なことに、心臓が痛いと言っても動悸するわけでもないし、ランニングも平気です。なぜか、赤ペッパーを食べたときにひどく痛みます」と言ったとき、女医は「ちょっと待って」と別室の先輩医師のところへ意見を聞きに行ったようだった。戻ってきて「それは心臓ではありません。胃酸で胃がやられたのです」。「えっ、胃はそんなところにあるのですか」。「そうです。胃が痛むと、心臓のあたりが痛むのです。これをハートバーンと言います」。そして中和剤をもらってきた。

簡単に治った。心当たりはある。夕方六時ごろの早い食事。量が少なく、消化しやすいパン食。お相手のせいで少ない肉食。スープをはじめ、全般にスパイシーな食事。だから夜中に空腹になる。日本でご飯食のときはなかった経験である。それからは気をつけてみると、カナダではスーパーの医薬品棚にもカルシウム系の胃酸中和剤が定番で並んでいることがわかった。

ステイ先に出入りするカレンというお嬢さんがいた。ヴィクトリア大学創作学部に通う、リーダの姪である。性格のよい娘さんで、カヌー部にも所属していた。カレンが来ると、リーダはときどき長い時間抱きしめてやっていた。そのうちにリーダから、カレンが母親をしばらく前に乳がんで亡くしたということをぼくは聞かされた。母親とはリーダの実の妹である。カナダでは乳がんは女性の死亡原因のナンバーワンである。だから食生活の改善に関心が高い。

カレンには兄のルロイがおり、また父親も健在である。二人はふだんバンクーバーに住んでいるが、フェリーで来たときには立ち寄って夕食に加わって帰った。ルロイはえらく立派なニコンのカメラを持ち「カメラマンだ」と自称していたが、筋肉隆々で堂々たる体格をしているので「ボクサーかと思ったよ」と言ってやったら、「そうさ。かわいい妹に手を出すヤツがいたら一発でこらしめるために、ボクシングで鍛えている」と身構えたので、ぼくも笑ってしまった。実際はごみの回収人をやっていて、それで貯えたカネで高級カメラを買ったのである。ただ、彼の心配もわかる。カナダでは大きな家のなかに男女とり残されることはよくあり、欧米人の慣習でカレンも昼間のとんでもない時間にやおらシャワーを浴びたりする。そこへ電話が入れば、タオルを巻いて電話にとびつく。こんなの、なにも感じるな、というほうが無理だ。

ぼくがこの家に慣れたころ、台湾から一七歳の少年が来ると聞かされた。ジャッキーというんだそうだが、中国系は本名のほかに英語名をつけている場合がおおく、これもそうだろう。〝若いのに感心だ〟と思ったが、フランクが空港から連れ帰ったその男は、どこか暗いところのある、英語もあまり喋れない少年だった。ぼくらとは別に、街の語学校に通学し、友達はたくさんいるらしく、今回の留学も彼らに触発されたものらしい。ジャッキーは教会の日曜礼拝にはフランクの車に同乗して参加し、また自動車免許を取りたいと言うと、フランクは車で自動車学校へ送り迎えしてやっていた。一回は免許試験に落ちた。ところが、ぼくの前半の試験があろうというとき、三日ほどぼくら二人を残して夫婦が外泊すると伝えてきた。フランクとリーダが帰宅した翌日、ぼくが学校から帰るとリーダが珍しくきびしい口調で「あなたは留守中うちの車に乗ったか」と尋ねた。ぼくは国際免許はもってきたが、カナダで右側通行に慣れるのは日本に帰ったとき危険だと意識していたし、だいいち他人の車を無断で運転するなんて考えも及ばない。「わたしがこの前乗ったときより、ガソリンが大幅に減っています。おかしいと思います」。リーダは言った。

そしたら、目撃者がいて、「ジャッキーが無断でドライブした」というのだ。隣人が留守のはずのアロマン宅から見慣れぬ若者が運転する車が出ていくのを見たという。リーダは直ちにジャッキーを詰問し、家の鍵を取りあげて、その日のうちに追放してしまった。そのときジャッキーが放った言葉は「あなたはレイシスト（人種差別主義者）だ！」と。ぼくは呆れた。車の鍵がどこに吊してあるかふだん見ておいたらしい。六〇〇キロくらい乗り回したようだから、運転に慣れた仲間と共謀しているともみえる。リーダの気持ちはよくわかる。ジャッキーのやり口は、まるで〝恩を仇で返す〟ではないか。こういうことをやる人物が、教会でなにを祈っているのだろう。擬装で礼拝しているとしか思えない。カナダがせっかくアジア系に門戸を開いているのに、カナダの利便性だけを当てこんで入りこもうとする。夫婦の留守中、彼はぼくとの間でもトラブルがあった。カナダではタンクに一定量の温水を作っておいて、それを分けあって使うことになっている。二〇〇リットルくらいある温水を、奴は長時間シャワーを浴びてひとりで空にしてしまったのだ。

カナダは水と空気のきれいな国である。それだけに環境保護にはとても熱心だ。ゴミの分別回収はペットボトルやポリエチレンの買い物袋の再利用までやっている。フランクを見ていると、庭でゴミを燃やすことも〝良くない〟と思っておられる。秋にはオークをはじめ大量の落ち葉が積もる。ぼくはかつて英国の画家コンスタブルの描く枯れ葉の色がどうもきたないと気になっていたが、オークの枯れ葉はまさにあまりきれいな茶褐色をしていないということがわかった。この落ち葉は家ごとに山積みされ、大きな幌つきトラックがやってきて回収してまわる。まるで巨大な真空掃除機だ。かくして〝落ち葉焚き〟はやらないのである。

「今度の日曜日、ドライブに連れていってあげます。ただし、行き先は内緒よ」

十一月はじめ、フランク、リーダから提案があった。ぼくは喜んで応じた。ジャッキーの一件でぎくしゃくしたものを清算したかったのかもしれない。

最初の目的地まで一時間強。停車して、森の中を分け行くと浅い川があり、サケの遡上が見られた。ゴールデン・ストリームというのだそうだ。都会からこんな近くで見られるのに感激した。全力をふりしぼって産卵を終えると、メスもオスも屍となる。それを狙ってウミネコが肉をついばむが、屍が古くて腐りはじめると目だけくりぬいて放置するようだ。ぼくは東北の八戸海岸で沢山のウミネコを見たことがあり、てっきり海鳥と思っていたので、川でぶでぶに太ったウミネコを見るのはとても奇妙な気がした。沢山の人々が見に来ていたが、投石や棒でつつくなど厳禁は勿論だが、犬を連れて歩くのもいけない。サケは犬の臭いに敏感なのだそうだ。

運転再開。車は直線道路を行く。もはや島を北上していることは間違いない。途中、漁村に立ち寄り魚料理を食べて昼食とした。漁村といってもさびれており、養殖技術などを導入して〝牧洋〟を盛んにするようなことが必要だと痛感した。日本が世界中に普及するとよいが。

次第に道幅は狭くなり、草原や森の混在した地域にはいる。みすぼらしい小さな家が点在し、それはインディアンの住居とわかった。カウチン村だそうだ。あの太い毛糸で編んだカウチン・

セーターの謂《いわ》れはここにあるのか。子供が木の橋の上から川底に向かってモリを投げている。サケ、マスの捕獲は一般カナダ人は一定期間に限られているが、インディアンは年中認められている。彼らは保護されているのだ。しかし、これまで白人のもたらしたものに打撃を受けてきた。酒がもちこまれると酒に溺れ、麻薬にむしばまれ、結核やエイズにまで冒された。

この辺りにはいくつもの形のちがう教会を見ることができ、楽しかった。その一つは、庭でロバを飼っていて、それも紫褐色の美しい毛並みに、背中には濃い帯があり、ロバとはこんな美しい動物であったかと、去りがたい気持ちだった。

つぎに到着したのは「壁画の町」シュメイナス。いろんなアーチストの、歴史を描いた力強い大作があちらの道、こちらの道に沿って並ぶ。この町には陶芸の里があり、在住の作家が交替で店番しているというやきもの店を覗いた。

まだナナイモに届かないうちに暗くなってしまった。それで帰路についた。バンクーバー島はヴィクトリアだけではなかったのだ。

二、ゲーム感覚で学ぶ

どこの国でも英語教育は盛んだし、留学生を受けいれる側も経験豊富で教授法もしっかりしているので、英語をまなぶ者にとってはおもしろい。自国で大学受験に失敗したり、ほとんど初心者に近い人々を集めたクラスもある。しかし、おおくはかなり学習してきた人々を対象としているので、話題ひとつとっても内容が豊富だ。避けるのは、経済でも物理でも医学でも専門になりすぎて皆が均しく理解できないようなことはやらないというだけで、一般的テーマとか、だれもが関心をもっている現代常識に類するテーマは極力とりあげられる。日常生活、自国の風俗、趣味、スポーツ、料理、旅行、愛について、人権、環境、技術発達と人間……。

毎週一度、各自英文でまとめたジャーナル（日誌）を提出する。大概、その週にあった二、三の事件について、事実と発見を掘り下げて書いていたように思う。先生はノートの束をもち帰って、添削と批評を加えて三日ほどで返してくれる。レッスンは午前または午後の二コマ三時間だが、こういう学校の先生は他の業種と異なり、カナダでも家に持ちこんで仕事をされるからかなり過重だ。一人の添削に二時間かかるような生徒もいるとチラと聞いた。にもかかわらず、インストラクターは実に献身的で、この仕事を愛している方が圧倒的だ。なかでも秋期に担任だったアンジェラ先生は、自宅を開放して常時生徒の出入りを許すような方だから、ジャーナルの添削も内容をみずから学ぶ糧としているようだった。thought-provoking（深く考えさせる）などという評をつけたりするところから、それが察せられる。

レッスンで一般的なのは、一枚のコピーを配って、その中身をついばみ、最後はその考え方や結論を議論することだ。例えば、こんな具合。

「フランス女性記者のレポート。北京駐在も三カ月になる。珍しいことはあらかた送信したつもりだ。今日も新しいネタを求めて酷暑の街を歩きまわったが、特別変わったこともなく宿のホテルにたどり着いた。部屋に入るやいなや、シャワーを浴びた。シャワーを浴び終わってさっぱりした気持ちになって、裸の体をタオルで拭きながら浴室を出てきた。と、なんと、ノックもしないでボーイが沸かした湯のポットを持って入ってきたではないか。私は悲鳴をあげそうな気持ちになって、ホテルのマネージャーに電話で抗議した。マネージャーはしばらく事情を調べてから、謝るどころかこう答えた。『あなたが悪い。ホテル内では、部屋の中だろうが裸で歩いてはならない決まりになっている』。早速、このことを記事にして本社に送信した。のちに、本年のもっとも秀逸な記事として表彰された」

どこから採ってきたか、学校にはこうした新聞雑誌から切り集めてきた記事がたくさんあるようで、先生はクラスのレベルに合わせて選んでコピーにしてくる。この例のように異文化論的テーマは〝食い違い〟の面白さもあって結構多い。でも、この記事は時期も出所もあきらかでないし、いま読んでみると、今日の中国では考えにくいし、若干問題はある。

「金持ちが友人をつれて外出した。路上にはいつも通り〝阿呆のヘンリー〟がいた。金持ちは話しかけた。『よう、ヘンリー。ニッケル貨とダイムと一個ずつある。どっちかひとつ取れや』。ヘンリーはニタと笑い、ニッケル貨を取った。ニッケル貨はダイムの倍くらいの大きさだから。

数日後、今度はその友人がひとりで町に出た。『ヘンリー、お前は阿呆やな。ニッケル貨はダイムの半分の値打ちしかないやで』。『知ってまさあ、旦那。あっしは阿呆の振りしているだけですよ。でないと、もうからかう意味がなくなって、あの大旦那はこの次から呉れなくなりますからね』」

これはなかなか人間の機微を衝いている。題して「どっちが阿呆か」としたいところ。

「ミネアポリスの路上で老人の行き倒れ（collapse）があった。救急車で病院に運ばれたあと、身内を尋ねると、虫の息で『デラウェアの海軍基地にいるパトリック・ジョンソンに会いたい』と言った。病院が連絡を取ってみると、二千キロ離れた海軍基地にたしかにそのような名前の海兵隊員がいることが判った。老人は危篤状態であった。病院は一刻も早くその若き隊員を到着させるよう基地に要請した。基地からの連絡を聞いたとき、パトリックはそんな遠くにいる老人に心当たりがなかった。しかし、指名の名前も所属もあきらかに自分だった。軍のはからいもあって、彼は最短時間でミネアポリスに急行した。直ちに老人に会ってみて、人違いであることが分かった。それで立ち去ろうとしたが、老人の最期が間近であると感知した。〝よし、自分が看てやろう〟。彼はその場に踏み留まり、老人の手を握り、臨終を見届けた。後でわかったことだが、同じ海軍基地にはもう一人のパトリック・ジョンソンがいたのだった」

ぼくはストーリーを思い出して書いているので、地名も人名も勝手に入れさせてもらった。この話は韓国の学生が〝非常に感銘した〟という反応を示した。しかし、ぼくは〝なにかおかしい〟と思えてならなかった。実の子や孫のつもりで手をとって死出の旅に発つひとが赤の他人に手を握られるのはどうだろうか、と。ステイ先に帰ってから、ぼくは夫妻の意見を聞いてみた。二人のうち、リーダは強くこの行為を支持した。フランクは黙っていた。やむなく、居合わせたひとが最期を看とることはある、と捉えておきたい。

この他の記事では「コンピュータの誕生」「オゾン層破壊の仕組み」「右脳と左脳」「自爆テロと殉教」「ベネズエラの石油資源争い」など。おかしなことに、話すのはなんでもないのに、読ませるとそれほどでもない学生が少なくなく、ぼくが「日本では英語好きの女子高生なんかとても見事に読みますよ」と指摘したら、教師も重大視して、以後だいぶ改善された。

ジャーナルの内容が明かされることはなかったが、一度だけ匿名で某日本人学生の日誌の一部を紹介したことがあった。

「日本ではいま若者のあいだで〝性の自由化〟が進んでいる。男女の仲間同士、意気投合すればホテルの中。思いどおりに誘うことができる。大抵コンドームなんかしない」

ぼくもびっくりした。ここまで書かれると〝ホントかな?〟と当惑してしまう。わざと誇示しているような書きっぷりも気になる。しかし、学生運動が低調化したあたりから、そうなっているようにも思える。コンドーム云々も、妊娠やAIDS対策はどうしてるの、と聞きたい。でも、日本人の留学生間でもそれほど自由な〝交流〟があるようには見えない。結局、男も女も、そうしたい者はそうする。そうしたくない者はしない。そういう基本は、昔も今も極端に変わっていない、と今じゃ思っているのだが。

週に二回ほど単語のテストがあった。ぼくはこの級のレベルでは必要ないのではと思っていたが、若い留学生のなかには早口で見事にしゃべり続けるが、少ない単語を繰りかえし駆使しているのがわかって、指導する側が単語テストをやる理由がよくわかった。ただし、テストのやり方は意味を説明させるのではなく、例文を作らせるの一本槍である。習う側としても、ここはネイティブから言語を学ぶ利点である。なにが出てくるかわからないから、異国人の教師では添削しきれないからだ。その例文も家で暗記してくればよいのでなく、教室で解く。出題は、一〇の新単語と三つの分野を提示する。例えば、〈自然〉〈旅行〉〈級友のファビオ君〉とあれば、一〇の単語をこの三分野に好きに割りふって、その場で例文を作る。実名の級友は毎回かならず出るもので、やはり人気者の男の子から順番に登場するようだ。教師はこの方式を「クイズ」と呼んでいた。わかりやすいように、五つの一般的な単語と右記の三分野でやってみる。単語は cause, sudden, popular, technology, demonstrate としてみる。

Ｍｓ．Ａの答え

〈自然〉Strong sunshine causes the skin to burn.（強い日射は肌焼けの元になる）

They have chosen roses as popular flowers.（彼らは人気のある花としてバラを選んだ）

〈旅行〉In London, I saw a group of people demonstrating in front of Parliament.（ロンドンでは一群の人々が議会前をデモしているのを見た）

With the development of technology, traveling became easier and swifter.（技術の発達とともに旅行はますます容易かつ速くなった）

〈級友〉All of a sudden, Favio disappeared from the dormitory.（突然、ファビオが寄宿舎から姿を消した）

Ｍｒ．Ｂの答え

〈自然〉A sudden tornado hit the village.（突然、竜巻が村を襲った）

Technology should make progress in harmony with nature.（技術は自然との調和の下に発達すべきだ）

〈旅行〉The late arrival of our train caused us to miss the airplane.（列車が遅れて飛行機に間に合わなかった）

〈級友〉Favio is popular among his classmates.（ファビオはクラス仲間の人気者だ）

The phenomenon of the ozone layer destruction was demonstrated by Dr.Favio

Henderson.（オゾン層破壊の現象はファビオ・ヘンダーソン博士によって実証された）もちろん、あくまで例文であって、〝ファビオ・ヘンダーソン博士〟なんて実在するわけがない。現地へ来て要注意の単語では、gayとintimateがある。英和辞典に（陽気な）とあるから、Brazilians are all gay.とやって、ぼくは彼らに目を剥《む》かれたことがある。まず〝同性愛〟を連想させる言葉なのだ。また、intimateも単に（親密な）ではすまず、〝性的関係がある〟ほどの親しさを思わせるから、使用上誤解を生じないように慎重でなければならない。

何語であれ、単語を覚えることは大変だ。二四歳くらいだと一回聞くなり辞書を引くなりすれば、覚えてしまうという者はよくいる。しかし、最大の学習のコツは語学では〝使う〟ということのようだ。とくに高年齢者にとって、イメージに結びつける、そのために文章で覚えるのが効果的のようだ。deteriorate（悪化する）、vandalize（文化を破壊する）など単独で覚えるには抽象的で難しくなる。だがまた三カ月に一回使うような単語を三コ覚えるより、ひと月に五回使う単語を一〇コ覚えるほうがよいにきまっている。1／3×3＝1　対　5×10＝50で50倍の差がある。そうなると、やさしい汎用読本を快速で何冊も仕上げたほうが効果が高いと言える。高齢者のように二割三割しか残らないならば、力を率直に認めて一冊の時間で三冊読み流し、忘れても気にしないことだ。これは語学の苦手な若者にも通じることかもしれない。

あるときは宿題として、impose（課する）、retreat（退く）、surpass（克服する）、seduce（誘惑する）、verify（証明する）、contravene（違反する）という動詞とadjacent（近接した）、

drastic（はげしい）、nasty（むかつく）、frantic（気が狂った）、reluctant（しぶしぶの）radiant（ギラギラした）、irresistible（抗しがたい）という形容詞を使って、一つずつ例文を作ってきなさいという課題が出た。たしか原文があって、そこからとり出してきたと思うが、テーマは思い出せない。ぼくは一文に二つ使うように節約できないかとズルいことを考えてジッと眺めていたら、なにかひとつのストーリーができそうだと浮かんできた。

Recently I saw a boy living in the adjacent apartment house smoking marijuana. The scene looked somewhat nasty. At first I was frantic; the boy seduced me to try it. I consented reluctantly, but I felt a radiant feeling. Soon it became so irresistible that I could neither retreat from it nor imagine surpassing it. Apparently I am contravening my school rules. And they will impose a strict punishment on me. But who will be able to verify the evidence, until some drastic symptoms appear?

（最近、ぼくは隣のアパートに住む少年がマリファナを吸っているのを見かけた。その場面はいささかうさんくさいものであった。最初、ぼくは気も狂わんばかりだった。というのは、少年がやってみないかと誘ったからだ。ぼくはしぶしぶ同意したのだが、うきうきした気分になった。やがてそれはあまりにも抗いがたいものとなり、もう止めようとか、克服しようとか考えも及ばなくなった。あきらかにぼくは学則に違反している。だから、きびしい処罰が科されるだろう。だが、だれがぼくのやったことを証拠立てることができようか。れっきとした症状が

表れるまでは)

着想に一〇分、書き上げるまでに三〇分近くかかっただろうか。先生に持っていったら「グレイト」(えらい)とほめられた。のちにある年配者に見せたら、「六〇、七〇年代にはこういうことはよくあった。われわれも経験ある。今じゃクリントン大統領みたいに重要人物でないと追及の手が及ばないけどね。それにしてもこの文は真に迫っている。まさか君が経験あるとはおもわないがね」だと。あらためて北米社会の多様性を知った。

「ジョークを作れ」という課題が出たことがある。こんなのがあった。

「ある人がペットを連れてバンクーバー入りした。ペットはさまざまな人種に驚いた様子で、主人に言った。『将来、動物が人間を支配するようになったら、バンクーバーに〝人間動物園〟を作りますよ!』」

バンクーバーの空港やバス・ディーポへ行くと実感がある。

「土曜日の昼下がり。デパートはいつになく混雑していた。二階にいた私は、一階のほうからのどよめきを聞いた。『マドンナが来た!』どよめきはたちまち館内に広がり、買い物客はいっせいに一階に降りてきた——三階からも四階からも。やがてひとびとはマドンナと思しき女性のまわりに群がった。遅ればせながら、私も行ってみた。そこに見たもの——実際にひとびとが一目見ようと殺到したのはマドンナでなく(うちのクラスの)アイリンであった」

アイリンとは台湾出身の女性で、中国人のならい、横文字の名前を並行して使っているので、ぼくらは本名もわからない。アイリンはわるい気持ちはするはずはないが、あからさまに嬉しそうな顔もしなかった。クラスにはほかにも美人はいたし、気立てのとてもよい子もいたなかで、あえて疎《うと》まれる下手をしなかったのだろう。ぼくらは会話のクラスで、もうひとつアカデミックという本学進学準備のコースがあった。そこに同郷の彼氏がいて、午前のレッスンが終わるとはなればなれのクラスから解き放たれて、二人は遠くから芝生のキャンパスをぱぁーっと走り寄り、強く強く抱き合うのだった。

ブラジル出身の小娘にモニカというのがいた。イタリー系の美人で現役の大学生、郷里に熱愛する恋人がいると言われていた。ある日、モニカが突如「わたし、この頃つくづくベイビーがほしいと思うことがあるの」とつぶやいたら、側にいたアイリンが「わたしもよ」とあいづちを打ったのだ。たまたまそこにいたぼくは、年頃の女性のデリカシーを垣間見た思いがした。

そのモニカには、失敗したことがある。彼女は湖の深淵のような碧い瞳をしていた。毎朝、コの字型配列の反対側の机に陣取ると、ぼくはそのつぶらな瞳に眠気もいっぺんに吹っ飛んだ。そこまではよいのだが、ある日、チョコレート工房に現地集合で見学に行く催しがあって、その集合場所の確認にぼくは朝、モニカに電話してみたのだった。ちょうどそのとき、彼女はシャワーの真っ最中で、ステイ先の主人に告げられたとカンカン。以後、ぼくは口も利いてもらえなくなってしまった。外国のひとは、しばしば朝浴室を使うから要注意だ。

プレゼンテーションというのがある。五分、長くて二〇分のショートスピーチをするのだが、これには司会の要素など採り入れて多少の演出も認められる。「西洋の星占い」をとり上げた学友がいて、生年月日を言えばなにがしかの占いをしてあげるというおまけつき。列の順にひとりずつ生年月日を言うのだが、だいたい一九七〇年代生まれが多かった。その流れに乗ってぼくの番がきたとき「一九七三年〇月×日」とやったら、発表者は気づかず大真面目に講釈しはじめた。一、二秒のタイムラッグのあと、だれかが「ウッソー」で大笑い。ぼくは四〇歳サバよんでみせたのだ。

「馬鈴薯」をテーマにしてスピーチしたことがある。馬鈴薯が南米を原産地にして世界中に広まったことがどんなに人類の食糧事情に貢献したかを述べた。最後はこう締めくくった。

Without *potatoes*, neither Beethoven nor Tchaikovsky could have existed.（ジャガイモなくして、ベートーベンもチャイコフスキーもこの世にありえなかった）

十月三十一日夜はハロウィーンのお祭りである。カボチャをくり抜いて飾る習慣がある。子供を集めて〝こわーぃ〟話をする。〝こわい〟は fearful というのかと思っていたら、向こうでは日常的に scary という。当日、ハイアー・プロナンシエーションというオプションレッスンがあって、いろんなクラスの生徒が参加するなかで、先生は「今日はハロウィーン。ひとりずつ怖い話をしなさい」。考えてみると、日本では昔は子供に怖い話をよく聞かせたものだが、戦後はあまりそういうことをしていないな、と思う。結局ぼくは、ロシヤでのあのダーチャで夜寝静まった中で、窓枠を叩く音を聞いた恐怖を話した。一連の話の中で、いちばん印象に残ったのは韓国の男子学生の話である。

「ある女子高であったこと。期末試験でいつも一番になる〝ナンバーワン〟といつも二番になる〝ナンバーツー〟がいた。二人は優秀で、かならずトップを争い、しかし順位は入れ替わることはなかった。ある日、ナンバーツーがナンバーワンに言った。『学校が私たち二人に特別な数学の問題を出す、と言ってるの。今度の土曜日の午後四時、時計台の小ルームに来るように、って』。この学校の一番高い所に時計台があって、そのすぐ下には見晴らしのよい小部屋があったのである。

当日、ナンバーワンがその部屋に行くと、ナンバーツーがすでに待っていた。『学校がプリントを置いていったわ。ほら、これよ』。ナンバーワンは小机をあかるい窓際に移して、問題を見た。それはいままで見たこともないような難問だった。すぐにとり掛かった。後ろではナンバーツーも始めたようだった。数分後には二人は熱中していた。ナンバーワンが解答の糸口を見いだそうと、気分転換に背伸びしたときだった。後ろから、ナンバーツーが思いっきり突き飛ばしたのだ。ナンバーワンは悲鳴とともに三階下のコンクリートのたたきに叩きつけられ、絶命した。

このとき以来、学校の西日の射すトイレでは、暗くなる時間に幽霊が出る」

ゾッとするものがあった。怖かったからではない。社会のある側面を正確に捉えているように思えたからだ。これまでも、プレゼンテーションで韓国の学生がカンニング（チーティング）

の手口を解説したり、「外国語を学ぶ目的は」の質問に、優秀な女子学生が「国際競争に打ち勝つため」と真っ先に答えたり、世界政府の話題の最中に「韓国が一番だ」と関係のないことをつぶやいたりしているのを聞くと、韓国での成績競争、受験競争は相当過激なものがあるな、とは思っていた。それは人口に比して能力ある人材を産むのに役立っているかもしれないが、弊害もあるように思う。ある学生は単語の試験のたびに隣のペーパーを覗きこむ。彼は、韓国で労働者のゼネストがあったとき、「わが国も近代化した証拠です」と宣言した人物だった。

一方では、理解してあげねばならないことがある。

Jという学生がいた。好きな音楽をかけて紹介するレッスンの最中、急に泣きだした。学生運動に参加して放校になった。学校に戻ることは許されず、最終的にカナダの教会で会った牧師に救われ、いまはそこから通っている。とても温厚な人で、ぼくはその彼の背景にそんな現実があったとは思いもよらなかった。一九五〇年に始まる朝鮮戦争では同じ民族が血を流しあう悲劇を経験した。平和国家になったが、戦争特需でぼくらが一気に戦後復興をなしとげたということにあぐらをかいていたら、日本人は〝軽薄さ〟を免れない。韓国ではいまでも二年間の徴兵があるという。だから愛国心を語りながら、その反面、カナダのように好環境で移民を受け入れる国には留学生は熱いまなざしを向ける。いま南北会談が進行中だが、本気で成功を望んでいるにちがいない。統一できれば、人口も七〇〇〇万超の安定した国内市場も期待できる。

ぼくは韓国のバイオリニスト、チョン・キョン・ホァが好きで、彼女の弾くサン・サーンス「ロンド・カプリチオーソ」は文句なしにぼくのCDコレクションのナンバーワンだ。新大久保の駅では転落した日本人を助けようとして、自らの命を落とした韓国の若い留学生がいた。しかしまた、在日の優秀な書き手が日本人と別け隔てなくむずかしい文学賞を受けている環境が日本にはある。

韓国人が植民地時代の苦悩をしつこく言いつづけるのに、われわれ忘れっぽい日本人が身を引き締めることはとても大切だと思う。これからも、ぼくらはそれを良薬としなければならないだろう。だけれども、ナンバーワン主義はどうかなと思う。〝ナンバーワンでなかったから、あなたはダメだ〟とするやり方は疎外者を生むばかりでなく、政治は切り捨てがし放題になる。

ディベートという形式がある。討論のことだ。テーマは例えば「心臓移植」。三人の子の母、CIAのロシヤ関係専門家、著名作家、五歳の黒人少年、IQ160のコンピュータソフト・エンジニアがいて、容体は各人かくかく。いま移植できる心臓がはいった。誰を優先すべきか、というもの。まずCIA専門家を推したのは徴兵経験の学生。「社会的に重要なのは、作家かエンジニアだ」という声あり。「いやいや、次世代を育てる母親だ」。「残すとすれば、IQ160だ」。「それもヘン。だいたい社会的重要度など言うのがおかしい。容体からして緊急なのは五歳の黒人少年ではないか」。この討論には結論はない。誰の主張が正しいかではなく、どれだけ説得的に議論を展開できるか、がカギだ。教師は黙って聴いている。

「クローン人間」も格好のテーマだった。丁度、英国でクローン羊ドリーの成功のニュースがいち早くもたらされ、そのニュースをビデオで視聴したあと、「次はクローン人間だ。是か非か」という議題にはいった。だれもが案ずるのが〝ヒットラーの再現〟。またセクトの教祖。そんな悪いことばかりじゃない。ソクラテス、ミケランジェロ、ベートーベン、アインシュタイン、人気アーチスト、卓越した運動選手……。きっとグルカ兵のような勇猛な兵士の一団を作る試みがなされよう。それよりも機械を操作する人間ロボットだ。汚職をしない官吏だ。そしてかならず落ちていくのが愛する〝ロボチーヌ〟。話はいつしか変わって、優秀なクローン人間が自然人間を支配するようになったらどうしよう。選挙権は？　そもそもクローンとは健康なのか、不健康なのか。カンカンガクガク。終わらない。

「人工中絶」「人工授精」「断種」「ホスピス」「死刑制度」。だれにも理解できて、あまり思想的でないから絶好のテーマである。それでも人工中絶なんか、カトリックやイスラムの人にはきびしい批判があって、戦後の貧しい時期にたいして疑うことなくわれわれの社会の常識となったことを考え直させられた。実際、学園内でもらったビラにも「中絶かどうか迷っている貴女へ。相手の男性も、貴女自身も育てる自信がなくてもかならず産んでください。こちらに連絡くだされば、きっとよき育て親をみつけます」というのがあった。この社会はすばらしいと思った。

ヴィクトリア大学にはなんでも揃っている。診療所、新聞スタンド、ジム、各種運動場、開架式大図書館、ブックセンター、古本屋、コンビニ、パブ、現像屋、ゲームセンター、観光案内切符売り場、コンドーム販売機、夜でも使える金銭CD、映画館、ミニ美術館、二四時間コンピュータ施設、精神や学費のカウンセラー室、セクハラ相談室、駐車場……。子供を交替でつれてくる夫婦学生がいるところをみると、保育所があるらしい。その代わり、教授の研究室は小さく、またレストラン、カフェテリアに学生、教授の区別はない。おもしろいと思ったのは、こうした施設のスタッフが全員かの勇猛なUS鉄鋼労組に加入しているというのだ。ひとつ問題と思ったのは、これだけ揃っていながらサークル活動の部室が充足していないこと。お蔭で、例えばぼくは交流の機会も期待してスキー部にはいり、総会で大男が五〇〇人集まっているところで入会金五ドルを取られたが、その後行事の連絡もなければ、連絡のとりようもないままにシーズンが終わってしまった。

留学の面白さは、ある程度まで行くと、語学の能力だけでなくて、日頃どんなことを考え、どんな情報を吸収しているかにおおいに左右されることにある。つまり〝内容がなければ表現しようもない〟ということだ。ぼくにとっては人生経験、テレビや雑学で覚えたことも役立った。期末試験では「出会いについて」とか「あなたの国の緊急課題と解決策」とか出題されると、箇条書きするにせよ、論理展開するにせよ、語学力優秀だけではまとめようがない。英語学を専攻している学生がいて、寸分の誤りのない英語を話すことができた。だが、次の学期に一クラス落とされてしまった。彼女は教室で自分から発言することがまったくなかったのだ。

そうは言っても、語学の優秀な人間をまともに見せつけられることがあったのは、冬期になって上級のクラス編成になったとき。韓国四、ブラジル、日本各三、台湾二、メキシコ一という構成。ここでぼくはブラジル人やメキシコ人が抵抗なく英語の聴力を発揮するのに感心した。なかでもフェルナンドという大柄なブラジル人は一五分くらいのテープを一回聴いただけで、内容にかんする一〇の質問をことごとく即答できた。彼はまた優秀なコンピュータ使いでもあった。ぼくは「怪物フェルナンド」というあだ名をつけてやった。「カルチャーショック」のテーマのとき、ひょうきんなファビオが「ブラジル人をいつもパンツをはいて裸で暮らしていると思っている外国人がいる」と言ったが、ぼくは逆に「とんでもない。日本では〝大男、総身に知恵がまわりかね〟という諺があるが、ぼくはここへ来て完全に打ち砕かれた」と答えてやった。当然ながら「こんな人材がいながら、ブラジルがうまくいかないのは何故か」と問うたら、彼らは「一つには政治腐敗、もう一つはマフィアだ」と答えた。ブラジルの奴隷解放は一八八八年ともっとも遅いが、現実のブラジル人は混血が進んでアフリカ人とも異なる小麦色の肌をもつ。ここまで来ると、人種差別のしようがない。さらに、雑種化することで優秀で多様な素質が生まれているようだ。これも尊敬に値する。

このときの主な指導は男のダンカン先生と女のスウ先生。冬期はクラスメイトの国籍がふえ、テーマの幅が広がったので、おもしろくてぼくは休む気持ちなど起こる隙もなかった。本来は二クラスになるところを、冬は生徒数がやや減るので一緒になったふしもある。それだけぼくにとって刺激的だった。それでも苦手のリスニングはあまり改良されず、ニューヨーク発信のソープオペラなるコメディでは、勘のいいクラスメイトのなかで震える思いを味わった。せめてまともな英語の講義を聴けるようにと、学部の歴史や経済の講座、市民対象の地震講演会などに遠征したが、単語の意味はわかるものの、通しての意味を把握するまでには至らず、時期尚早。もう一年じっくりやればその域に達するかと思うのだが、家族持ちはそこがきわどい。ただ教室では、語学の指導者は早口でも明瞭な発音をするので、これはついていける。なにげなくラジオで聞いたことだが、早口競争で優勝者は「一秒間に一一語話す」そうだから、英語はやさしいようでやさしくない。エスペラント創立者のザメンホフも単語を英語から採用しなかったのは、音声的にロマンス語のような明瞭さに欠けるとみたからであろう。

国籍の多様化とともに交流のたのしさも増した。バレンタイン・デーにはチョコレートが飛び交い、公開してもらったら、韓国のキムという子が沢山もらっていた。彼女には、もう現代日本人にいないような平安美人の面影があったのだ。バレンタインというと、日本ではもっぱら〝女性が好きな男性にチョコレートを贈る日〟になっているが、これは特殊な解釈である。

スウ先生のとき「ごう問」をとり上げたことがあった。先生は「ごう問の賛否」を問うたが、韓国人、ブラジル人の全員が賛成したのにびっくりされた。反対したのはぼくと台湾の二人。他は欠席。賛成者の理由は、凶悪犯罪者やマフィアはごう問なしには吐かない、というものであった。また、南アフリカのネルソン・マンデラ大統領指導による「真実和解委員会」の活動気がつく。ぼくは以前、学会の世話役として、英文のスピーチを大勢の前でしたことがあるが、そのときのビデオで紹介したことがあって、先生はマンデラ氏を称《たた》えていた。

「困惑した（Embarassed）話」という課題をやったことがある。それもグループに分かれ、各人が発表したあと、いちばん良かったのをだれかが代表してクラスに紹介する。そのあと、他のグループがご当人のあてっこをする、というやり方。ぼくらのグループの代表作はこうだ。

「高校時代に好きな子がいて、言い出せぬままに毎日自転車で一緒に登校していた。悪い奴がいて、代わりにラブレターを書いて、僕の名で彼女に発送。ふたりでいつものように登校したら、みんな下の階にいて拍手喝采。なんだかわからずに上の教室に行ったら、黒板にチョークででっかくハートのマーク。それに矢が刺さっていて、その下に僕と彼女の名が。ふたりは真っ赤になってしまった」

では、誰の作？　ところがなかなか当たらない。それなのにぼくを推定する者がいないので「なんでぼくを当て（guess）ないの」と言ってやったら、「タンジンでは記憶が古すぎるでしょう」だと。答えはあの怪物フェルナンド。悪戯もブラジルあたりはでかくて、楽天的だ。

秋期、冬期と言ったが、学校から見れば切れ目なく連続したものだ。学期末ごとに、その期で帰国する留学生への送別を兼ねて、有名ホテルを借りきって修了晩餐会を開く。一期目の晩餐会のとき、何人かの代表がスピーチをしたが、ぼくはそれを流暢ではあっても〝格調に欠ける〟と思った。中にはひとりひとりのインストラクターの名前を挙げて、自分にとってどういう意味をもったか感謝の念でほめちぎった者がいたが、ぼくはこれをとても不適当だと思った。

というのは、初級のクラスにもすぐれた指導者がおられるのに、そういうクラスからはスピーチするほど力のある生徒はありえないからだ。二期目の終わるころ募集があり、ぼくはあえて蛮力を振るってフェアウェル・スピーチに応募してみた。ぼくが訴えようとした概要は次のとおり。

「カナダへ来た私は夫婦別姓の家庭にステイした。それはまばゆいばかりの印象だった。レッスンでは何が飛び出してくるか、毎日がスリルでいっぱいだった。

二十世紀が暮れようとしています。二十世紀とは何であったのか。戦争の時代。科学技術、生産の進歩とそれと引き換えに環境問題。われわれは何を克服し、何を引き継がねばならないのか。

まず、戦争や紛争を絶滅すること。そして二十一世紀に引き継ぐべき遺産は、一、デモクラシーの一層の発展。二、EUに見るような地域経済協力の確立、それを環太平洋に作りたい」

氏名ふるい分けの段階でぼくはふるい落とされてしまった。担当者は事務所の催し物担当者。あとでダンカン先生に草稿を見せたら、とても残念がっていた。

逆に、市民の前で発表する機会もあった。オプション科目のストーリーテリングはメアリー・マホニー先生が指導していたが、ある日、先生がみずから所属しているヴィクトリア・ストーリーテリング・ギルドで発表してみないか、と誘われたのだ。この中世のものつくり工房を連想させる〝ギルド〟という名が気に入った。台本はぼくが以前に出版に協力した片山正年著

『八万キロの戦争』（社会思想社）から抜粋翻訳したもの。太平洋戦争の緒戦でマレー方面の兵員輸送に参加した熱田山丸が、帰路潜水艦攻撃に遭ってだっ、だっ、だっと沈没する。狼狽して自分だけ助かろうとする者あり。沈着に行動して仲間ともども助かる者あり。その人間模様が活写されている、ぼくのもっとも気に入っている数ページだ。

教会を会場にしていて、六〇人くらい集まっていたが、この会がレベルの高い市民で構成されているなと思ったのは、アフリカのナイジェリアから来た子沢山の母親が話したなかで、いろいろ格好つけては「まあ、なんとお奇麗なんでしょう」という行《くだり》が出るたびに、聴衆が心から笑ったということにある。人種偏見を完全に克服していなければできないことだ。ぼくの関連では、司会が「定年後、英語をまなびにカナダへ来た」と紹介したときと、主人公の片山さんが「原爆被爆者運動にいまも参加している」とぼくが締めたときに、拍手が起こった。笑いが起きたのは、片山上等兵が救出されて甲板上で待機しているとき、海軍から通信任務の依頼がきて、兵隊たちが片山さんに「お前、行って呉れ。だけれど、毛布は置いていけよ」と言ったという行。もうひとつは、戦友の避難を助けて最後に二人が残ったとき、片山さんが「お前、先に降りろ」と言う個所がある。それをぼくが「アーフタ　ユー」と訳して笑いが生じたのだが、これはむしろ「ユー、ゴー　ファースト」と直訳すべきだったのかもしれない。

忘れがたいこと。「抱擁」（hugという）について洋の東西で異なるという議論をしたことがあった。まとめてみると「日本では幼時期に親が子供に接するときと、男女の性愛関係にかぎられる。しかし欧米では家庭愛や親愛の情もすべて含まれる。ロシヤでは男同士でも久しぶりに会って抱き合ったりする。今日のように社会の分裂がいちじるしい時代には、例えば、思春期の反抗にはいった子供を親が抱けるという習慣が残っているということは、とても重要だ」となる。こういう話があったあと、教師はアンジェラ先生であったが、翌日から毎朝、教室にはいってくる女生徒をひとりずつ抱いてやったのだ。こちらは見ているだけだったが、とても感銘深いシーンであった。

先生はまた、日本でも韓国でも「〝アイ　ラブ　ユー〟と直截な表現をしない」ということはおもしろい、と評された。握手はどこでも親愛、友好の気持ちを表すが、これも男女間ではエチケットとして女性が先に手を差し伸べないのに男性が握るわけにはいかない。

ずっとあとで、中国の教室で反抗期の話があって、親にずいぶん楯突いたという女性が「うちでは親と抱きあうことがある」と言った。それも小学校低学年から絶やさなかったからできたのだろう。九州の子だった。

思い出があるとともに反省もある。例えば、アンジェラ先生がぼくのリスニングとスピーキングの同時改良のために個人指導を申し出てくれたのに、ぼくは断ってしまった。リスニングでぼくはときどき「ウーン」というポーズ音をはさむ癖があって、これが耳障りだというのだ。ただでさえ過重とも思えるインストラクターの仕事に時間外まで負担を掛けさせたくなかったからだ。これまでも、カナダ人のなかにこういう献身の気風を見たことがいくつかあった。また、ダンカン先生にキャンパス内で「お茶でも飲もうか」と誘われたとき、寝不足を理由に外してしまった。指導内容のよさで生徒間に人気の高かった先生だが、個人生活では悩みをかかえていたと言われる。最後のレッスンのとき「このクラスは活発でよかった」とコメントされたとき、すかさずぼくが「最大の手柄は先生から出たものですよ」と発言したら、クラス全体に賛同の拍手が鳴り響いた。が、先生はどこか淋しげだった。先生はあのとき何を話したかったのだろうか。

三、タウンハウスに移る

「私たち夫婦は、今夜からまた三日間家を留守にします。深鍋にスープを作っておきますから、加熱して食べてください」

リーダにこう言われたのは、この前のバンクーバー行きからひと月とたっていない朝であった。丁度、秋期の期末試験にのぞむところで、夜中安眠するには大変不安があった。カナダは安全なところである。しかし、家の造りは四面総ガラスという感じで、シャッターも雨戸もない。隣家とも離れているし、一番近いのは地下に下宿している勤め人の若夫婦であるが、この人たちとも家の中では遮断されている。今回はジャッキーもいないし、当初一緒だった小フランクも時々ぶらっと立ち寄るのみで、近所のどこに住んでいるのかわからない。つまり、この大きな家で自室に鍵もないのに、ひとりで過ごさなければならない。

初日、帰宅すると深鍋の豆スープとともに、置手紙があった。「ホープ　ヨー　エクザムズ　ゴー　ウェル」（試験がうまくいきますように祈ります）とあった。こちらが寝不足で試験にのぞもうとしているのに、こういうことはむしろ逆なでするようなものだ。そうでなくとも、学生というものはじっと自己点検しているときに、試験のことは他人に口を挟まれたくない。

エクザム（試験）が終わり、ぼくは何げなく掲示板の前に立っていた。タウンハウスの募集広告に目が止まった。

タウンハウス。市内に自宅のないカナダ人学生はどう住んでいるのか。UVicのドーミトリーはかつて英連邦オリンピック開催時に造ったといわれる施設を転用した立派なものがある。しかし、これで足りるものではない。おおくの学生は四人、ないし四世帯が入れるタウンハウスに同居しているのだ。基本は四つの個室とキッチン、ダイニング、リビング、浴室、トイレの共用部分である。最近は四人のうち一人だけ異性を入れるというのが流行っていて、こうするとうまくいくのだそうだ。オンドリのように女性三人に囲まれたい男もいるだろう。そうは言っても、大部分は男だけ、女だけである。タウンハウスはUVicを意識して一〇キロ四方にたくさん散在している。自転車通学の学生はマッケンジー通りの一〇キロの坂道を懸命にこいで上がってくるのがいる。大抵、冬でもTシャツ一枚、自転車は多段切替式だ。カナダでは自転車は高価な商品で、みな停めるときはチェーンで固定物にロックする。盗られて放置されても、森や藪の多いところだから探しようもないのだ。面白いことに、というより理解しにくいことに、自転車にスタンドの類がついていない。それから、子供が遊ぶキックボードを大人向きにしたものに乗ってくる者がいるが、これは広いキャンパス内の建物から建物への移動にはたいへん便利だ。

ホームステイは賄いつきで一カ月六〇〇ドルに決められている。今のように蛋白質がすくないと高値感がしてしまう。それに対してこちらは三〇〇ドルで自炊。そろそろ話相手も変えてみたいと思っていたところだ。ぼくはそのうちの一軒を紹介してもらった。いまのステイ先よりすこし遠い街道ぞいである。三人のカナダ人学生が住んでいて、一人は室内で大きな黒い犬を飼っていた。東洋のおじさん学生の下見に驚く様子はなかったが、ぼくは決定はせずに帰った。ところが翌日、また同じブリティン（掲示）を見ていたら、なんと学校すぐ近くの狐小路に二五五ドルという格安物件が出ているのを見つけた。〝これは早く押さえないと流れてしまうぞ〟。ぼくはすぐに動いた。教室から歩いて一五分くらい。バス停で二つ目を降りて歩いてもよいが、これならそんな必要もなさそうだ。雨上がりの道を歩いていったら、そこはまったく同じタイプの木造住宅が何十軒と並んでいて、いわば〝町〟を形成していた。粗末なドアを叩くと、えらく下半身のどっしりしたボリスという男がドアを開けてくれた。一階は共用部分、二階にいま三人が住んでいる。今回、地下倉庫を貸しているイタリア人学生が帰国するので、募集しているとの事。

早速、見せてもらった。地下倉庫は広くてガランとしていて、窓は明かりとりの小さなものが二個所あるだけ。居住用でなく物置なのだ。なるほど、それで安かったのか。地下にはその隣にジムまであり、暗がりにウェスチングハウスの大型洗濯機が置いてあった。カナダは建売りも借家も、冷蔵庫、洗濯機つきだが、ここでは最近洗濯機の調子がわるく、代表テナントのヤコブが新しいのを買って皆に使わせている、ということだった。ボリスに案内されながら、上等ではないがゆったりしているのがよい、と思った。それにぼくは長くはないのだ。ボリスはロシヤ移民で、もう三代にもなっているので完全にカナダ化している。ただすこし口ごもる英語を話すが、冷静に応対しながら温かみも感じさせる。ここからなら自転車を購入する必要もない。三軒のスーパーも間近だ。これは早く決めたほうがよさそうだぞ。

それでぼくは決めた。内金を支払って、イタリア人が出たあと、次の月から引越す、と。リーダ、フランク夫妻が帰ってきても、ぼくはすぐには言い出せなかった。しかし、そのチャンスは案外早く来た。

「私たちには見たいものがある。また一日外泊させて」

「わかりました。ぼくも休暇を利用してバンフへスキーに出かけます。それから、すこし新しいつき合いを求めてタウンハウスに移ろうと思っているところです」

そもそもぼくがカナダ留学の時機に冬をからませたのも、スキー場に行きたかったからである。日本からスキーも持参していた。

バンフ行きは十二月始めになった。まずバンクーバーへ出るために、BCフェリーに乗る。ぼくがヴィクトリア入りしたときはバンクーバーから国内航空で来たが、この辺の住民はそんなことをしない。フェリーだ。あかるくて感じがよく、バンクーバー／ヴィクトリア間を一日数往復しているところを見ると、世界でもっとも成功しているフェリーだと思われる。昔はダウンタウンの名所エンプレスホテルの近くから島の南端を回って長時間かけて出かけたようだが、今は島の本土向かいのスウォーツベイから出る。しかし、ダウンタウンでPCL社のバスに乗りこむと、バスごと船の胴体に吸いこまれ、バンクーバーではそのバスに乗って中心街に入ることができるのだ。船は幅が広く、ぼくはなんとなく女性のヒップを連想し、バスが静々と乗りこむときはセクシーな気分にひたる。バス以外に乗用車、そして長さ二〇メートルもあるバンがかならず乗っている。スーパーや家具屋の物流を担っている輸送手段で、日本の道路なら曲がることもできないような代物だ。船内では下車して、ゆったりした椅子にくつろぎ、また数種の食事も用意されている。シュリンプカレーなんか甘口ではあるが、美しくて味は洗練されている。往復でバスとともに学割四二ドルだった。冬の始めでもあかるくて快適なのは、中甲板の周囲が厚いガラスでとり巻かれ、内部はほどよく空調されているからだ。

バンクーバーは近代都市としてよくできていて、ここから大陸各地との間を発着する長距離バスはすべてバスディーポ一個所に集められている。ディーポの構内では、この街にかかわる人種の多様性に目を瞠《みは》る。なかでも中国人は人口五〇万のうち二〇万を占めるといわれる。ぼくの乗るのはカルガリー行きのグレイハウンド。ガーリックパンとスープの軽い夕食をとって、夜行で行く。北アメリカを網目に繋ぐ有名なバス会社だが、席はゆったりして乗り心地はよい。ただ、高速道路を走る様子でなく、細かな砂利道が多かったように思うのは、カナダの州間道路が未整理なのか、朝目的地に着く時間に合わせて一般道路を行くのか。走りはじめて二時間もすると雪道と変わった。

朝七時にバンフに着いた。あらかじめ電話で確認しておいたYWCAホテルへ向かう。カナダで安く泊まろうとしたら、まずユースホステルだ。それで手頃な所が見つからないときは、YMCA、YWCAホテルがよい。YWCAはふつう女性専用か、女性と同伴する男性に限られる。バンフのYWCAは男性にも開放されている。こんなの珍しい。しかも、一週間連続で一〇〇ドルぽっち。一五分歩けば高級ホテル「バンフ・スプリングズ・ホテル」に出るロケーションで、である。みしみしいうパイプベッドで相部屋だが、男客というものは互いに押し黙っていて、個人の篭城を守って他人に構おうとしない。簡素で清潔、気楽だ。欧米のこういう相部屋簡易ホテルは別にロッカーが用意されており、しっかりした南京錠を一、二個持参する必要がある。

スキー場のバンフはカナディアン・ロッキーを縦にノーケイ、サンシャイン、レイク・ルイーズとゲレンデが並ぶ。

初日はノーケイに行った。日本にもあるような、さほど大きくない規模である。ただ一面だけよく整地された急なスロープがあり、これを滑降すると燕になったような気分になる。翌日はサンシャインへ。スノーボードの若者から、かなり寒冷だと聞いていたので、麓で目なし帽を買って出かけた。それでもリフト上昇中は手袋の手が痛かった。

バンフの良さはアフタースキーにある。散策するのに手頃な広さで、原住民や山岳写真の博物館がある。小さな温泉もある。スプリングズ・ホテルは針葉樹の山の中腹に立つ、紫褐色の美しい建物である。地下は名店街になっていて、どこの宿泊客も歓迎だ。フランス系の移民が作った町のようで、イギリス系の多い西部から来た者にとって、エキゾチックな刺激がある。大橋巨泉のOK商会の上あたりにある銀龍飯店で食ったかけめしは実にうまかった。野菜、エビなどの具を短時間で高熱処理し、グリーンの色あざやかなうちに供する。中国人グループが二組も入っていたし、あれが中華料理の極意なのであろう。

スキー休めということもあって、宿を拠点にカルガリーにも寄ってみた。アルバータ州の主要都市で、中部のこの州は石油、牧畜、小麦が三大産業で、三つまとめて一枚の写真に収められる。ある全国紙で読んだことだが、この地方の地下に眠るオイルサンドは石油換算で全中東石油埋蔵量に匹敵するそうで、世界に石油が枯渇する日をじっと待っているという。現状ではカルガリーはバンクーバーに及ばないが、カナダ各州は消費税として連邦七%、州一〇%、計一七%がかかるのが普通なのに、アルバータ州だけは財政状態よくGST（連邦税）七%のみが物品購入に課税される。それにしても大きいが、これも産業発達不十分で法人税が当てにできないからか。ただしカナダでは食材購入は非課税だから、スーパーなどで日常買い物する分ではどこもかからない。

メインゲレンデのレイク・ルイーズは町からやや離れている。YWCAホテルに四泊し、契約の残りはあったが、ぼくは惜しげもなくあと三日分をキャンセルして、レイク・ルイーズのユースホステルに移った。カナダ人と日本人の混血の娘さんがスタッフにいて、ぼくのような客人には特に親しく接してくれた。大柄な美人で気立てもよく、西洋と日本の良いところを併せたような人だった。ただ、ここのカフェテリアはあまり口に合わなかった。レイク・ルイーズのゲレンデは大きい。樹木が少ないが、その分展望がよく効いて迂回コースもバイパスも一望でき、力量のちがう人で構成するグループも皆が一緒に滑れるという感じ。コースの逸脱防止柵もしてあって、安全面もよい。リフトで相乗りしたロンドンから来た中年の職業婦人と話してみて、その発音の美しさに惚れた。

帰宅。やがて、ぼくの引越は九七年の一月一日と決まった。

その前にクリスマス。テレビは一日中「聖し、この夜……」のメロディを流す。ステイ先でも親戚一同集めてパーティ。その数一四人。どの家も軒下や玄関ドアを隈どるイルミネーションで飾っている。ぼくは関係ないと思っていたら、ちゃんと呼んでくれた。クリスマスプレゼントの袋ももらった。ジングルベルのマグカップ、化繊の室内ウェア、日用品。子供たちが中心とはいえ、これだけのプレゼントを買い揃えるのは大変だろう。料理だって半端なものではない。一年の収入の何分の一かを注ぎこむのでないか。夫婦が留守のとき、ひとりの中老の男が訪ねてきて、子供のための大きな工具キットを置いていった。「ああダディね」（お父さん）とあとで言っていたが、リーダの前夫で、孫のために届けたものだった。いかにも哀れだった。

こうしてクリスマス客が帰ったら、寒波がやってきて猛烈な雪が降りだした。ついに九〇センチ降り積もり、バスもフェリーも運行停止。ヴィクトリア七五年ぶりの大雪となった。ぼくはどうしたらよいか。とにかく簡単に荷物をまとめ、玄関口から道路までの雪かきをすることにした。フランクはそれを見ていたが、複雑な気持ちであったにちがいない。ぼくがひとりでトレンチ状の通路を二〇メートルほど掘り抜くと、フランクは「手伝うから、車に載せなさい」と言ってくれた。マッケンジー通りの通行も再開されていた。

「もし行き先でハッピーでなかったら、いつでも戻ってらっしゃい」。リーダが言った。

ぼくは不覚にも涙した。「すみません」と言ったが、「なんであやまるの」と言い返された。どんな場合にも、個人主義が徹底していることを思い知らされた。すでに次の入居者としてブラジルとタイの若者が決まっていた。この夫婦はホームステイの仕事をしながら、自分達の人生の楽しみは捨てなかった。そして、仕事以外ではつねに共同行動だった。三日家を空けたときも、リーダのぼくにとって初耳の娘がバンクーバーで歌手としてリサイタルに出演するということで空けたのだった。それをぼくが嫌えば致し方ないと思っている。しかし、これまでぼくと談笑してきた積み上げは捨てきれないものがあったようだ。

〝顧みもせず〟というところだろう。三人のいるハウスへ着くと、フランクは勧められた椅子に座ったが、屋内を一瞥してすぐ帰った。電熱も石油ストーブも使わないでくれと言われた地下室での生活を少しでも暖かくするために、ぼくはKマートからやや上質の寝具を買いそろえてきた。鍋、皿は共用できるので、あとは食材が要るだけ。カナダは食品が安く、おそらく日本の三分の一くらいでないか。コメもフジヤから「田牧米」なるカリフォルニア米を買ってきた。これらは非課税。共同生活なので冷蔵庫のスペースが限られており、汁物など余してしまうことはできない。カナダの野菜はみずみずしくてうまい。なかでもピーマン、ニンジンは生で食べるほうがいける。肉は牛肉、トリ肉が主流。しかし、ぼくはターキー（七面鳥）の燻製が気に入っていた。骨のまわりをナイフで削《そ》いで、あとはいつまでも取っておける。油気も少ない。意外と選べないのが魚介類。日本がいかに海の恵みを享受しているか痛感した。パン、ベーグルは各種あるが、日本のように白くない。ようやくわかってきたことは、なるべく繊維を摂取するようにしているらしいこと。

三人の横顔が次第にわかってきた。テナント代表のヤコブはポーランド移民で三〇歳くらい。法学部出身で、市の監理部に勤める。脚の太いボリスはＵＶｉｃで情報処理を専攻したあと、自宅で企業から委託されたテーマに沿ってコンピュータソフト作りをおこなっている。ロシヤ移民の三世だというが、いまはロシヤ語は全然駄目。もう一人はロバートと言って、心理を専攻したが専門分野で就職できず、近所のケンタッキー・フライド・チキンで働く。夜は遅く、土、日も仕事だ。ヴィクトリアの職業の八割は観光がらみと言われているのだ。

どうもヤコブがきついなという気がした。ごく普通の話をしても高圧的な口調になる。本人もわかっているのか、接客や実務面はボリスに任せている。食事も二人の分は交替で作る。ロバートは仕事柄食事は職場ですむらしく、ほとんど自炊しない。まあこんな具合で、ダイニングの六席あるテーブルに四人が一緒に就くことはあまりなかった。ボリスはヤコブに任用されているかぎり安泰で、ヤコブからの伝言も彼を通してだ。そのほうがやわらいだが、それは決してぼくに就くということではなく、うまく立ち回っていたということ。逆にぼくが必要とすることも、実務者ボリスを通して言うことにした。まず、ぼくは地下の部屋をロックつきノブに替えたかった。前住者もそうであったらしく、ロックを取りつけた跡があったが、退去のさいキーをもち去ったためべろの食いこむ木枠を壊してぼくの入居に備えたというのだ。OKが出て、近所のハードウェア店で求めた安物のセットを取りつけたが、工具まで出費したくなかったので、フランクさんから借りた。

ヤコブとボリスは月に一度、島を北上して肉類のまとめ買いをしていたが、二人で一〇〇ドル（八二〇〇円）も支払えば十分だという。カナダでは本来の冷蔵庫のほかにボックスタイプの冷凍庫があり、そこに貯蔵する。ぼくはあくまで新来の下宿人であり、彼らの乗る車も見たこともないし、一緒にドライブすることもなかった。

低気圧や人との違和感で頭痛がすると、ぼくはアスピリンのお世話になる。スーパーを歩いてみると、カナダでは家庭医薬を揃えている棚があって、手に取って選べる。ぼくはどこの国に行ってもアスピリンを買った。解熱、鎮痛のほかに血栓溶解作用も認められている、古くからある薬である。だがこの汎用薬が日本では格段に高いことがわかってきた。後の中国での

アスピリンの価格

国名	包装	1錠mg	価格	円価格	330mg円	対ロシヤ比
ロシヤ	10錠	500	1.4ルーブル	6.1	0.40	1.0
カナダ	250	325	3.08 Cドル	253	1.03	2.6
中国	60	300	5元	75	1.37	3.4
日本	60	330	1080円	1080	18.0	45.0

（注）ロシヤ、日本2001年、カナダ1997年、中国2000年

データも含めて並べてみると、日本製は一番安いロシヤ製のなんと四五倍もしている。ただ健保薬価としては三〇〇ミリグラム六・四円で（平沢正夫著『超薬アスピリン』平凡社）、ダントツに安い部類の薬だそうだが、それでもロシヤ市販品の一七倍だ。日本で使われている他の薬もこの調子で調べてみる必要がある。例えばある白内障予防薬は一瓶が四〇〇〇円くらいで主成分は〇・七五ミリグラムとなにがしかの溶解液添加物より成る。いま〝金〟は一キロ一三〇万円くらい、つまり一ミリグラムで一・三円だから、この薬の成分は〝金〟より数百倍高いということになる。これは日本の国際競争力を著しく下げているとしか言いようがない。健保の赤字危機を言うなら、薬価の国際比較は避けて通れない。「三方一両損」なんてとんでもない。それがこれまでなされなかったのは、一、ほとんど単一政党支配で政権交代がまるでなかった。二、厚生省幹部の業界への天下り。三、新聞、雑誌などが医薬品広告におおきく依存していること。これらを疑ってみることだ。新しく建つドラッグストアも薬業資本が多く、商品も日用品は値引きしても、薬はカウンターの奥でがっちり価格をキープしてい

る。ほかにも、A型、B型肝炎は中国、東南アジア諸国では新生児に全員予防接種がおこなわれているが、日本では衛生環境からその必要なしとされている。それで海外旅行のとき受けるのだが、ぼくがB型の一回目を日本の検疫センターで八〇〇〇円かかったものが、二回目は上海の外人対象で五五〇円、三回目は西安で一五〇円で済んでしまった。むろん、注射器も使い捨てである。これからの危機管理を考えると、日本での薬剤の高コストはこわい。

いちどヤコブがこんな意思表示をしたことがある。

「日本料理の〝寿司〟は大変うまいものらしいが、あれをここで皆に振る舞えないか」

例の英語学を学ぶイタリアンもイタリア料理を食わせたそうだ。これにはぼくは抵抗があった。このハウスに住んでそれだけの恩恵を感じていないうちに、そんな気になれない。また、スーパーの魚介コーナーで見る冷凍品は果たして解凍して生で食べられるものなのか。市内に一三店ほどある日本料理店へ招待すれば、四人では最低二〇〇ドルはかかる。結局、ぼくは代わりにカレーライスを作って供した。彼らは黙って食っただけだった。

相手も〝五月には立ち去っている人間だ〟と思っているのだろうか。リーダの言う「ハッピーでないと判ったら……」はすでに濃厚となってきた。しかし、いまさら戻る気持ちはない。好きな食事は作れるし、コストダウンにもなっている。むしろ、学校に何度も往き来できる利便性から、キャンパス外環にある夕方の美術講座に画材をかついで出席しよう。とは思うものの、甘いかもしれないが、こうして距離を置いた上でフランク・アロマン宅とつきあいをとり戻すのも悪くない、と思うようになった。先方も大手を広げて待ってくれているようなところがあった。雰囲気も、タウンハウスではリビングに立派な厚い絨毯を敷いて、神経質なヤコブが毎朝掃除機をかけているといっても、契約のCATVではぜひ見たい番組はなく、置いてあるCDはポピュラーばかり。フランクのときは、大のクラシックファン、大のオペラファンだったから、流している音楽も違った。カナダだって人気調査すればポップス上位だろうが、CBCのFM放送なんか頑固に〝クラシック音楽〟にこだわっており、これがカナダに静かな社会を保つのに役立っているように思える。それは国境を越えて、合衆国にも熱心なファンがいると聞いた。

むしろ、寿司を奢るべきはフランクとリーダではないか。焼津出身の寿司屋がいると耳にして、試食してみたらこれぞ本物。二人を招待した。以前、フランクが「ウニはまずい」と言ったことがあって、「ウニがいちばんうまいネタですよ」と反論したことがある。だけれども、よく考えてみると、これはおそらく変質した、あぶないウニを食わされたのではないか。

フランク／リーダ夫妻とは日常会話もはずんだ。カナダの安全性の話から、さらに死刑廃止について。一九八四年にはモントリオールで女子学生一四名が射殺される銃乱射事件が起きている。米国からの入国には銃のチェックはきびしい。誘拐、行方不明は南北アメリカ大陸共通にある。「日本では、幼児の誘拐後殺人は例外なく死刑になった」と言うと、これには頷いていた。この問題は教室では、日本の女子学生が「終身懲役刑の厳正執行の上で死刑を廃止する」

と発言したことがある。

ところで冬期のクラスは会話コースとアカデミック・コースに分かれたが、秋期に成績がいちばんよかったあゆみが、アカデミックに進んだものの、レッスン内容に興味がもてず、会話コースに転入を希望した。そしたら、学校に蹴られたという話を聞いた。実はそういう生徒で転入してきた者がすでに二人もいて、アイリンのごときは台湾のおばあちゃんが亡くなって、葬儀に参加するために帰国し、それでも進級できてアカデミックに入り、そのクラスも気に入らなくて会話コースにすいすいと移行が認められていた。ぼくはあゆみにおおいに同情して、ダンカン先生のレッスン最初に「学校はどうなっているのだ」と意見した。先生も憤慨されて「ぼくのところに相談に来るように、あゆみに言いなさい」とおっしゃった。ぼくはこのときアイリンを引き合いに出すことは一切しなかったが、アイリンにはあとで「どうして編入できたの」と聞いてみた。「彼女は下手なのよ。担当が駄目とわかっていれば、その上を落とすの」

つまりアイリンは学校長を動かしたのだ。〝欠席が二〇パーセントを超えたら直ちに留年〟という規定のある学校で、中国系のひとは〝現実を動かすものは法律でも規則でもない〟とテンから見定めているようなところがある。

さて、その日早速あゆみに電話し、ダンカン先生の言葉を伝えた。彼女はいま、街でカナダ人女性から会話の個人レッスンを受けていて、ヴィクトリアは離れがたいが、学校へは戻るつもりはない、と答えた。しかし、彼女はぼくの行動にあきらかに好感をもったようだった。あらためてタイ料理を食べながら会談する約束に応じてくれた。バンタイという店だったが、トム・ヤム・クンなど一流の味を楽しんだ。あゆみが型通りにジュリー（審査官）に持ちこんで蹴られたこともわかった。このときアカデミックの教材も見せてもらったが、ぼくが何十年ではじめて出会うような単語が三、四行ごとに出てくる代物だった。学部進学予備という目的からすれば、こうなるのだろうか。その代わり、喋る時間はむしろ少ない、と。

元々実力のある彼女は、帰国して間もなく関西の航空会社にあっさり採用された。人に不公平あっても、天は公平だった。

またスキーの話になる。ホイッスラーはかねてぜひ行きたかったスキー場である。仲間がいれば更によい。ぼくはボリスがいい奴だと思っていたから、ボリスを誘った。彼はあっさり「スキーはやらない」と答えた。こんなに自然に恵まれたところにいてスキーをやらないとは。観察してみると、カナダ人は費用のかかるスポーツはあまりやらないようである。道具の要らないジョギングとか球技がさかんだ。かつては有名なマラソン選手がいたものだが、最近はあまり目立たない。しかし、スポーツとして観るよりもランニングを実践することでは、日本人以上に盛んなものがある。スポーツとは本来こういうものかもしれない。食費が安いものだから、たくさん食べて、その修正にフィットネス・クラブに通う。完全に二重払いだ。そういうところもある。結局、ホイッスラーもひとりで行くことになった。

このときも午後のバス＆フェリーを利用し、バンクーバーではビンセント・バックパッカーズ・ホステルという木賃宿で一泊した。髭の長い無口な中年男がうす暗い番台で分厚い本を読んでいた。まるでドストエフスキーの世界だ。宿賃は一七ドル。あてがわれた部屋はベランダ側のガラスが破れ、汚れたウレタンベッドを覆う毛布は、めくってその下に潜りこむ気がしなかった。泊まっているのは世界各国の若者で、夜中一二時ころまで互いに廊下で情報交換している様子だったが、案外まともな連中と見た。翌早朝起き抜けて、とび出すと宿の門はもう開かない。ひんやりした街を走り抜けて、ホイッスラー行きのメーベリック・バスに乗った。

現地に着いたのは午前一一時。ひとつ誤算があったことは、予約してあった国際ホステルが湖を介してゲレンデの反対側にあって、ここに住みついたらスキー場への往き帰りが容易でないことだ。ぼくは乗ってきたタクシーでそのまま戻って、あらためてホイッスラー・バックパッカーズ・ホステルという木賃宿に頼みこんだ。空きベッドはなかったが、途中で帰った者を洗い出して、ぼくに当ててくれた。迷路のような階段を登り、部屋にはいると日本の若者がスノーボードの準備をしていた。もう何泊か投宿しているということだった。汚いことおびただしく、「セックスするときはゴムを使ってくれ」とわざわざ張り紙がしてあることから、ご想像いただけるだろう。不安だったのは、ただでさえ少ないこの木造小屋の窓に侵入防止用の太い木桟がしてあって、火事が起きたら脱出不可能と思われたことである。

ホイッスラーはバンフと違って西海岸近くに富士山のように高く孤立している山である。ただし、ブラッコムとホイッスラーという双子の兄弟みたいな山で構成されている。全山四四ドルのリフト券を入手したが、滑降時間はあと二時間。ぼくは新しいスキー場に行くとかならずそうするように、まずホイッスラー山の最高点に立って山容をつかむことにした。山頂から滑りだして間もなく、右方向に森の中に通じるようなシュプールを見つけた。〝近道にちがいない〟。誘われるようにそのシュプールを追った。森の入口でチラと立て札が見えた。

「注意。前方に崖あり！」

その通りだった。アッという間に断崖、新雪、立ち木しかないクリフ・エリアにまぎれこんでしまった。立ち木で回転が効かぬこの急坂は、とてもぼくの力量で突破できるものではない。引っ掛かった片方のスキーを外して立った。尻で滑って、一段下からそれを引き寄せようとしたら、なんと直ぐに止まらず、七、八メートルずり落ちて、止まったところから振り返るとそいつは見えない。〝取りに帰るか〟。〝明日、上から降りて取るか〟。愛用のスキーである。まず、這い登ってみよう。一歩足を上げて、力をこめると新雪はたあいもなく崩れる。靴をはいたほうも、スキーをつけたほうも、全然いうことをきかない。三〇分たった。落ちつけ。パッカーからチョコレートを出してかじり、水を飲んだ。一時間半たった。一歩も進まない。日本の山のように笹や薮がないから、手を使って登ることができないのだ。時すでに三時、リフト停止の時間だ。すこし離れたところを、現地のベテランスキーヤーが滑り降りていたが、それも少なくなりつつあった。明るかったが、ぼくはふと〝遭難〟を頭に描いた。ぼくはこれまでの人生で何度か危ない目に遭ってきた。主に冒険にかかわるが。六〇代にして、また一つ加えようとしているのか。今夜、山に閉じこめられたら、マイナス二〇度にもなろう。

自力脱出だけにこだわっていては、いけないのだ。せめて上のスキーだけを取ってもらって、投げ下ろしてもらおう。

「ストップ。ヘルプ　ミー!」

ぼくは叫んだ。

聞こえないのか、三つのグループが過ぎ去った。一〇メートルくらい脇を滑っていた、四番目のグループのひとりが気づいてくれた。八人ほどの全員が止まってくれた。

「上に片方のスキーがあるのだ。取ってもらえないか」

「わかった。ある、ある」

スキーは戻った。現地のカナダ人だった。日本では絶対こんなコースは放置されてないが、彼らにはなんでもないようだった。

「頼む。トラバースまで、あと何メートルあるか教えてくれ」

「二〇〇メートルだ。あと、わずかだよ」

「ありがとう」

二〇〇メートルぽっちなんてほんとかな。尻で滑り、足で立ち、して進むと、ホント、急に前方にざわめきがあって横行する緩斜面に出た。初心者を含め、いっぱいブラッコム方面へ帰るところだった。ぼくは救われたのだ。合流してたどり着いたゲレンデで、女性監視員に目ざとくつかまってしまった。

「顔に血がついています。どうしたのですか」

日本語だった。ぼくが事情を説明すると、

「カナダのスキー場には〝ボランティア・ガイド・ツアー制度〟があります。それに参加なさったら」

そうか、そんなうまいシステムがあったのか。当然、ぼくは翌日それに参加して、ブラッコム山を楽しんだ。

山に閉じこめられたら逃したはずの正餐もボストン・ピザという店を見つけてたっぷり食べることができた。ただのピザ屋ではなかった。ポーク・リブを取ったのだが、一〇×二五センチという大きな代物で、その味つけのよさは絶品だった。ホイッスラーは決して安全な山ではなく「ホイッスラー・ハザード・ニュース」というミニコミ紙も発行され、一月のこの時点ですでに三人の犠牲者が出ていることを知った。しかし、正式のコースを外さなければ、ぼくのような失敗はないこともたしかだ。

タウンハウスに戻った。山で何があったか、話もしなかった。昼間は大体出ていて、ときにボリスがコンピュータに打ちこんで部屋から出てこないくらいのもの。ある日、一階のダイニングテーブルにこれ見よがしにパンパンに膨らんだ財布が放置されているのを見た。家の入り口のドアもロックするのを忘れている。〝不用心だな〟、当然、ぼくは思った。だが直ぐに〝これはぼくを試そうと、当てつけにやっているのでないか〃と思うようになった。ぼくは他人の財布など興味はない。ツイ、中を確かめたところで何を言われるか判ったものではない。〃さわりもしない。徹底的に無視しよう〃。そのうちに、こういうことはなくなった。

ただし、生活費のコストダウンは確かだった。以前、月々六〇〇ドルかかっていたものが、四五〇ドルくらいに収まったのである。その浮き金を使って、余分にレッスンを取ることを模索した。コンピュータ教室など、UVicが割高と知ると、成人学校のカモソン学院で半額くらいの講座を見つけたりした。歴史や経済の学部講義は、理解できればぜひ出たかったが、そのためにもぐりで聴講してみた。まだちょっと無理だとわかった。講義中、学生は帽子をかぶったり、飲食したりしているのもいるが、おとがめはない。しかし、居眠り、私語にはきびしい。遅刻もしない。休憩時間に机の上に腰を下ろすのはよくやる。

カナダで若者が土足でソーファに胡座をかくのをよく見かけるが、あれはあとで座ることを考えれば不愉快だと思っていた。そしたらある日、バスの中で座席に若者が靴をのせたら、年輩の運転手が注意した。やっぱりそう考えている人もいるのだ、とぼくは納得した。

あれこれあったが、結局、ぼくは自分に合った選択をした。

UVicは「開かれた大学」を目指していて、市民に開放している「解剖学と人体」という講座がある。それにぼくは参加したのだ。勤め帰りの若い男もいれば、昼間は花屋さんで働いているという中年の混血女性がいた。ドラビット先生は解剖学のドクターで、かつ美術愛好家である。西洋画の伝統として、骨格を意識して人体を描くということはかねて聞いてはいたが、とくに女性美がどこから来るかぼくは探った。実物の全骨格を見て、女性の大腿上部が微妙に内側に湾曲しているのが目を引いた。それから、骨盤が広いのは当然だが、その中にある丸い空洞が実に豊かだ。むろん、胎児の頭が安定するようにできているのだろう。男のそれは、貧弱である。ぼくは女性美の最たるものは臀部にあると思っているが、これは骨盤からは読みとれない。骨の吊り具に問題があるのかもしれないが、基本的には尻は良性の皮下脂肪で形成されるものらしい。あと、ドラビット教授から独特な観点を習った。ドクターは、人体の長さの単位として「目の幅」(eye-width)を1として、すべてその倍数で各部はできていると説かれる。例えば、顔の幅は5目幅(5 eye-widths)。そしてこの5目幅＝ＦＥＷがまた大切で、例えば骨盤の幅は2ＦＥＷ、頭頂から骨盤底部までが6ＦＥＷ、大腿骨は3ＦＥＷ、すねも3ＦＥＷ、足の長さは1・5ＦＥＷという具合。

その勢いで、ぼくはダウンタウンのアート・ワールドという画材店が企画するヌードデッサンと人体油絵技法にも出てみた。後者は画家のダヴィド・ゴートレイ先生が指導する。いくつかの色を指定して、段階を追って描写するのだが、ぼくは意に乗じてグリーンやパープルを使って先生を渋い顔にさせた。結論として頭に刻まれたのは、洋画で肌の色を出すのはカドミウムレッドとセルリアンブルーの混色をベースに、白やイェローオーカーを混ぜているということであった。ヌードデッサンではあるときモデルが無断欠勤したことがあった。そのとき受付係の女性画家がやおらウォッシュルームに駆けこみ、出てきたときにはヌードになっていた。彼女はみずから臨時モデルになったのだ。日本では考えられないことで、ぼくは賛嘆した。

かくしてぼくは八カ月間ほどカナダに留学滞在した。マナーの問題もあるが、カナダ社会のここまで確立した安全性や民主主義が今後どう維持されるか大事なところである。その意味では、移民には痛し痒しの側面があると思う。この広大な国土が効率よい共同社会としてやって行くにも、市場としてしっかりしたものにするにも、もう少し人口がほしい。一九九四年の移民を例にとると二二万九二六八人。アジア系一三・三万。欧州系三・八万。アフリカ系二万。南米系一・二万、など。受入れは東部のオンタリオ州が一番多く一一・五万。西部のブリティッシュ・コロンビア州が四・八万。中部のアルバータ州が一・七万。なお全体の移民は前年の九三年はもっと多く二九万人だった。一方、出る方の移民も結構多く、一八五一〜九一年の累積で、エミグラント（出国者）七八〇万、イミグラント（入国者）一二五〇万で、差引四七〇万が入国移民である。まさに日本では想像もできない〝移住の国〟である。ただあまり急速すぎて、カナダの〝国のかたち〟を壊してほしくないな、とはた目には思う。一定の民主主義訓練／審査はあってよいのでは。また、カナダはアメリカべったりに思われがちだが、独自性も追求している。例えばキューバ外交や貿易で別行動をとる。アイスクリームの強烈な甘さとボリューム、家庭のキッチンで見かける二〇キロ入りの砂糖の紙袋などから、砂糖の輸入量なんかばかにならないのでは。アメリカ文化の圧倒的影響に対抗して、独自文化の創造を図っている。それをオセアニア諸国が見守っている。長い国境では銃の取締まりに懸命だ。
ところで、日本人に移民希望がすくないのはなぜか。単純に言えば、まだ日本は〝生活しやすい〟と自覚しているのだろう。たしかに〝便利さ〟ひとつをとっても、いちど慣れると離れられなくなる。比喩的には、ぼくは三つのアイデンティティを考えてみた。一、寿司に代表される鮮魚食。二、どっぷり漬かれる風呂。三、紅葉のうつくしさ。このうち寿司とか刺し身は、しばらく外国にいるともっとも恋しくなるものだ。海外にも魚はある。しかし、生で食べることを前提としていないから、こわい。つまり、生魚の食習慣は文化なのだ。清潔というものが、苦もなく身についてないといけない。風呂は、代わりにシャワーで済むか。あの体の芯まで温まって布団にもぐりこむ快感は、代えがたい。紅葉は世界どこにでもあると思っていたが、日本のように全山紅一色なんてのは滅多にあるものでない。カナダだって赤くなるのはメイプルトリーぐらいのもので、一般には〝黄葉〟といったものだ。日本だって、水、太陽、土、温度サイクルがうまく絡まって合一したとき、紅葉の当たり年となる。ぼくはまた緑についても、日本は抜群だと思う。ことに梅雨あけのころ、福島から仙台に抜けるあたりの新緑はすばらしい。

移民しなくても〝流出〟はある。日本の就職シーズンが終わるころ、アメリカからヘッドハンターがやって来るというのだ。お目当ては〝最優秀の女子学生〟だ。日本の企業は女子学生はどんなに優秀であっても、専門スタッフとして採らないからだ。この話をしてくれたのはダンカン先生だった。ぼくはいやな気がした。そればかりではないと思った。キャリア(カリア)に入ると、女性は結婚しない。かくして人生を歪める。日本人の劣化は進む。個別企業のビヘイビアが全体を駄目にする。そこまで追いつめる国は世界に滅多にない。

さて、逆に、外国ですぐれているもの。それは〝音かなあ〟と思う。ロシヤでもカナダでも中国でも、たとえ海岸に近くても、日本より乾燥している。そして壁は仕切りもコンクリート系で反射がよい。同じ楽器でも、海外のほうがクリアに聞こえる。だから、よく日本の若者が日本からミニコンポを持ちこんで、楽しんでいる。いい音色はドライな空気が必要のようだ。音楽ホールで楽器の最高の音を引き出すには、空気コントロールまで及ぶのかもしれない。

束の間のタウンハウス生活であったが、気ままさだけは確保した。ときには自炊、ときには外食。フランクさん宅にもたまに遊びに行く。ダウンタウンで遅くなれば、バスを待つことを言い訳に、一杯五～一〇ドルの酒代だけで見れるショーを見に足を運んだ。

ガバメントストリートに「モンティ」というヌード酒場がある。素人応募とみられる若い女性が、一曲おきに登場して、最後には全裸になって踊る。ヘアを上手にうすくして、もっとも奇麗に見えるところで止めているが、露骨に誇張して劣情を煽るような仕草はしない。これで見ると、欧米の女性は裸体美というものを羞恥で捉えるのでなく、そのまま男性に優越する〝誇り〟としているようだ。ポルノビデオを見ても、その差はある。観衆も男が中心だが、女性をつれて来ても嫌みがない。かえって女性のほうが興奮気味である。観る男もがぶり寄って見るようなことをしない。セクシーとはきれいなものだとしないでは、素直に受け容れられるものではない。

帰国のときも、みずから荷物を積んで空港まで見送ってくれたのはフランク・アロマンさんだった。

アロマン／ヘイワーズ宅とは、いまでも、たまさかながら文通がある。

中　国
—杭　州—

1999. 9 ～ 2000. 2

旅山端人：西湖楼閣

一、食の文化

我平安到了上海。（無事、上海に着きました）

一九九九年九月の残暑もえさかる日、ぼくは中国へ旅立った。

木曜日の東方航空はやや遅れて離陸した。二・五時間後の一五時三五分、機は上海紅橋空港に着陸、ぼくは生まれてはじめて中国の大地に降り立ったのだ。上海まで無事に来た。だがぼくは杭州に向かわなくてはならない、今日中に。

機内に託した荷物は順調に出てきた。ルートに沿って荷物を押していくと、銀行の窓口があった。当面、二万円ほど現地通貨に換えようと差し出したら、千数百元が返ってきた。一元が一三円ということになる。この数字は覚えておいていただきたい。

ここまではかなりてきぱきとやったつもりだ。あとは出迎えの待っている出口へ。黄色い縄が張ってあり、その向こうに中国の人々がずらーっと待っている。当然ながらぼくは留学先の大学のプラカードなり、ぼくの名前を大書した紙があるのではないかと探した。ところが、ないのだ。ヘンだぞ。もう一度縄張りの手前側を端から端まで目を凝らして見てまわった。やはりないのだ。

さてどうしたものか。身近の空港服務員に相談した。そしたら割りこむように、ひとりの若い男が現れた。歳のころ三〇前、ブルゾンの平服姿であるが、ネクタイが覗いていて小ざっぱりした格好である。片言の日本語も英語も話す。実直な感じもする。空港に認められている人物なのだろうか。

「浙江《せっこう》大学にきいてみよう。電話で問い合わせてあげるからカード代は出してくれ」

二階のひと気のすくない所に案内して男は言った。テレカには二〇〇元とられた。日本円で二六〇〇円というところか。それからブースに首を突っこんで電話していたが、「タクシーで来るように、と言ってますよ」。今度はタクシー乗り場に移動。

彼の交渉で杭州まで七五〇元でやってくれる運転手が現れた。ぶすっとした、小柄な男である。ただし代金は、大学の出迎えでは九〇〇元支払うことになっていたから、悪い条件ではないと判断された。「自分も途中まで同行するから、大丈夫」と案内の男も乗りこんだ。車は動きだした。しばらくは車内はにぎやかであった。日本語で、英語で、「実兄が名古屋に留学して日本人には世話になっている」とか、「杭州までは二時間で行けるからたいしたことはない」とか。そして降りていった。

車内は急にさびしくなった。眼を窓外に転じる。はじめて見る中国の街の風景。まず思ったこと——人が多いなあ。運転手は元々しゃべらない人らしく、しかも二人のあいだの共通語は中国語のみ。ただしぼくはとても話すレベルではないから黙っていた。それもあるが、その運転ぶりにもある。粗っぽく、猛スピードでとばすので危なっかしくて声を掛ける暇もないのだ。前方の車を追い越すときなどぎりぎり二〇センチの際を突き抜けるのだ。信号がほとんどないので、人を押しのけても先に行くことが時間の短縮になるのか、無闇と警笛を鳴らす。道路は比較的幅広く、直線的で、舞い上げる黄塵でときどき視界が煙る。そのなかに辺りかまわず人々が横断する影が浮かぶ。それに近道を知っているのか、次々と道を変える。どうもまだ高速道路ではないらしい。

おおよそ二時間もたったろうか。やや暗くなりかけたとき、ある表示を見てぼくは凝然とした。そこには「再来上海吧」(上海へまたどうぞ)、そしてふり返ってみると、英語で"Welcome to Shanghai!"とある。え、まだ上海だったの。二時間で着くと言ったのはどうなったんだ。さすがに私も声をあげた。

「我們还在上海嗎?」(我々はまだ上海なのか)

猛スピードで走った割には、メーターは九〇キロ。

運転手はそれにも取りあわず、車を広い直線道路に向けていった。これまでと違って振動がずっと少ない。どうやらこれからが本番の高速道路らしい。対向車を気にかけることもない。ひたすら猛スピードで疾駆する。それでも時間の暗転にはかなわない。ぼくは不安に襲われた。心臓が一回大きくなったあと、ドキドキドキと鼓動が速まって止まらない。この運転手は怪しくないか。どこか仲間のいる隠れ家に連れていかれ、そこには恐怖の運命が待っているのでないか――。だがぼくは仮にひとつの判断を下した。もしそうだとしても、さきに二万円から替えてもらった千数百元を差し出せばなんとかなるのではないか。いや米ドルも探られるかもしれないぞ。その辺で線を引いてみると、ようやくあとは行き先までこの男に任せるより外はないのだ、という気持ちの落ち着きを取り戻していた。

「杭州に着いた」。男ははじめて呟いた。それは彼自身のこれまでの奮闘をみずから慰めるかのようだった。辺りは一転して交通が渋滞してノロノロ運転である。高速道の単調な風景に代わって、建てこんだ街なみを通り抜ける。明かりのなかに浮かびあがる人、人、人。みんな杭州の人たちだ。そして「浙江大学」と金文字でおおきく横書きした門に到着した。上海を発ってすでに四時間を経過していた。荷物を降ろし、あらかじめまとめておいた七五〇元を渡すと、男は札を数えることもせずにズボンのポケットにねじこみ、車を返していった。降りざまに見たメーターは三二〇キロに達していた。

むし暑い。こんな晩でも学生たちがたくさん出入りし、またたむろしている。今日はなにか催しでもあるのだろうか。近くで長机を出して受付をしているグループがあり、なんとそこには「日本語科」とあった。ほとんどの学生は小柄で、それはのちに南方人の特徴であることがわかったが、女子学生なんか日本の高校生のような初々しさである。

「自分は浙江大学の留学生でこれから寮に行きます。寮はどこでしょうか」

ぼくの中国語も彼らの日本語もまだ十分でないと察したのか、中のひとりが校舎の方から若い女の先生を連れてきた。

「ここではありません。荷物があるようだからタクシーで移動しましょう」

そう言えば、浙江大学は今年から四校合併し、中国最大級の学生数三万六〇〇〇人の大学になったと聞いた。理工系、語学・歴史系、医学系、もう一つはたしか農業系が一緒になったのだ。タクシーを呼び、先生と男の学生一人がぼくと同乗してくれた。そしてものの一〇分とかからないで玉泉地区の留学生楼につけてくれた。先生たちはぼくを受付の服務員に引き渡すと、「これから歩いて帰ります」と出ていかれた。

ぼくの部屋はすでに割りふられていた。二〇九号室――二階のいちばん奥の個室である。急に空腹を感じだした。荷物を置いて、すぐに一階の食堂へ駆けこみ、もうじき閉まるという時間なので適当に持ってきてもらった。そしたら小柄な若い日本人学生が対面に座って話しかけてきた。静岡出身の、めがねの感じが昔まんがのコグマノコロスケに似ているW君、社交的である。

「こんな遅い時間に、なんかいざこざがあったのですか」

「いや、みんないい人たちでしたよ」

彼は四カ月前から二年がかりで留学に来たというだけに、すでに古顔くさい様子で、なんでも相談に乗れるようなことを言った。ぼくも安心のせいか冗舌にしゃべったが、「これから半年いるので、自転車を調達したい。新車でなく、中古を入手したいのだが」と向けると、「折よく、友達から預かっているのがあるから、明日見ませんか」と言ってくれた。勿論、ぼくは見ることをOKした。

留学生楼の入り口は一つ。そこはホールになっていて、黒いソーファがL字状に並んでいる。あてどもなしに座っている黒人学生と別な一角にぼくも腰を下ろした。そしたら今度は上背のある若い男が脇に腰かけてきた。どこの国であれ、留学先では若い人と難なく接点ができるというのは楽しいことである。京都の福知山出身の与一君と言った。与一がぼくに興味をもったのは、ぼくがいきなり中国人の若い女性をつれて入寮してきたということにある。

「あの女性は誰ですか。どうして知り合ったのですか」

「日文科の先生ですよ」で、ここはあっけなく終わるが、彼は中国娘に大変興味があり、以後この話題がしばしば二人の会話に上ることになる。

翌日、起きたらあらためて周囲がとてもまばゆく見えた。辨公室（バンコンシー、事務室）が開くと、ぼくは早速挨拶かたがた訪ねた。当然ながら、昨日の出迎えの件についてクレームをつけた。とてもこんな話で中国語を並べる域ではないので、途中から英語に切り替えた。

「私は中国は今回がはじめてなんですよ」

事務所の答えはこうであった。二人の担当が学校のバンで上海虹橋空港に向かい、ぼくの名前を書いた札を持って待ったが、一五時三〇分になっても出てこないので〝今日は来ない〟と判断して帰った。ぼくの機が着いたのは一五時三五分、その後入国手続きを経て間にあうはずがない。中国の人は慢々的《デー》かと思っていたが、これは意外だった。ただ学校も損をしている。出迎えて連れて帰れれば、九〇〇元こちらが支払うことになっていた。それを取り損なって、代わりにぼくが七五〇元のタクシーで来たということになる。それではぼくは得をしたのか。だが、あのドキドキはこりごりだ。そして、だんだん住むうちに中国の人がわずかなきっかけを活かしては商売に結びつけていることがわかってきた。これは後で話す。

二〇〇人くらいは収容できると思われる留学生楼は新学期に向けて各国から日に日に続々と学生が集まってきた。在校生もそれぞれの旅先から帰ってきた。しかしいつになっても学校が始まる気配がなかった。ぼくは五〇元で中古自転車を手に入れ、早速杭州の誇る西湖へ向かった。日本のコンビニとスーパーマーケットの中間くらいの「超市」（チャンシー）に出かけては、日用品やコーヒー、菓子を買い揃えた。そのたびにいつも思うことだが「中国は人が多いなあ」ということである。バス、乗用車、自転車、歩行者、リヤカー、人力車が人車混合で街路を埋める。扁担（ビェンダン）とよばれる天秤棒がいまでも幅を利かせていて、桶や籠を竿の両端に懸けて、バランスをとって男が女が担いで運ぶ。ちょっと人通りがと絶えたな、と思っても、三つ手を叩いて振り返ると、背後に自転車や人の山がワーッと迫ってくる。そんな感じ。一体どこから人は来るのか。

〝大地から涌いてくる〟としか言いようがない！

それをさらに実感したいなら、駅に行くことだ。杭州には鉄道駅が三つほどあるが、ぼくは来中二週目に上海に出てみようと東站に行った。駅周辺から大変な人だかり。待ち合わせているのか、時間調整でたむろしているのか分からないが、人で溢れている。切符売り場は押し合い、へし合い。ぐずぐずしていると後ろから文句が来るので、あらかじめ列車番号を紙に書いておいて切符を手に入れた。駅舎内にはいると、それは巨大な体育館のように鉄骨ドームになっていて、薄暗い中に人々がぎっしり並んで待っている。杭州は中国でも中堅都市だ。それでいてこの有り様だ。それは日曜でなくともこうなのだ。ぼくはどの列に並んだらよいかわからなくて、机に座っている女性の公安官に聞いた。彼女は切符を見て、ぼくに「ついてこい」と席を立ち、柵を開けてホームへ案内し、停車中の列車の指定席につれて行ってくれた。間もなく、改札が始まったのか、どやどやと指定席客が乗りこんできた。まごまごして列の後尾についていたら間に合わないとみたのだろう。

窓外の田園地帯を見遣りながら、お茶のサービスを受けた。二元で、お湯は何杯も追加してもらえた。本物のお茶を味わう至福にひたったひとときだった。

中国の生活にすこし慣れてくると、ぼくは日本では中国について誤解があるな、と気づくことがあった。

まず、中国ではつり銭を投げるという話。大体がつり銭をわざわざ投げる必要もないし、すこしカウンターが広いと端から端まで滑らす感じになるのかもしれないが、お金を授受するのにいくら国が広いからといって手渡せないくらい広くする必要はない。それどころか、市場経済の今日、ある商店が客に粗暴だという印象を与えたら、客足が遠のいてしまう。元来が商売好きな国民性なのにそんなことをすると思うほうがおかしかったのだ。

商店が無愛想であるということはまだある。しかし、全国どこへ行っても例外なしに応対がよいというのが飲食店。ウィンドーを覗いているとすかさずにこやかに小姐（シャオジエ）が出てきて「いらっしゃいませ。うちはおいしいですよ」と誘う。その熱心なこと。ちょっと大きな店になると左右に並んだ列のなかを客が通り抜けると、一斉にかるく頭を下げ、そのうちの一人が卓へ案内してくれる。こういうことに人をたっぷり使うのだ。

また、ひとの財布の中身を覗くという話。ぼくは杭州に住んだ数カ月のあいだ、七カ所ほどの地方にも足を運んだのだが、そんな経験はまったくなかった。ただ杭州の繁華街の延安路では、外貨を買いたがる連中がたむろしており、外国人とみると声をかけてくる。ことわると、ついて来て、キオスクで新聞を買おうとしたら、後ろから覗きこんだということはあった。しかし、これは不特定の人々が意味もなく覗くということとは別であろう。もしかすると、昔はそういう時期があったのかもしれないが、今はないということかもしれない。もしそうだとすれば、中国がいかに急速に変化している社会であるかに注目したほうがよい。そして陳腐化した偏見はどんどん棄て去るべきだ。

むしろ、逆の経験もした。橋梁の風景で有名な蘇州へ行ったとき、自転車を借りた。ぼくと相前後してジャンパー姿の若者も借りたのだが、借り賃のほかにデポジットとして一〇〇元預かる。心なしにぼくは彼の財布に目をやる羽目になって、驚いた。彼の財布には百元札が分厚くビッシリと収められていたのである。一日数十元もあれば生活できる中国だから、留学生のぼくが常時持ち歩いているのはせいぜい二～三〇〇元というところであり、旅行のときだって一〇〇〇元くらいのものだ。最近は中国人の貯蓄率は高まっていると言われているが、彼は全財産を持ち歩いていたのだろうか。

だが、最大の誤解は、中国は犯罪の多い国と思っていたのに、セキュリティのよい社会だとわかったことである。実際、日本にいると中国人のからんだ犯罪は多い。仲間の中国人女性が殺されたとか、集団で窃盗をはたらくとか、鍵破りのピッキング犯罪だとか、麻薬ルートに中国人がいる、とか。なかでも、二〇〇二年に大分県で起こった、留学生の支援活動をしてきた会社会長をその会社で働いたことのある留学生が強盗殺害した事件はひどい。中国では、すこし高くふっかけられた程度のことはあっても、街中で、あるいはバスや列車の中で危険を感じることはまずなかった。夜も自由にひとり歩きできる。山の中や淋しい村の道を通ったこともあるが、あやしげな視線に出会すことはなかった。とは言っても、それは絶対ないと思ってよい訳ではない。大学の裏山でレイプ事件があったと聞いているし、懸賞金つきで何十人かの凶悪犯罪者の写真を並べたポスターを見たこともある。全員が殺人犯である。「まだ完全とは言えない。外出、旅行では連れ立って行くように」とも、我々は言われてはいる。

これについて、ちょっと別な角度からも見ておこう。

一九九九年一月四日に重慶で橋が崩落して四〇名が死亡し、一四名が負傷する事故が起きた。この事故にからんで公務員で共産党員であった一七名が逮捕され、一人が死刑、一五名が有期刑、あと一人は中心責任者としてなお審理中となった。死刑の宣告を受けたのはこの地方の副書記で、賄賂をもらって粗悪工事を見逃していたというのである。

ぼくがこの判決で感心したのは、中国当局が〝身内にきびしい〟ということである。丁度このころ東海村のJCO原子力施設で事故を起こしたので、対比してみないわけにはいられなかった。更に一般の犯罪者にとって、中国政府はどのように目に映るだろうかと考えてみた。事故責任で身内に死刑を科するくらいだから、レッキとした犯罪行為で処罰を免れることは不可能と感じるだろう。実際、マカオ返還のひと月前、香港、マカオ、広東州を根城として、殺人、誘拐、強盗、不法武器貿易をくり返していた犯罪グループを逮捕、裁判の結果、頭目の三人が死刑、一三名が有期刑となり、死刑の三名は判決後即執行となった。現地の役人は匿名で「これは返還を前にして現地住民に送られたメッセージである」という意味のコメントを述べた。有期刑になった一三名にしても、出所して元の犯罪をやり直そうなどとはとても考える気にならないだろう。つまり、いまの中国では犯罪は割に合わない、ないしは割に合わなくなりつつあるのであり、それが内では治安が比較的よく、犯罪者は外国に出ようとする現象を生むという一面があるのではないか、とぼくはみる。

これはいまの中国のファンダメンタルズのひとつとなっている。ではそのようなファンダメンタルズはほかにないだろうか。それがこれから述べる「食の充足」だと思うのである。

浙江大学の留学生食堂は餐厅（ツァンティン）と呼んでいる。中国語では食堂（シータン）という言葉もあるが、そう言わないところが嬉しい。ぼくは到着の日遅かったので、閉店間際の暗がりで何を食べたか覚えていないが、翌日昼間から料理の色合い、味のよさを楽しむようになった。

まず、スープの類では青菜の湯（タン）とか、トマトとたまごの湯とか、冬瓜《とうがん》の湯だとか、蛤の湯とかいろいろあるが、淡くていい味を出している。このように、湯（タン）とはスープのことをいう。鴨血煲（ヤーシュエバオ）というのは鴨の血を豆腐状に固めたやつだけで作った湯で、いかにも滋養がありそうだ。だがそれらよりも気に入ったのは羹（クン）の類で、開胃羹（カイウエイクン）、酸辣羹（スアンラークン）、宗嫂魚羹（ソンサオユィクン）などが用意され、いずれも酢と醤油味をベースに澱粉でとろみを付け、スパイスで変化をつけている。開胃羹はおそらく食欲刺激のアピタイザーだと思われるが、中には皮蛋《ぴーたん》を砕いた具がはいっている。宗嫂魚羹は〝宗嫂《ねえ》さんの魚のあつもの〟という洒落た名前で、こちらは白身の魚を砕いた具が効いて実にうまい。四川の〝あばた面のお婆ちゃん〟が開発したといういわれのある麻婆《まーぼー》豆腐なんかより余程おすすめだが、なぜか日本では材料はあるのに滅多にお目にかかれない。

これに加えて、主菜、副菜の類は実に多様だ。材料は中国南部では淡水の魚介類が中心で、あとは肉類、野菜を単品、あるいは合わせて調理されたものが卓上に運ばれる。調理法には炒（いためる）、烙（餃子などフライパンで焼く）、炸（カラ揚げなど）、焼（揚げて煮る）、蒸（むす）、煮（にる）、炖（とろ火で煮こむ）、爆（強火でさっと炒める）、焙（むし焼き）、熘（あんかけ）、燻（いぶす）、煎（フライ）、烤（直火やき）など十幾つあるが、いずれも〝加熱する〟という一点で共通している。

かくして留学生餐庁で食べられる料理メニューは約六〇品。昼と夜は共通。朝は七時から八時まで白飯の粥と搾菜《ざーさい》のそえもので一・五元（約二〇円）。しかし若い学生は夜更かしするせいか、朝はまず食べにこない。メニューは材料に合わせて、冬に入るときには改変され、犬の肉の料理もこのとき加わったが、留守宅が愛犬の世話になっているのでぼくは試食する気にもなれなかった。〝四つ脚なら椅子以外なんでも〟と広州では猫も食べるそうだが、杭州ではこれはない。

約二〇〇席あり、留学生はおろか、本科の中国人学生や近所の団地住民もやってくるから、昼夜はラッシュの騒ぎとなる。それだけ安くて旨い。蛋白質、野菜、スープ、米飯と一通り揃えて一五～二〇元、日本円で二〇〇ないし三〇〇円かからない。この学生食堂で食べるかぎり、特別な出費のない日は四〇〇円で生活できてしまう。しかも一菜のボリュームが多く、湯、羹の類は大型の中華どんぶりになみなみとたたえて届く。ご飯は小型の飯碗におてんこ盛りしたものが一膳で、ほしければ二膳三膳と取ればよい。これだけのものを注文しただけ真面目に平らげると、食後はベッドの上に横たわり、ついには予復習も寝ころんでやるようになる。どうしてこんなに大盛りするかと思うことがあるが、本来中国人の食事はみんなで何皿かとって、てんでに箸をのばしてつつきあうのだ。つまり一皿一人分ではない。たとえば葱油郷魚（ツォンヨウシャンユィ）という料理は、丸々と太った淡水魚を味つけして煮たものに小さい青葱を振ったものだが、皆でこれをつつく様はちょうどライオンの一家が獲物をしゃぶりつくすのに似ている。そして骨や殼など食えないところは卓上に吐いてもかまわないことになっている。一通り食べて飽きると、かれらは残す。だが街で残飯を捨てた跡を見かけないのは、回収されてどこかに埋められるか、ブタの餌にリサイクルされているからだ。しかし、最近ではステンレスの容器を持参したり、店からパック材をもらってもち帰る人もいる。

六〇品目もあるものを、各人が好きなように注文してカネを払って席につくと、小姐（シャオジエ）が出来次第運んでくる。注文のときテーブルナンバーをとっているわけではない。また知人から声がかかれば席を移動することだってありうる。にもかかわらず、小姐は間違いなく一目散に注文の品を届ける。ぼくは最初これが不思議でならなかった。そして判ったことは彼女たちが秀れてアイデンティファイする能力をもっていることだった。注文をとって名前を記入する。配膳係の彼女たちは、伝票を見ただけで客が新人であれ、常連であれ、名前と顔を頭に描くことができる。それだけなのだ。この仕事は大変集中力を要するらしく、また食器はすべて陶製で、おまけに大盛りで重いから、一回に一皿か二皿ずつ持ってくる。食器を片づける係はもっと大変だ。大きな琺瑯の洗面器に食べ終えた食器と残飯を回収してまわるが、おそらくは二〇キロはあろう洗面器の片端をしっかりと骨盤に引っ掛けるのがコツのようだ。そう考えると、小姐たちが仕事中無愛想なのは、特別な注意と体力を要求されることから来ていると理解できた。しかも、中国南部の人たちは全般に小柄で、女性は一五〇センチくらいのひとが多い。餐庁は毎日開いているから土日も休みなし、休みが入ったのは旧正月だけだった。

中国には「吃飯了嗎?」(チーファンラマ)という挨拶がある。「ご飯はおすみですか」という意味であるが、日本語の「いいお天気ですね」というのと同じく、あくまで出合ったときの軽い挨拶でしかない。しかし、大衆が高粱《こうりゃん》しか食べられなかった時代も、そんなに軽かっただろうか。

あるとき隣の卓に自分の両親等家族を座らせて、席が足りなくてぼくのテーブルに陣取った学生がいた。彼はとなりの江西省の出身だと言うので、中国人はこんなに賑やかにご馳走をとり揃えて食べるのか聞いてみた。彼は「そうだ」と答えた。ホテルのことを飯店(ファンディエン)と言うこともよく知られているが、食べることは中国人にとって人生の中心に位置することとみてよいだろう。実際、これほどおいしくて、ボリュームのある食生活を楽しんでいる国民は世界に又とないであろう。

中国の穀物生産は二〇〇〇年で米が一・九億トンで日本の約二〇倍だから、人口を充足して余りある。注目すべきは他に小麦を一億トン生産しているところが、日本と根本的に異なるところだ。さらにトウモロコシ一億トンと聞くと、肉類も自前であることがわかる。野菜を作る都市周辺農家の繁栄ぶりは都市市民の飽くことない胃袋を思わせる。つまり、圧倒的な食糧自給率が国を支えている。今日の中国社会が安定している最大の理由は〝食にある〟と掛け値なしに言い切れると思う。店番しているとか、寮の監視人などおかずを用意できないときでも、日本のどんぶりの倍くらい入りそうな琺瑯の浅い器に米飯を盛り、漬物と一緒にとか汁をぶっかけたりして掻きこんでいる。米は一キロ三元＝四〇円で短粒種のうまいのが買えるのだ。公称一二億、最新統計では一二億九五〇〇万の巨大人口が難民化しないということは、アジアの安定にかけ替えのないものとなっている。

杭州の話が中国全体の話になって恐縮だが、杭州でもうひとつ特筆すべきことは、水がとってもおいしいということ。これは嬉しかった。

中国ではどこでも水道水は沸かして飲むが、それを「開水」（カイシュイ）と呼んでいる。その原則は杭州でも同じで、なま水での比較はできない。ぼくは横浜から使いかけの紅茶のリーフを持ってきていたが、同じ条件でいれてみて、こちらのほうがはるかにおいしいのに絶句した。なにか高度成長とか、先進国とか言っているあいだに、日本は質的に地滑り転落してしまったのではないかと思ったくらいである。この地域には玉泉（ユーチュアン）という地名があるくらいでどこかに良い湧き水があるようだが、それを巨大なペットボトルに詰めたものを自転車でオフィスに配達する商売が繁盛しており、それを備えつけの冷水器にセットして、ここいらの人々は夏場や残暑の季節に喉を潤す。杭州は銘茶龍井茶（ロンジンチャー）を産出しているが、これもここの水でいれてみてこそ本当においしくいただけると思えてならない。しかし、日常的には飲み水も洗濯水もむろん水道水（自来水、ズーライシュイ）を使う。不思議なことに、ぼくが滞在した秋、冬の期間、ほとんど降水がみられず、降ってもざあざあという雨音がするどころではなかった。それでいて断水は一度もなかったし、人々は洗濯水に事欠くこともなく小ざっぱりした恰好をしている。つまり中国はとてつもなく大きな地域間で支え合っているもののようだ。この水はどこから来るのだろう。銭塘江のはるか上流、ひょっとすると安徽省黄山を下る水を呼びこんでいるのかもしれない、とぼくは思う。六甲山の水を集めた神戸の水がうまかったのと同じことなのだろう。水質についてはダメ押しの一点、アサヒビールが杭州に進出していますよと言えば納得いただけるであろう。

浙江大学玉泉校前に伸びる大通りを浙大路（チャーダールー）という。わずか数百メートルの道路だ。この通りの一角、奥まったところにぼくたちの寮があり、そのまた一ブロック離れたところに市場がある。水産物、たまご、野菜、果物、肉類、乾物とそれぞれがまとまったコーナーを形作っているが、ぼくはここを見て歩くのが好きだった。一番の特色はなるべく生きたまま売っている、ということだ。淡水魚が中心を占め、コイ、爬虫類のような柄の縞のある太った魚、川えび、川蟹、泥鰌《どじょう》、鰻、蛙、スッポン、貝など。海の魚や蟹もあるが、生きてはいない。代表的なのは昌魚、日本名マナカツオで、これは煮るとうまい。冷凍品はイカくらいのものだ。にわとり、家鴨《あひる》の類も生きたまま売っている。注文すれば、見えない箱の中で血を抜き、羽をもいで客に渡す。生きたままぶら下げて帰る客もいる。大抵は男性客だ。輸送、販売は生きたまま。調理は加熱。これが中国料理の基本のようだ。

蔬菜類ではチンツァイ、ほうれんそう、白菜、キャベツ、じゃがいも、胡瓜《きゅうり》、トマト、ピーマン、いんげん、えんどう、南瓜などほぼ日本と同じだが、筍は各種、しかも年中ある感じ。にんじん、玉ねぎはあるにはあるがこの地方ではあまり積極的に食べないという印象だった。そしてサラダのように生で食べるようなことはすくなく、胡瓜ですら加熱される。野菜料理は強い火力で手早く油で炒め、冴えた色のでたところで直ちに火止めするのがコツのように思う。そこが男の調理人に合っているところなのかもしれない。思ったよりよく食べるなと思ったのはトマトとピーマンだ。トマトは西紅柿（シーホンシー）という雅名をもち、そのままうす切りしたものを生で食べたり、スープの具にしたり、とき卵とともに炒めたりしていただく。片やピーマンは青椒（チンジャオ）と呼ばれ、日本のより旨い。地域により味に差があり、ぼくの記憶では西部内蒙古のフフホトで食べたのはみずみずしくて最高だった。代表的な食べ方は青椒肉絲（チンジャオロウス）で牛肉の千切りとともに炒めたものである。

南部はまた果物の宝庫である。柑橘類は温州みかん、土佐文丹に似た種類、芦柑（ルーガン）など名をあげきれない。福建から来る芦柑は甘味が強く、旧正月には中国全土で販売される定番品だ。瓜では哈密瓜《はみうり》に人気がある。サイズ、形ともラグビーボールのようで、果肉はオレンジ色でねっとりと甘い。歩道橋の上などで幾条にも裂いて棒に刺したものを売っているが、バケツ一杯の水で包丁を清め、手袋を脱いではきたない札を受けとったりしているのを見ると、買い食いには慎重にならざるをえない。店頭に並んでいるのは南部産の果物にかぎらないから、さらに賑やかになる。りんごは中国産の紅玉、フジとともに米国産デリシャスが出回っているが、中国産は安価で売り負けしない。ライチー、葡萄、梨、西洋梨、柿、バナナ、李、栗、パパイヤ、ドリアン……キウィフルーツなんか拳骨のようにでかいのがあって、そういえばあれの原産地はニュージーランドならぬ中国でなかったか。

天秤棒（扁担）の両端に懸けた籠に山盛りして売り歩く商売がある。栗やみかん、葡萄など一気にバカなりする大衆的果物を売っているのである。最近の傾向として、杏や梅、山査子《さんざし》、その他名前の知れぬあまたの小果物を加工したものがスーパーなどに出回っている。おおくは砂糖漬けしてあるから保存もきく。中国の子供は虫歯がすくないと言われるが、たしかに飴など糖分をそのまま固めた菓子はあまりない。その代わり、こうしたものをおやつにしているのだろう。変わったものとしては中国人はよくひまわり、南瓜、西瓜などさまざまな種子を食べる。殻をとるのが面倒だが、うまいことはうまい。安価な食品の代表で、時間のつき合い方のひとつかな、とも思える。

ところでぼくは、食事とは味覚だけの問題でなく、満腹感に続く体でとらえる吸収の実感の全過程ではないかと思っている。河豚《ふぐ》を食べるとき、鰻を食べるとき、ステーキを食べるときの違いは舌の上、口の中だけのものではない。労働や運動に向いた食べ物。頭の働きがよくなる食べ物。心地よい眠りをさそう飲み物。逆に頭をすっきりさせるお茶。おいしい中国料理に囲まれて、ぼくは早い段階で中国料理はとても来ると思うようになった。まず、蛋白源が実に多様で、なかにはゲテモノもあって珍重されている。南部で中心に座るのは川えびだと思うが、これまで述べてきたもののほかに蛇だとか兎だとかもいつでも口にはいる。味つけは塩分は軽目だが、スパイスはたっぷり使う。そしてビタミンを十分残すように調理された野菜。これらが精をつけないはずがない。中国料理はモロに来る。

六〇ン歳のぼくが感じるくらいだから、若者たちはさぞ悶々としているだろうと、あるとき部屋に遊びにきた連中に話題にしてみた。彼らは中国料理に限ったことではないだろうという反応だったが、話が発展してぼくが「スッポン食べたことあるか。あれは効くぞ」と言ったところ、彼らは日本では高価で食べるチャンスがないのを食べないっていう手はないじゃないの、と考えたようだ。

かくて男が三人連れ立って行った。そして、二五センチもあるような特大のヤツを、それも天然ものを専門店の水槽で選んで、鍋にしてもらった。効果はてきめん、帰るころには体中にまわって、とても我慢ができなくなったという。真っすぐ帰るには忍びず、然るべく彷徨《さまよ》い歩いたとか歩かなかった、とか。そのあと、ぼくが感謝されたのか、軽蔑されたのか、それは判らない。以来、この三人がなにかの用事で連れ立って門を出ていくのを見ると、どうも男のシンボルが三本並んで歩いているようで、苦笑を禁じえなかった。

中国人はどう思っているのだろう。見るからに中国人は顔つやがよいではないか。そこで会話のレッスンで食事がテーマとなったとき、思い切って「中国料理はセックスを刺激する」と言ってみた。

「〝刺激〟という言葉はそういう使い方をしません。〝皮膚を刺激する〟とか……」

野暮というか、はぐらかされたというのか。レッスン後、餐庁で昼食をとったら、日本の女子学生にコワい顔をされた。

「ああいう話は適当でないわ。私たちはおいしいから食べてるだけなのよ」

そうか、女性とはそういうものか。でも、女性だってホルモンのめぐりがよくなって肌がなめらかになるなどの効果があるだろう、と思ったが、そこまでは深追いして言うのはやめた。先生はみな女性、クラスメイトの大半は女性。テキは優勢。ただ、栃木から交換留学で選抜されてきたEさんという、勉強のできる、精神的バランスのとてもいい子だけはちょっと反応がちがった。ぼくが「若い男の子は目を赤くしている」と言ったら、「へえ、じゃ今度カレに聞いてみよう」とあっけらかんと言ってのけたのはぼくにとって唯一爽快だった。

Eさんには、かねて聞きたいと思っていたことも聞いてみた。「最近の子どもは、中学生でも親に成績表を見せないようだが、みんなそうなのか」ということ。大学生の彼女の答えは「わそうだろうな。そうだろう。そうだろう。「高校までは母に見せていた。ぼくだって、学資を出してもらっているのですから」。彼女はそうして育ってきたのだ。ぼくだって、高校までは母に見せていた。

さっきの件に戻るが、ずっと後で、ある中国人から「日本酒は催淫作用があるそうですね」と確かめられ、なるほどそういう見方もあるものか、と逆に感心した。それを言ったら、日本式風呂なんか〝色好みな習慣〟だ、と言われかねない。この話はこの辺までがいいとこか。

ともあれ、中国は宗教で金縛りになるような国ではないし、ひとのプライバシーを追いかけるようなえげつないマスコミもない。他方、好色文学の伝統もあり、夜店には毛沢東語録と並んで情愛小説が幅をきかせている。渡辺淳一の『失楽園』はいちはやく翻訳されているし、ヘアヌードの写真集もある。片や、ボーボワールの『第二の性』なんかもきちんと出版されている。ポルノビデオのようなものは認められてないが、媚薬やアダルト商品は目くじら立てるような扱いはされていない。上海駅のそばにもある。もともと夫婦別姓は当たり前だし、伝統や迷信に左右されやすいと言っても、社会主義を経験するなかで女性の地位は日本より高い。食の美学のあるフランス人が性愛の面でも世界でもっとも自由があり、それでいて人口が増えることはない。鄧小平、周恩来が留学し、共和制の樹立と言語の美しさで共通することから親近感をもつというフランスを遠目に見ながら、中国は案外フランス型社会へ向かうのではないか。これはぼくの浅見である。

中国での生活が始まって四カ月後、ぼくは突然しゃっくりが止まらなくなるという奇病に襲われた。以前、カナダで夜中に心臓が痛くなり、それでいて脈拍正常という症状が胃酸に関連していることがあったが、今度はしゃっくりである。水を飲んでも、息をつめて寝ていても、数十秒に一回ベッドを飛びあがるほどのしゃっくりが訪れる。ついに大学構内の病院に行って、大ぶりの箱にはいった漢方薬をもらってきた。しゃっくりは四日四晩つづいてやっと収まったが、わかったことは食事にスパイスが多過ぎるということ。コショウを一日に三分の一ビンくらい摂っている勘定なのだ。これはいかん。これを機に、ぼくは餐厅だけで食事をとることを切り替えることにした。すでに日本人学生、とくに女性は大半が自炊に切り替えていたのである。と言っても、そういう設備があるわけでなし、鍋、電熱器、皿、ナイフを買ってきて勝手に部屋でつくる。学校は一切口を差し挟むことはない。ぼくも長くいるわけではないので、通常数十元もする鍋ではなく、厚さ〇・三ミリくらいの押せばたちまちへこむようなアルミの安鍋をみつけてきて「これはハイテク商品だよ」とひとり悦に入って、またそこらで建材の端くれを拾ってきてマナイタ代わりとした。調理は油を使わないようにすべて煮物、味つけは醤油味としたが、それでわかったことは、この地の主材である淡水の魚介類は、煮ると味が散ってあまりおいしくなるということだ。やはり炒めるのが一番。そこで餐厅のご馳走も交互に採りいれるように揺れもどし、比較的クセのない料理をリストアップしてみたものである。

あともうひとつ落とせないのは、中国の酒のこと。

ぼくはかねて〝東洋人は酒に弱い〟と思っていたが、どうしてどうして中国人は酒に強く、四〇度はおろか六〇度の酒も売っている。〝小李白〟があちこちにいるのだ。しかも、良質でかつ安価である。白酒（バイジウ）という透明なタイプ。紹興酒などの琥珀色のタイプ。一方的に辛口なのでなく、砂糖を入れて調整しているものもあるが、肝臓の負担を軽くする意味もあるのかもしれない。ちょっと変わっているのが、陝西省産の「黒米酒」（ヘイミージゥ）という赤い酒。一〇度だからたいへん飲みやすい。甘味があるが、麹《こうじ》から引きだしている。結構、レストランなんかに置いてあるところをみると、女性客を交えた食事のアピタイザーにうってつけかもしれぬ。ワインについては基本的には輸入国であったが、最近、東北の煙台あたりで国際的にも極上品格のものが三分の一くらいのコストで醸造できることがわかり、力を入れだした。ビールについては、中国で販売されているものはいずれも度が低く、日本の半分くらい。値段も清涼飲料水とたいして違わない。夏の大陸の暑さしのぎに昼飯につけて水がわりに飲んでいるひとをよく見かけるが、ビンに入っているもので水分補給するのはひとつの安全策であろう。

というわけで、日本を離れると酒好きには極楽みたいな国がいろいろあるが、中国も極楽国の一つ。

寝静まった学生楼にいると、門限をはるかに過ぎた時間に、酒をきこしめして歌をうたいながら帰ってくる者がいる。たいてい日本の若者だ。あるときは、こんな歌がきこえてきた。

サケガノメル　サケガノメル　サケガノメルヨー

サケガノメル　サケガノメル　サケガノメルヨー
メロディは「でびでばびでぶー」のそれ。その声は階段を上って、廊下を一筋の光のように流れて、ぼくの隣室で消えた。苦笑してしまった。
ところで、門限は一〇時。開けてくれるのはせいぜい一一時まで。あとはいくらガンガン叩いても、門番は頑として開けてくれない。ところが苦もなく夜中に帰ってくるヤツがいる。堂々とたった一個所の玄関を通って。おかしいなと思って、ぼくはひそかにノウハウをきいてみた。
「それはね、煙草を二、三箱、渡しておいたのさ」——⁉

二、学校はじまる

各国から生徒が集まってくる。前からの住人で、旅行から帰ってきた者もいる。そんなわけで、留学生楼はだんだん寮生で肥大してきた。それなのに一向に学校が始まる気配がない。そしたら「明日クラス分けテストをやる」という掲示がやっと出た。

ぼくが到着してすでに一週間が過ぎていた。このところ街に出かけたり、西湖にも行ったし、遊び疲れの反省もあってすこし受験勉強のための復習でもやろうか、とベッドに横たわって仰向けになって本を開いた。そしたら停電。ホールに行ったら、黒板にチョークで「内装工事のため、三日間停電」とある。寮の前でもマンション建設をやっていて、夜中でも早朝でもハンマーでコンクリートを叩く音がする。街へ出ても巨大クレーンが中空に浮かんでいるし、不景気ニッポンから来た者にとって、活気はあるが、またチグハグな感じ。

当日。窓からの光だけを頼りに、薄暗いラボ室を使ってまず筆記試験をやったが、内容は大抵の者が九割は取れるような基礎的なもので、これではクラス分けにならないのではと思った。次は口頭試験。生徒はホールで待ち、一人ずつ老師（ラオシ）の前に行って面接を受けるのだが、その老師は明るい戸外に小机を出して陣取っているという変則的な形。老師といっても、中国語の〝老〟は尊敬語であって、このときは中年の先生であったが、二十代の若い女の先生も「老師」と呼ぶのである。

ぼくの番が来て出向いたら、ある教材の一頁目を開いて「音読せよ」とおっしゃる。正確さを問わなければ八割方読めたのは、日本で毎週通っていた夜学で中国人の先生が日頃音読に力をいれてくださった賜物であろう。それから二、三口頭で質問があったが、ぼくは「不但（プーダン）……且而（アールチェ）」、つまり英語のnot only……but alsoの構文だということが思い出せなくて、例文を作れなかった。

「では三クラスから始めてみましょう。難しいようだったら一級落とします。物足りないようだったら一級上げます」

級は全部で七つあり、一〜三クラスは初級、四〜六クラスは中級、七クラスのみが上級という仕分けである。しかしぼくは、間もなく三クラスでもかなりシンドイという感じを抱く羽目に陥った。

逆もある。楊さんというフランスから来た華僑は物足りなくてツーステップアップの五クラスに移った。彼女の場合、家で日頃中国語を話しており、三クラスのレベルではまるっきり面白くないというわけ。ところが筆記試験のように漢字で出されると、読めないのだそうだ。見るからに前向きの性格の子であったが、ぼくの留学中にかねて申請してあったフランス国籍がとれて喜んでいたという風聞がはいった。

新来の与一がいきなり最上級の七クラスに認定されたのは驚きだった。もっとも、彼はここに来るまえに北京語言文化大学で一年間中国語を学んできたという。地方のなんとかいう農業大学で食品加工を専攻してきた若者だが、留学の面白さはどこから来ようと実力があると認定されれば、それなりの扱いで迎えてもらえることだ。当たり前といえば当たり前なのだが、今の日本はもうとうにそうなっていないから新鮮に映るのだ。だからこそ外国で学ぶやり甲斐がある。しかも、彼の上級認定は事務所に入っていった段階から決まっていたような節がある。新しく来た留学生は、だれでもまず事務所に寄る。そのときの第一声を何語でどんなことを喋ったのか、徹頭徹尾教師陣に観察されていたということになる。ぼくたちは大学附属の中国語専修学校の生徒なのであるが、ここ浙江大学では上級の七クラスだけは大学中文科の一年生といくつかの正規教科で席を共にするシステムが組まれている。

そういえば、二、三日前、開学式というのがあり、杭州の文理農医の四校が合併になったばかりなので新入生数千人が玉泉校の体育館にバスを連ねて集まったことがあった。そこへぼくたち語学留学生も招かれたのである。式は簡潔なものであったが、このときの学長挨拶の内容をどのくらい理解できたかぼくは聞いてみた。隣に座った栃木県出身のHさんは「二〇パーセントくらいかなあ」と答えた。彼女は四クラス。与一は「ほとんど理解できた」というのである。何語についてもリスニングで苦労するぼくは、ほとんど理解できなかったというのが実情であった。Hさんは書をよくし、作品を美術学校まで持っていって批評を請うていたようだが、ぼくは「絶対、中断しなさんな。特技のある人は、オフィス勤めするよりずっとやり甲斐のある人生を歩んだらいい」と励ましておいた。見せてもらったら、彼女の作品はすでになかなかなものであった。

教材を受けとる日が一日あり、西湖へ新入生そろって遠足に行く日が一日ありして、ブラブラしているようでいろんなことがわかってきた。

ホールの受付席にいつも二人の服務員が座っていたが、留学生たちは彼らを職人などへの尊敬語である「師傅」(シーフ)という言葉で呼んでいた。師傅のひとりがテレフォンカードを副業で売っていて、一枚二〇〇元のものがなんと一二〇元だという。それでピンときた。到着の日、上海の空港で親切にぼくをタクシーで行くように計らってくれた若い男、彼はぼくにテレカを二〇〇元の正価で売りつけたではないか。いまや彼もあのテレカを二〇〇元で仕入れていたとはとても思えなくなった。一二〇元でも利ざやが稼げるとするなら、原価はいったい幾らなのか。そうなると、ほかにもなにかあるのでは。

相当長時間かけて思い至ったのが、あのときの無口な運転手のこと。やたらと時間がかかったのは、高速道路乗り入れを避けて一般道路をつっ走ったからではないか。そうすれば高速料金がケチれるからだ。そうだ。それにちがいない。しかし、ぼくは気づいてからチクショウと悔しがることはなかった。むしろ、ぼくは謎ときに成功してひとつ知恵がついた満足感のほうがいまや大きかった。そして、わずかな機会をとらえていかに違法にならない範囲で稼ぎだすか真剣に工夫する、現代中国人のしたたかな生き様にひどく感心した。また、中国にはそういうファジーな部分がたくさんあるのだ。例えば、賭けは法律では禁止されているが、素人が麻雀やトランプに興じている場合、たいてい少しは賭けている。そのせいか、碁はあまり盛んでない感じだ。

ようやく学校が始まったのは九月も下旬にさしかかっていた。ところが、この頃から十月にかけて、杭州の気候はまことに不安定なのだ。西湖に遠足に行った日はまだ三六度ぐらいの猛暑で、ぼくはパジャマ代わりに持ってきた薄いズボン、シャツ姿で参加したが、それでももう一皮脱ぎたいくらいだった。さすが屋久島と同緯度だけのことはある。ところがレッスン初日、物理楼四階の朝八時のその教室は、ひどい底冷えで我々を迎え入れた。始まるとともに、ぼくは木製の椅子から沁《し》みる冷えからの腹痛に悩まされ、老師に言って中座させてもらった。中座から戻ったとき、内鍵を解いてくれた白人の女子学生の、したり顔に笑った目と合ったが、そういうときの外人はなんの嫌みも含んでいないのには救われる思いがした。

まあこんな具合に午前中、八時から一二時までの中国語授業は開始となったが、水曜だけは半分自由時間があったので、毎週一八時間ということになる。しかし、この外に二時間単位で午後太極拳とか貿易会話とかのオプションもある。教材は四冊、老師も四人でみな女性の先生だった。一八時間中一〇時間がリーディングで、と言ってもいろんな国の生徒がいるわけだから、英語とか日本語に訳すわけではない。新出単語を丹念に拾いだして、やさしい中国語で解説するということだ。だからほとんど講義調になるし、生徒の実践参加は例文作りとか、穴うめ問題にかぎられる。音読は一回程度。今日、日本ではおおくの中国人ネイティブが日本人向けに教壇に立っているが、評判のよい教室はどこも声をあげての斉読に非常に力をいれているはずだ。それは語学というより音楽や体育のようですらある。そして覚えるために書取にも手を抜かない。それに比べると、中国での外国人向け中国語教育はどこも似たようなもので、いまだ確立されていないように思われる。これは中国人が英語を学ぶ効率からすると、まことに理解しにくいところである。

どうしてこんなことになるのだろうか。程なくぼくが気づいたことは、ここでは日本人だけで学んでいるわけではない、ということがまずある。登録名簿ではクラスは一七名で構成されていたが、全員揃ったということはまずない。その辺、ルーズというか、中国というところはあまり構わないところのようだ。韓国二人、インドネシア一人、ドイツ三人、アメリカ人夫婦一組、華人ではあるがニュージーランド育ち一人、日本人八人というところ。ほかにアフリカのどこかの国からきた学生がいてよく質問していたが、正規の級友ではなく、向学心から自分の空き時間に上のクラスから参加していたようだ。つまり、発音以上にまず文字に慣れる必要のある国の者が多い。

中国でコンピュータを専攻しているアフリカ人は非常に多い。欧米やアフリカの人が中国語を学ぶとき、まず異質と感じ、難関となるのは何か。それは漢字の理解であろう。一度、となりのクラスを覗いてみたら、ゴンベンやニンベンの意味、太陽や月が日や月の形に完成する象形文字としての漢字の成り立ちに力をいれていた。ただでさえ何千、何万とある漢字を形、意味とも覚えてもらうには、日本人にかまわず片端から漢字の単語、熟語を解説するよりほかないのかもしれない。そういう事情なのだ。

ただ、ひとつひとつの漢字の使い方が日本語と微妙に食い違うことがある。例えば「地方」（ディーファン）は日本語では地理的な意味しかないが、中国語では身体各部や機械のパーツなどあらゆる場所が「地方」である。また、こんな問題もあった。「小朋友、注意、火車来了！」（シャオポンヨウ、チュウイー、ホオチョライラ！　列車が近づいてきたから子供さんは気をつけて）の「注意」とは、1、危ないから注意しなさい、2、乗り遅れないように注意しなさい、のどちらの意味かという設問で、日本人なら誰しも1だと思うだろう。ところが答えは2が正解となっていたのには驚いた。たしかにまた別に「小心」（シャオシン）という〝気をつけて〟がある。

よく知られた異同例では、「手紙」「有り難う」がある。これを中国の人は「手紙」と聞くと〝トイレット・ペーパー〟を連想し、「有り難う」は〝存在しがたい〟と聞こえるという。まあ、それでも漢字は日中両語ともだいたい同じ意味のほうが圧倒的に多いし、そうでなければ同じ意味でもまったく別な漢字が来る。「歩く」は中国語では「走」（ゾウ）だし、なら「走る」はどうかというと「跑」（パオ）だ。

休み時間に例のテキサスから来たアメリカ人夫婦に「日本人は新出単語の八割は意味がわかる。ただし、発音は大部分ちがうけど」と言ったら、「それじゃかなわない」と答えてきた。外出しても、なにか話が通じないと、こちらが日本人とわかれば、町の人は手帳を出して気軽に筆談で応じてくれる。誤解することはまずない。どうしてこんなに兄弟のように通じあえる両国民が、かつて戦争をしたり、文字をもたらした国を蔑視したりしたのか、つくづく馬鹿なことをしたと思わずにいられない。

教材の内容としては「愚公移山」などの寓話、いろんな地方の特色紹介、老舎の「駱駝の祥子（シャンズ）」など名作の抄、孔子についてのさまざまな記述などあったが、毛沢東のそれは語学教材の読み物としてはなかった。孔子は、封建制度の理論家としてはまったく相手にされないが、教育者としての優れた指導、事にあたっての卓越した現実感覚、音楽の普及、また現代社会との関連では、環境との調和などで見直されている。全般に評価の定着した古典を大事にしているな、という印象を受けたが、学ぶのはその簡約化したものである。文法は簡単であっても表現は多様、構文はしっかりしているとなると、かなりハイペースで多読しないと中国語の読書力はつきにくいようだ。それは小学生向けの読み物を見てもそんな感じがする。はやく新聞が読めるようになりたいとなれば、こうなるのはひとつの必然かもしれない。

この〝愚公〟は愚直であるがべつに愚か者ではないのだが、中国の教材にはなぜかよく愚者がとりあげられる。現代の中国人を見ていると、愚かだなと思うことはあまりない。むしろ、真面目で頭もよいという人がたくさんいる。ただ多様な考え方となるといまひとつだが。

教材でこんな言葉を習ったことがあった。

驕傲使人落后（傲慢は人を落後させ）

謙虚使人進歩（謙虚は人を進歩させる）

中国の学校はこういう姿勢で学ぶことの大切さを督励している。そしたら、上海で編纂した辞書でこんな例文も見つけて、気に入った。

他年老却好進取（彼は老いて尚、前向きにいどむ）

ところで、ぼくたち留学生の一番の望みは「もっと自由に話せるようになりたい」ということではないだろうか。そういう意味では〝会話〟はもっとも重要な科目であるはずだ。ところが、この学校では会話教育がもっとも未確立であるように思われた。

だれでも外国語を学ぶとき、やさしい文を量的にたくさんこなすほうがうまく行くように思う。それには会話はいちばん手頃だ。ぼくたちが使っていたのは北京大学編纂の口語教材だったが、ぼくはどうもこのテキストが苦手だった。中国人は町でこのくらいのことを話していますよと言いながら、たしかにいい表現なのだろうが、一方ではこんな密度で〝いい表現〟を繰りだしているのだろうかという疑問。それにひとつの話が長すぎる。ましてこれを暗唱するなんて、せいぜい三行とか五行も行けば行き詰まってしまう。まあ、余程頭のよい人でないと簡単に覚えられたものでない。これは浙江大学に限らず、中国の他の大学附属の語学校でも似たようなものだと聞いているから、現在世界中の人々から関心をもたれている中国語学習のためにも、一刻もはやく改善してほしいところだ。それに、いろんなレベルの留学生をクラス分けに当てはめるだけでなく、途中から入る者にもかならず履修を義務づけるような日常会話集のようなものを地域ごとに作ってくれるといいなと思う。凡人を引き上げるのが教育だ。

さらにぼくが感じているのは、会話の指導者はその学校のもっとも有能な教師を当てるべきだ、ということ。これもそうなっていない。

会話とは、生徒にとってもっとも実践的な場である。逆に言えば、教師は生徒の自発性をひき出せるものでなくてはならない。ということは、言い出しやすい雰囲気を作りだし、また何を言われても受けとめられる寛容さが求められる。話題が広く、相手の気持ちに素早く反応し、ユーモアを解する人であってほしい。こうなると単なる指導能力の問題でなく、それ以上に人間的魅力のことなのかもしれない。それに、たえず喋り、喋らせるからには、体力も要求されるだろう。

ところで中国はいま英語ブームだが、英語教師に留学体験のある人が少ないはずなのに成果をあげている。そのやり方を中国語教育に転用できないものだろうか。例えば、小学生が実にきれいな発音で話す。大学一年生で流暢に話すのを見ると、高等学校でどんな授業をしているのか興味が涌いてくる。なかには「中国人は語学の才能がある」と初めから諦めぎみに断定してしまっている日本人がいる。

ひとつには、日本語と中国語とのあいだには発音の数で圧倒的な差があることだ。音節と四声で分類された表に載っているものを数えてみたらなんと約一三〇〇あった。同じように日本語で促音、撥音の組めるものを独立に計算してみると二百余だった。まさに六・五倍の発音を中国人は日々繰り返しているという勘定になる。中国語にはrとlもあるし、英語のthとちょっとだけ舌端の位置を変えたzh音もある。それにわれわれが聞き分けにくいnとngもはっきり区別して使っている。tにからんだ音は、日本語では基本的にta、tsu、te、toしかなく、タ行ではあとはchiがある。これがtの多い英語の発音を苦手にしている一因となっているようにおもわれる。中国語ではta、ti、tu、te、tou、tie、ほかにchi、ciもあり、tに組み合わされた音節では、なんと六四にもなる。つまり英語は中国語に慣れた者にとって、発音のうえでだいたいカバーされているというわけだ。日本語の「シ」は一種だけであるが、英語ではshi、siが相当するのに、中国語になるとsiとshiとxiと三つある。

これは逆に言えば、中国語以外から中国語に迫る者にとって、中国語は発音がむずかしいということになる。それはドイツ人留学生なんか見ても悪戦苦闘しているようだ。

さらに中国語の発音には特有の「四声」というものがあり、いわばこれがほとんど〝絶対音階〟となっていて、間違えると通じない、意味が変わってしまうという厄介なものである。「四声」とは、低いほうから12345の音階に分けて説明すると、一声(5→5)いわば天井音、二声（3↓5）いわば上昇音、三声（2↓1↓4）いわばひねり音、四声（5↓1）いわば下降音、の四種であって、他方ではあの歌のように美しい中国語音声の因となっている。

例示すれば、山（shān）、河（hé）、美（měi）、麗（lì）など。

もうひとつ、中国語は英語と構造が似ているのだという意見がひろく日本にはある。たしかに、前置詞＋名詞、動詞＋目的語、副詞節のつくりなどはよく似ている。しかし、「動詞＋目的語」などは日本語同様、目的語を先行させて際立たせることはよくやる。例えば「あなたは京劇を見たことがありますか」はまともに言えば――

你看過京劇嗎？　となるが、

京劇你看過没有？　のほうがよほどいきいきと伝わる。

日本語では「京劇は見たことありますか」と「は」を立てて主題を先頭に押しだすということをよくやるが、情報の中心に目的語の内容が来ることはよくあり、中国語でもこれはよくやる。つまり、「……は」は日本語のすぐれた表現法だと思うのだ。英語では目的語は、疑問詞のとき以外しっかりその位置は動詞の先となっているが、そのために後回しとなって主題の印象がうすれるのはよくない。だから、街で見知らぬひとに道を聞くような場合、

Would you please tell me the way to the Central Park?

これをもたもたした言い方をしていたら、行き先はどこだか相手をいらいらさせてしまう。

中国語でも、例えば王府井（ワンフーチン）の行き方を聞くにも

王府井在哪儿？（ワンフーチン　ザイ　ナール）とか、去王府井怎么走？（チーワンフーチン　ゼンマゾウ）。つまり情報の中心があるところがあたまに来ている。

ぼくは英語的発想で書いて直されたことすら随分あった。例をあげよう。

「あそこに立っている人は誰」は

誰是那儿站的人？　──→站在那儿的人是誰？　または、那儿站的人是誰？

「ぼくは七時半に出発した」

我出発了七点半。──→我七点半出発了。

「ぼくは図書館に行って本を二、三冊借りるつもりだ」

我想借点儿書到图書舘。──→我想到图書舘借点儿書。

「昨晩は眠れなくて、この小説を一気に読み終えてしまった」

我昨晩没睡一夜、看完了这本小説一口气儿。──→我昨晩一夜没睡、一口气儿看完了这本小説。

いずれも後ろが正解。つまり中国語の語順は、英語にも日本語にも近いところがある。

さきごろ、中国語と日本語のちがいを象徴するような例を知った。カッコ内に正しい語を入れよ、の問題で、

我等了他很久、可是他（　）没来。（私は長いあいだ待ったが彼はついに来なかった）

1、始終　2、終于。日本語の「ついに」は「終于」（チョンユィ）だから、これを入れたらまちがい。終于来了（ついに来た）ならよいが、来なかった場合は「始終没来」（シージョンメ

イライ）（初めから終わりまで来なかった）となるというのだ。日本人は「ついに来なかった」と結論で整理する。中国人は〝現在の移動〟で生きているのではないか、と思えてくる。だから過去も未来もない時間にどっぷり浸かっていられる。戸外に古椅子を出して、まんじりともせず日向ぼっこや夕涼みにふける彼らの姿とダブって見えてきた。まさに悠久の大地である。こうなると、機械的にことばを翻訳しても駄目ということになる。他国語がどうなっているかまで辞書は触れないから、辞書でもよほど実例を並べてくれないかぎりくみ取れない。発想法まで立ち入って考える必要があるということだ。

ところで、形容詞節のような〝長い形容詞〟は日本語では名詞の前に、英語では関係詞を使って後ろに来る。では中国語はどうか。

我在中国住了五六年，但没利用这个機会学漢語，現在非常懊悔。（私は中国に五、六年住んだが、中国語を学ぶこの機会を利用しなかったので、今はとても悔やんでいる）。この（中国語を学ぶ）は这个学漢語的機会と前置きもできる。また、

陽朔県県城西端有一条小街叫西街。（陽朔県の県都西端には西街という小さな町筋がある）。この（西街という）も前置きして一条叫西街的小街とも表せる。

原則では前置きがふつうだが、後ろ置きもできるものがよくあるということは、中国語が修辞的に日本語や英語より自由度が高いと言えるのではないか。いや、ロシヤ語はもっと語順の自由度が高いかも。語尾変化が複雑で面倒とされるが、その分ぐじゃぐじゃにしても文法関係

が正確に読めるからだ。ジグソーパズルをピースの形から解くようなものだ。理工系の学習者がよくいるのも、性に合ってるのかもしれない。

ぼくは、中国人がユーモアを解さないとは全然思っていないのだが、会話のレッスンであまり面白味のない人に当たったことは不運であった。あるとき「商売」をテーマに対話を作ってこい、という宿題が出た。ぼくは日本語で書くと次のような文を作った。

運転手　二〇元だよ。たった二〇元で西湖のいいところは全部見せるよ。
客の妻　二〇元……いいところみんな見せる……わるくないわ。乗りましょうよ。
客の夫　そうだな。それに今日は冷えるからな。
運転手　いらっしゃい。エアコンをつけておきましたよ。行きますよ。……あそこに見えるのは明心亭です。遥かに見えるは蘇堤です。……あれは三潭印月。断橋残雪、平湖秋月、曲院風荷、双峰挿雲……これで大体見終わりましたね。この辺りは玉泉で、いい水が出るところです。私の母が住んでおりますのでお茶でも飲んでいきませんか。
妻　それはいいわ。ここ十年来、おいしいお茶にめぐりあわせたことないもの。
夫　ぼくも喉が渇いたよ。
運転手　はい、着きました。母には言っておきました。私はここでおいとましますので、二〇元お願いします。では又。

妻、夫　どうもありがとう、運転手さん。

老婦人　いらっしゃいませ。どうぞお座りください。西湖のご印象はいかがでしたか。

妻　素敵。とても口で言い表せないほどでした。

老婦人　これは龍井茶（ロンジンチャー）の上等ものです。この地方だけで採れるものです。召し上がってみてください。

妻　おいしい。もう一杯いただいていいですか。

夫　ほんと。体に沁みわたるって感じだな。

老婦人　お気に入りましたか。どうもありがとうございます。もしよろしかったら、おみやげに一斤ほど買っていかれてはどうですか。

妻　一斤って五〇〇グラムですよね。それでおいくら？

老婦人　杭州の街中では六〇〇元するものですが、ここでは四〇〇元に負けときます。

妻　いいわ。でも一遍にお茶を五〇〇グラムも買う人いるかしら。

夫　（妻に）お前さん、五〇〇グラムは多過ぎだよ。二〇〇グラムにしといたら。

老婦人　小口になると少し割高になりますよ。二〇〇グラム……えーと、二〇〇元。

妻　随分するわね。一五〇元にならない？

老婦人　お客さん、これは極上品ですよ。一五〇元は無理です。じゃ、こうしましょう。一八〇元で手を打ちます。

妻　二〇〇グラム一八〇元は高いのかしら安いのかしら。いいわ。旅の記念ということにして。

妻　（茶店を出て）

妻　あの老婦人は本当に運転手の母親なのかしら。

夫　とどのつまり、ぼくらは二〇〇元で西湖を案内してもらったってことよ。

いつもは前に出て、劇のようにして発表させたものだが、このときはそれはなかった。時間の配分ということもあったのかもしれないが、添削してそれっきりだった。あとで家庭教師をしてもらっている中国人学生にそのことを問うてみた。彼女は言った。

「それは中国の〝恥〟とみたのではないですか。世代の問題もあるかもしれません。私たちの世代ならそんな反応はしなかったでしょう」

ＴＢＳに「ここがヘンだよ、日本人」という番組がある。日本について、思いがけない発想が見つかるときはおもしろい。なかにはコテンパン、くそみそに言う外国人もいる。お国の実態からすれば、そんなこと言う資格があるのかな、と思うことも平気で言う。だからと言って目くじら立てる日本人はあんまりいないだろう。どんな国だって〝ヘンなとこ〟のない国なんてないはずだ。

自分の力不足を棚に上げて、不満を述べるのはどうかと言われそうだが、不満は不満でどこかに持ちこみたいといつも思っていた。だが、どこに持ちこんだらよいかはっきりしない。事務所でだれが教務全般の責任者なのかはっきりしないし、全体集会とかお祝いパーティなどのときに、あってよさそうな責任者からの挨拶がついになかった。ただ、地方の時代を反映して交換学生がさかんな県があって、そういう県からの留学生には配慮が厚かったと言ってよい。杭州では、福井、栃木、静岡などの県が熱心で、またそれなりに自前の選抜試験をやったりして、優秀で積極的な学生を送りこんでいた。彼らはすこしいい居室を与えられ、月に一度意見を聞くミーティングがあったとぼくは聞いている。そこでぼくは、中国語でぶちまけることもできないもんだから、英語のわかる中老の老師をつかまえてしつこくクレームをつけたものだ。最後にはかならずこうつけ加えた。

「杭州は気候、人情、食事、物価、環境、いずれをとっても格段にすばらしい所です。だからこそ魅力的な中国語の指導法を確立すれば、留学生の人気を博すこと請け合いですよ」

これはぼくの真意だ。こんな好環境のところに中国語教育のメッカというほどのものをはやく確立しないって手はないのだ。浙江大学にそういう日がかならず来るとぼくは信じたい。それには会話にいちばん熱心な教師を充てる、教師陣の集団討議を行う、独自教材をつくる意気ごみをもつ、とかが求められるように思う。

大改善がなされたら、ぼくはもう一度ここに来てみてもいいと思っている。

ここまでのところぼくは浙江大学のことを悪く書きすぎたかもしれない。長く杭州に住む者のなかには、七クラスのうちで三番目ぐらいのクラスが一番手が抜けるのかもしれない、とうがった解釈をする者がいた。だが、そう言ってしまうには「いや、とてもいい先生もいたなあ」と思い出さずにいられないこともある。

例えば、「听力」（ティンリー、聴力）の藍嵐先生。一五〇センチ強の小柄な方であったが、眼は澄んで威厳に満ちていた。この老師は生徒のあいまいな理解を赦さず、確認して一歩一歩進む。そのため一日の進度は多いとは言えなかった。かといって、それにいら立つような様子はまったくなかった。

ある寒い日、老師は黒いタイツの上にミニスカートというスタイルで出てこられた。これにすばやく反応したのは女子学生たちである。日大芸術学部から来たT子が他の子をさえぎって、聞いた。

「日本では（そのミニ姿は）さしずめジュニア止まりですが、先生はおいくつですか」

「三〇です」

という答え、さらに「八歳の男の子がいます」には彼女たちはどよめいた。生徒といっても留学生は先生にもうちょっとという年頃が多い。日本の女性なら未婚でもふつう。八歳の子供がいるということは、二〇代の始めには結婚していたということになる。中国では、二〇代でなんとしても好伴侶をみつけ、一子政策がきびしく守られているなかで、早めにたった一人だけの子供を作ろうとする。藍嵐先生もあたりまえに結婚し、子供をつくり、若々しさに磨きをかけて仕事に励んでいるところだったのだ。中国にかぎらず、大抵の国で結婚と仕事を両立させていることは、しっかり見ておきたい。

教材もおもしろかった。短いが、起承転結のはっきりしたストーリー。こんなのがあった。ある家で一一匹の仔犬が生まれた。飼いつづけることが容易ならなくなって、広告を出す。「一一匹の美犬が生まれました。お好きな方にさしあげます」。ところがだれも来ない。そこで広告を変えた。「一一匹の仔犬あり。一匹は醜犬、他は美犬です」。「美」は〝好看〟、「醜」は〝難看〟という。だから中国語はこたえられない。三〇分もたたないうちに電話が鳴りひびいた。「その醜い一匹をください」。「醜いヤツをください」。「ハイ、これが醜い仔犬ですよ」。その日の夕方までに一一匹全部がしあわせに引きとられていった。

全部が美犬だと近親交配の虞があるそうである。そうすると多臓器不全とか病気がちの弱い犬かもしれない。この話の背景にはそういう事情がひそんでいる。別な教材では、近親相姦から出自の子が自殺する話もあった。前にロシヤにいたときには、ロシヤ人は大型の純血種を好んで飼うという印象があったものだが。

美声で楽しませてくれたのは王暁華先生。ぼくは先生の朗読を心地よく聴いた。一般に中国人は音域が高く、それが中国語を引きたてている。北京放送の小鳥のさえずりのように話す女性アナウンサーの声に好感をもっている人は多い。いつしかぼくは中国の歌手がオペラを歌っているテープを入手したいものだと思うようになった。そしてついに西湖ぞいの外文書院でそれをみつけた——卡娜娃等演唱！　だが、これは早合点だった。卡娜娃とはキリ・テ・カナワ——ニュージーランド出身——のことだったのである。ぼくはいまも中国人が歌うソプラノをさがしている。

本来の中国語レッスンのほかに、午後にはオプションがあった。書、国画、太極拳、中国概況、貿易会話など。ぼくは陳磊先生の国画と陳新奇教授の中国概況をとった。「中国概況」は中国五千年の歴史を駆け足で講義するもので、使用言語は英語。講義も質問も英語だから、ぼくにとっては気が楽だった。アフリカやアジアの学生が多かったように思う。日本人では中国語のほかに英語もしっかりしておきたいという人が参加していて、そういう学生の中国語はかなり高い域にあった。この講義を通じて、文化大革命が現在の中国でははっきり批判されていることがわかった。教授も農村に下放された経験をもち、「農村の労働体験は無駄ではなかったが、大学の研究活動は完全にストップしてしまった」と述懐されておられた。

どこにでも絵をかきたいと思っている人はいるようで、国画では日本人、ドイツ人、韓国人が集まってきた。筆と墨、ときには絵の具をつかって、基礎的な使いこなしを習った。モチーフは水棲動物、花、鳥、竹、それに西湖の写生など。楼閣の絵は、その第一時間目に教室で「手はじめに勝手に描いてみろ」と言われて、ぼくが一気に描いた作品である。

浙江大学の利点は、家庭教師が自由にとれるということである。これについては、学校はまったく関知していない。つまり、教えるのも教えられるのも自己責任でということだ。ことのはじまりは、ある日本人学生が募集のビラを貼ったら、二〇人くらい応募があって、面接して絞ったということである。この現象を中文科と共通席をもつ上級の学生が見逃さない手はない。与一などは積極的に中国人学生を日本人学生に紹介する役割を担ってくれた。もちろん、これには時給二五元くらいの謝礼を支払うのだが、金額は一定していない。なかには家庭教師を四人採用して、授業は出ないのもいると聞いたが、本当のところはどうあれ、そのほうが面白いことはたしかだ。このほかに「互相」(フーシァン)というがあって、これは日文科の学生と組んで、こちらが日本語を教え、相手が中国語を教えるという〝相互教師〟の役割を果たすもの。これは金銭の支払いはないが、それだけにちょっとしたことで休まれたりする。

ぼくの家庭教師は任さんという中文科一年の女子学生である。ぼくは最初話題の合いそうな四〇歳以上の人を探していたのだが、与一が一人年配者に紹介したあと、その同級生からもだれかべつに年配の者を紹介しろとしつこく頼まれて困っているから、年寄りのぼくにことわってくれと変な依頼をしてきたことがキッカケとなった。彼女は頭の鉢の開いた、小柄な学生で、会うやいなや自分の希望を英語でまくし立ててきた。ぼくはことわりながら、強いインパクトを感じた。ある種の尊敬も感じた。持ち時間の半年のうち二カ月がアッという間に過ぎ、四〇歳すぎの候補はみつからず、任さんを採用する価値があると思うようになり、あらためて与一に頼んだ。

最初、近所の小食堂で餃子をつまみながら勉強していたのだが、店員に「他の客に迷惑だから、ここで長居しないでくれ」と言われて、寒いけれどもぼくの部屋に来てもらうことにした。内容は、彼女が質問を用意してぼくが答える、というのと、学校でやった文章のなかから、構文に役立つ表現を選んで、例文を三つずつ作って添削してもらうこと。あるとき「中国料理は旨いが、寿司は中国料理より旨い」という文を書いたら、彼女が「……中国料理と同じくらい旨い」と書き直したのには苦笑を禁じえなかった。

頭のよさを印象づけられることもあった。清朝の皇帝の系譜をさらさらと書きのけた記憶力は立派だと思ったが、政府がこんなことを学生に覚えることを期待しているとは思えず、受験勉強のついでに覚えてしまったというところであろう。英語にしたって、高校を卒業したばかりであんな風にしゃべるということは、日本人ではあまりないことだ。彼女は近郊農村の出身で、父は安全帽などを扱う会社の総理で、祖父を含め家族四人が四階建てのビルに住んでいるということだった。中国では純農民以外は、一人っ子政策が厳密に守られていて、それだけに子供に賭ける意気込みは大きい、と彼女をつうじて感じたものだ。

理工系は八割が男子学生なのに対し、中文科などは逆に八割が女性だと聞いた。「いままではそうだったかもしれない。だが、これからは中国は出版がとても盛んになるだろうから、技術系に劣らず、男女を問わず文学や歴史を書ける人が重要になってくる」とぼくは強調した。例えば、『大地』のパール・バックや『中国の赤い星』を書いたエドガー・スノウなどぼくにはまだまだ印象が深いが、中国人みずからの手による現代中国史や記録文学が産まれ出てくることを期待していると言っておいた。

本科の学生との接点ができたので、すこしは中国の大学の様子もわかってきた。ぼくは日語科の学生と「互相」の約束もしたが、そこではもっぱら発音のことで中国語と日本語の交換をしたのである。彼女からみると、ぼくの発音は我慢ならないくらい基礎ができていないようで、あえてピンインのついている小学生作文集を選んだのだが、例えば「日出」(リーチュー、日の出)など気が食うまで何遍も言わされた。ピンインとは、中国語の発音をアルファベットで表わしたものである。彼女を通して、日語科の生徒がどのくらいのペースで日本語を勉強するのか聞くことができた。一日に一科四~五ページということだ。さすがである。新たな外国語を学ぶには、まずそのくらいやらないとものにならないということだと思う。

この若先生は断りなしによく休んだ。こちらは待っている立場、はっきり契約解除しようと思っていた矢先、ひょいと現れた。このときは弱みがあるのでひとりで来るのはまずいと思ったのか、なんとボーイフレンドを連れてきた。ぼくは最初すこしムッとした気分だったが、両人と話しているうちに憎めなくなってきた。これを最後の授業としながら、二人を相手に練習した。両人は高校の同級生で、今は別々の大学へ進学。彼の方は寧波大学工学部で軽工業機械を専攻しているとのことだった。

中国では、高校では恋愛は原則禁止で、そこを押し通して進学を棒に振り、就職して結婚するカップルもあるらしい。そういうことだから、大学に入ると満を持していたとばかりに伴侶を探そうと懸命になる。学園の芝生ではロシヤやカナダで見たと同じように幾組も寝そべって語らっている。公然とあれをやられるとライバルは手も出ない。中国の学生は勉強もよくするが恋愛にも熱心のようだ。就職が決まっている、いないは関係ない。このほうが本当のような気がする。つまり、日本人は完璧主義で、条件が整わないと大事なことも後回しにしてしまう。男性は定職がみつかるまでおあずけだし、女性は逆にいいキャリア（カリア）が得られそうになると結婚を犠牲にしてしまう。かくして優秀な素質も残されなくなる。たしかに社会が条件を整えてくれないと困難は大きいが、逆に事実を社会に突きつけて変えさせる力にすることも必要なはずだ。

家庭教師の選択は留学生の定着に役立っているが、それだけに学校側は寮の出入りのチェック以外は自由にしていた。学習は教室でも自室でも街でもOKということか。家庭教師については、一般に男子留学生は女子学生を、女子留学生はその逆をと言えそうだが、女性にとっては自分の部屋にボーイフレンド以外を入れることに抵抗を感じたり、共通の話題となると同性のほうが好ましいと思うようになるのか、女子留学生も女子学生を頼むようになる。かくして、家庭教師は圧倒的に女子学生優位となる。ただし、こういうことはヨーロッパ人やアフリカ人ではあまりなくて、彼らは初歩から何年もかけて中国に滞在し、レッスンや街で力をつけるようにしていると思えた。

さて、こうなると当然ながら男女の仲の発展もありうる。そういうことを織りこんで気に入った女子学生を自分の教師にするのである。「お前は勉強のために家庭教師を頼んでいるのか、それともつき合いのためか」と冷やかし合っているとか。与一の場合もそういう気持ちで選んでいたようだった。そして悶々たる思いをこめて相談に来ることもあった。ぼくの立場は、気に入りさえすれば相手が中国人であろうと韓国人であろうとおおいに結構である、ということである。これからは国際化がもっと進む時代になるだろうし、視野も広くなるにちがいない。すでに日本人は生物としても劣化しつつあり、そういう民族的危機を越えるためにも新しい血がはいったほうがよい。さらに、自分の配偶者の親族がたがいに中国にも日本にも韓国にもいるようになれば、誰だってそこに戦争なんかあってほしくない、経済が豊かになってほしい、友好が進んでほしい、と思うようになるだろう。ぼくはそんな時代に生きる次世代が羨ましくすらある。

ところが、世の中にはそういう考えに反対する輩もいるようだ。与一の相談相手の中でも、西日本の電炉メーカーの人事部長かなんかやって定年になった男がいて、こう言ったという。

「日本は保守一貫の社会だ。中国人との国際結婚なんて、日本の企業では歓迎されンぞ」

がんばれ、与一！

三、杭州点描

杭州（ハンチョウ）はいいところだ。

まず街があかるい。古い集合住宅が多いが、そのまわりは樹木がすくなく、視界は広々している。それでいて近くに樹木の気配をいつでも意識できるのは、周辺が緑こい丘に囲まれているからだ。中国各地のような黄砂は少ないうえに、どこから汲んでくるのか撒水車が奇妙なメロディを奏でながらやってきて、街路を洗い流して立ち去る。人々の身なりが小ざっぱりしているのも、水が豊富な証拠であろう。それでいてぼくがいた半年のあいだ、まとまった雨が降ったためしがない。とても不思議だが、どこか遠い奥地で降った天の恵みが杭州に運ばれてくるようにできていると思うほかない。

人々は穏やかである。一九九九年に杭州の四つの大学がまとまって、中国最大級の学生数三万数千人の新生浙江大学がスタートした話はすでにしたが、そういう知的な雰囲気とは別に、あまりひとのことに干渉しない、贅沢な生活よりも落ち着いた生活を好む、ひとを羨ましがることなくわが道を行く、という昔からの気風を大切にしているように思われる。いわば中国でももっとも個人主義の強いところではないか。上海人などとも全然ちがう生き方をしているようでもある。市が掲げている目標にも「やたらと痰を吐くな」とあるが、道でツバを吐いたり、ハナをひったりする人はまず見かけない。しかし、マナーが全般に良いと言えるかというと、食堂やスーパーのレジでの列の割りこみ、とくに若い男がそれをやるのはここでも一向に直っていない。とはいっても、店員の応対のレベルは他の都市よりずっとよい。相談にも親切にのってくれるし、いいものを見つけて客が喜ぶと、率直に喜ぶ。マナー以上に感情がこもっている。

気候も中国のなかでは温和なほうである。ほぼ屋久島と同じ緯度だが、われわれ海洋性気候に慣れたものには、少し寒すぎるな、少し暑すぎるな、と思うことはある。中国人は一般に帽子をかぶらないが、それでも本当に寒かったり、暑かったりすれば、帽子をかぶらないわけにいかない。しかし、この地方では大人も子供も年中帽子をかぶらないところを見ると、大陸のなかでは安定していると言えるのであろう。

物は豊富だし、物価は安定している。住居近くの浙大路（チャーダールー）を挟む街並は数百メートルの長さにすぎない、いわばツチノコみたいな格好の地域である。ここには床屋、美容院、文具店、写真現像所、ホテルとレストラン、電気屋、薬屋、スーパーマーケット、一歩裏道に入ると、生きた魚介類や卵、肉、野菜、果物を売る生鮮市場があり、そこはまた米や乾物も手に入るようになっている。弁当屋、金物屋、寝具店、クリーニング店あり、カラオケ、コピー屋、郵便局、銀行、旅行代理店もすぐそこだ。すべて留学生楼からひとあし数分のところである。まあ衣類、書物などは中心街に行ったほうがよいが、そこへ行くバスの便はとてもよい。人口のおかげで昼間でも乗客は立つほどいる。この地区にかぎらず、杭州は地区ごとのコミュニティがしっかりしていて、物は豊富、物価は大都市より安いときている。ちなみに人口は一六〇万と聞いた。

「食の杭州」といわれるが、飯店、美食城、酒家、餐厅、小吃店、排档（パイダン、屋台）——いずれも競っていい味を出している。ぼくは杭州にかぎらず、南部の代表的な味は川えびではないかと思っている。例えば、三鮮麺をとってみよう。杭州ではどこでもまずエビを中心に、三つの具が麺に加えられて、美しい彩りと味を演出している。値段は一五元とか一七元かそこらで、ただしボリューム満点、特大の中華どんぶりになみなみと盛られて出てくる。これが当たり前と思っていた。ところがその後、北京へ行ったとき注文してみたら、具のとり合わせがありあわせのものでも使っているかのようでも堂々と三鮮麺と称していることがわかった。他所の地域から杭州へ遊びに来た人が、とびこみで安心して旨いものが食べられるところだという印象をもつのは当然だ。町外れの小店で食べた安い麺でも、桜エビかなんか使っておいしい味を引きだしているのをみると嬉しくなる。杭州にはまずいものを平気で出すような料理人はいない。

杭州といったら、西湖を外して語ることはできない。杭州が浙江省の省都だといってもどこが庁舎なのか意識することはないが、西湖のことは眠っている夢のなかでも吸う空気を通して感じている。周囲一五キロ、周辺道路がしっかりしていて自転車で半周ずつ二日がかりで回るのに手頃な距離だ。銭塘江などと結びついているようだが、まるで涌き水をたたえているように澄んでいる。実のところ、ぼくにはどこから流入して、どこへ流出しているのかわからない。水深は平均一・八メートルというから意外と浅い。それも戦後これの保護が強化されて、一・六メートルの水深から浚渫《しゅんせつ》した結果だとされている。元々は流れ口に土砂が詰まって水たまりのような具合にできたものらしいが、その後は随分人の手にかけられてきたように思われる。例えば、白堤とは白居易が作ったものだし、蘇堤とは蘇東坡が作った。これら石積みの堤は湖の端を一直線に切っているが、その上はプロムナードになっていて、車の乗り入れ禁止である。堤の随所に半円の穴が穿たれていてそこだけ太鼓橋になっており、小舟も魚もそこを行き来する。これはまた湖畔から見るとなんともいえぬ風情がある。

紀元五世紀、隋の煬帝は白河、黄河、淮水、銭塘江をつないで北京と杭州を結ぶ京杭運河を掘らせたが、そのとどめの地に西湖ができたことはどんなに中国の人々のこころを豊かにしてきたことか。白居易（白楽天）にせよ蘇軾（蘇東坡）にせよ、元来は赴任してきた役人であったが、同時に文人であったことが、杭州の名を末長く高めることになった。それにつけても、十三世紀末に東方を旅したイタリアの旅行家マルコ・ポーロを欠かすことはできない。

マルコ・ポーロは〝元〟を通して入ってきたから、この南宋の首都が南下したモンゴル軍に陥れられた一二七六年から一二九二年までここに暮らしたという。並の気に入りようではない。その前夜の杭州を描いたJ・ジェルネの名著『中国近世の百万都市』によれば、当時は欧州最大の都市でも人口はせいぜい数万人だったのに、杭州の人口がすでに百万を超えていたというから、驚愕に値したろう。この数字はたしかなもので、というのは南宋は兵の動員その他の目的で家の門に家族構成を掲げさせたから、容易に把握できたというのだ。さらに、ぼくが興味をもつのは、元に征服されながら、ポーロが『東方見聞録』で数ページにわたって描いた杭州の情景があまりにも繁栄に満ち、享楽的ですらある、ということである。およそ征服された土地というイメージではないのだ。このことを、一体どう解したらよいのか。

そしたら、専門家の著書からおもしろい記述を発見した。「臨安（引用者注　杭州のこと）の南宋宮廷政府は、至元十三年（一二七六）正月、バヤン軍のもとに無条件降伏した。しかし、杭州城内は、なにも破壊されず、誰も殺されず、まことに静かな王朝の消滅であった」（中央公論社『世界の歴史』9　杉山正明ら著『大モンゴルの時代』）。クビライという指導者は強い人で、二度も攻めこまれたから日本人一般にもその印象がつよいが、はじめて中国を統一しながら、ときに思いつくありとあらゆる残虐な刑を行使した秦の始皇帝のような人物とは、あきらかに異なっていたようだ。元もまたこの地を〝酒池遊興の里〟として愛でたのであろうか。それとも、一大帝国を作るための通過点としてひたすら外を目指したのであろうか。

一五〇人ほどの中国語留学生のなかには、近年欧州人がとても多く、逆に米国人は少ない。

これもマルコ・ポーロのせいかな、と思うが、それ以上に中国とEUとの関係が深くなっているということだろう。杭州ではドイツ人がやや多いように思う。ドイツのもつ機械や化学品と中国の果物や品質向上いちじるしいアパレル製品はよくオフセット（補完）し合う交易になるだろうし、中国はドイツの戦後の反省過程を高く評価している。鉄道によるシルクロード再生の構想もあるようだし、中国の未来はひとつはヨーロッパに熱い目を向けている。ただし、貿易額にせよ、ODA援助にせよ、現状では日本はドイツの四倍くらいある。歴史にたいする態度の差が響いている。ちょっと残念で困るのは、ビデオやコンピュータの方式が欧州式のようで、テレビの名作ドラマや環境音楽、美術遺産の記録などのソフトを買ってきても、日本で再生できないのだ。利用できるのはCDとカセットだけだ。ぼくの階に住んでいる美人の学生はベルギーのブラッセル出身だった。EU本部のあるところだ。こうした学生はみな長期間滞在して、じっくり時間をかけて中国語を学ぼうとしている。遠いから帰国も一年か二年に一回にしているようだ。おもしろいことに、ヨーロッパ人同士の早口の会話はほとんど英語だ。よほど、自国語からの転換がやさしいのだろう。

ところで、ぼくがこれまでの留学先で最年長のひとにここ杭州で出会えた。ウィルソンさん、七六歳でニュージーランド人だ。世界を股にかけた土木技師で、足が長く、身長は一九〇センチある。これだけ背の高い人はどの国の若者にもいなかった。英語が多少できたお蔭で、ぼくはこの人生の大先達に親しく近づくことができた。とても純粋な方で、話題も広く、楽しかった。こうした年配者は浙江大学では四人ほどで、三国の経験からもまだまだ中進国、途上国からはいない現状だ。日本人でも、後ろ髪を引かれるようにして来ているとはかぎらず、かえって「家にごろごろするより、いないほうがよい」と言われて外国住まいをしている定年者も結構いる。女性ではドイツから美術の専門家が中国語を学んでおられた。

ふたたび西湖へ。西湖は市中心部の西に位置する。しかし西湖の名は越の美女西施からきたものだとものの本にある。もともとは銭塘湖、上湖、西子湖などと呼ばれてきて、西子湖が西湖となったのだろうから、西子とはなにかということにかかわると言えよう。杭州のメインストリートは南北に走る延安路であり、西湖がもっとも迫るところでは数十メートルの先に見えるが、湖畔は直線ではないから離れているところでは二キロぐらいあると思われる。西湖の西側は厚い山となっているが、こういう地形はえてして一方だけ山が見えて三方が街の風景となりやすい。だがここでは街の見える方向は東側だけで、他の三方は厚い緑や、そこに点在する八角形の楼閣、それに環境を配慮した設計のホテルだけが見える。それが理想とわかっていながらできない京都などの風景を思うとき、中国の風土のゆとりをつくづく感じる。さらに風景だけでなく、湖畔を歩いてもゴミひとつ落ちていない。中国人に喫煙者は多く、吸い殻を捨てるなと言っても聞くものではないが、その吸い殻もプラタナスの落ち葉も区域を担当する掃除のおばさんたちの並々ならぬ努力できれいに片づけられているのには頭が下がる。

水光瀲灩晴方好　水光瀲灩《れんえん》として晴れて方《まさ》に好く
山色空濛雨亦奇　山色空濛として雨も亦奇なり
欲把西湖比西子　西湖を把って西子に比せんと欲すれば
淡粧濃抹捻相宜　淡粧　濃抹　捻て相宜し

蘇軾の「飲湖上初晴後雨」という七言絶句で、青森の国語教師Mさんが知らせてくれたものを、さらに近藤光男著『蘇東坡』（小沢書店）より引用させてもらった。蘇軾が杭州に任じたのは、一説には一〇七一年から三年間副知事として、一〇八九年から二年間知事として、である。さざ波が湖のおも一面にキラキラとかがやく、あのすばらしさは、今朝のように晴れ渡っていてこそだ。ところで、日暮れがたのいま、ぼんやりともやにけむった山の色、うん！　雨のけしきもなかなかいいぞ！

そうだ！　この西湖を、美人のきこえ高いあの西施にたとえてみよう！　薄化粧もよろしい。厚化粧もよろしい。なんでもよく似あうというわけだ。（同書）

ただ、だからと言って、西湖の湖畔で女を口説くことがよいとはかぎらないというから、ややこしい。中国の美女には最期は不幸な顛末に至るものがよくあり、西施もその例である。もともと越から呉に政略的に贈られて、国を滅ぼすほど溺愛されるが、そのためどこそこで舟に乗せられたまま行方不明になったとも。中国人は迷信とかいわれにとてもこだわる民族のようで、片や毛沢東思想が一教科としてしっかり根を据えながら、こういう平和な時代には迷信などへのこだわりが蘇ってくるものらしい。ぼくも「こんな迷信がある」式の話を笑いながら聞き流しているうちに、頭が悪いものだからみんな忘れてしまった。でも、西湖のほとりで長い時を過ごすカップルはいる。あるときはヒマワリの種の殻を山のように積んで語り合う男女を見た。あの殻を一粒一粒とるのは厄介なものだ。まして山となるまで齧る時間は相当なものだ。でもそれは、いかにも中国人らしい。

上海その他の地域から、中国人が大挙してやってくる。小型カメラがよく普及しているが、なかにはかなりの高級カメラを持っていることもある。日本人のように花など近接撮影することはほとんどなく、もっぱら記念撮影だ。あるときは、七〇人くらいの外国からの観光客が遊覧船を待っていた。ドイツ人グループの大群だった。

西湖は表情の豊かな湖だ。特に午前中はその日の天気の具合により、晴れて清澄な視界が展開するか、また霧に閉ざされて独特の遠近ある風景を見せてくれる。ときには、霧が東側のビルの遠景だけをうまく消してくれる。ぼくは自転車を入手してから十七回くらい西湖を訪れているが、ねらいは湖の表情の変化を見たいがためである。土地の中国人がひとりで散策しているのも、そんな気持ちなのであろう。

湖のある部分は蓮の葉が覆っている。西湖にはこれがとても似合う。蓮と言っても、二種類あって、水に浮かんでいるタイプと水面から突き出ているタイプがあり、西湖には両方が混在している。のちにぼくはこの二つが全然別な呼び名をされていることを知った。つまり、モネの描くようなのは睡蓮（シュイリエン）であるが、水上に身を乗りだしているのは荷花（フウホァ）とかたんに蓮とか荷とかいうのだ。レンコンは後者から穫れる。そこから永井荷風は自分の名をとったのだと聞く。余談だが、このタイプは鎌倉の鶴岡八幡宮の池にあるのがとても美しい。

この西湖のほとりに麻雀台をもち出して、荷風を浴びながら麻雀に興じているグループがいた。ひとりは女性である。トランプも盛んである。裏通りでは象棋を指している。丸くて、厚い駒を使うが、紙の盤面もおおきい。近所のおっさんたちが首をつっこむのもいつもながらの風景だ。湖畔の鐘楼の石畳の上では、よく老人男女が集まって、ラジカセで曲を流し、ダンスをしている。こういうことには、若者よりも老人が熱心なのはなぜだろう。

ただ西湖の写生をしようとすると、これがなかなか難しい。あまりにも平たい画面になってしまうので絵にならないのだ。国画の陳磊老師が湖の北西側にある葛岭に連れていってくれたことがあった。有名なシャングリラホテルの隣である。急でひっそりした山道と階段を登るとてっぺんに小さな古刹があって、その寺を守っている家族に四元ほど支払うと中にはいれる。その前面に立つとなんと堤に仕切られた湖が俯瞰できるのだ。もはや平たい視界ではない。これなら絵になる。堤に点々と立ちそよぐ柳がうつくしい。こんなところへは、どんな観光ツアーも入ってこない。穴場なのだ。

さらに見逃せないものがある。古刹のふるまう龍井茶が実においしいということ。ぼくは最初ポット一杯のお湯と茶葉のはいったグラスで一〇元と聞いて、〝高いな〟と思った。そしたら親父が「とにかく持っていけ」と言うし、飲んでみると空気が乾いていたせいもあって、実に味わい深い。はからずも山頂で本物の龍井茶に巡りあわせ、何杯も飲んだ。ポットとグラスを返すとき、やっと判った。五元返してよこし、つまり半分はデポジットだったというわけ。感激して、ついでにこの水の出所を尋ねたら「涌き水だ」と。上の展望台では、中国人の家族づれがトランプなどに興じて上手に時を過ごしていたが、こちらは一人。ポットの湯を分けてあげると喜んでもらってくれた。いい人たちだった。

秋の好天の日曜日、この周辺でぼくはマラソン大会をやっているのを見つけた。外国人選手がかなりのスピードで駆け抜けていった。ぼくの知らない大会だが、それを見て、この環境のよさや適度な起伏の変化が気に入っている熱心な参加者がいるのでないかと思えた。ただ残念なことに、レース中に一般の人がコースを歩いたり、横断するようなことがしょっちゅうで、彼らはマラソンにまるで興味をもってないかのようだった。こういうレースの運営は中国はまだまだ下手だと言えそうである。事前に広報活動するなり、テレビ中継するなりすれば変わってくるのだろう。

ある日、自転車で蘇堤を行くと、向こうからヒョロヒョロとかなしげな笛の音が聞こえてきた。近づいてみると、太鼓橋のたもとで両手のない男が吹いているのだった。この種の物乞いに出くわすことは初めてではない。目抜き通りの延安路でも、似たような身障者が二人、それも三〇メートルぐらい離れて歩道に座っているのを見たことがある。不思議なのは、片手ではなく両手が途中から、あるいは根元からもぎ取られているのだ。ぼくはとても同情し、引きかえすときにいくばくかのお金を置きながら、どうしてこんなことになってしまったのか聞いてみた。「子供のとき、汽車に轢かれたのだ」とそのまだ若い男は答えた。決して暗い言い方ではなかった。だがぼくは帰りしな、この答えがどうもヘンだと思えて仕方がなかった。脱穀機かなにかなら、こんなふうに両手が同じようにもぎ取られても不思議でない。汽車なら線路に両手を乗せて待たないかぎりこんな負傷はしないはず。だいいち顔や頭にはまったく傷痕がないのはおかしい。

この話を与一にした。彼は香港へ行ったとき聞いた話を紹介した。

まだ返還前のことだが、ある香港の若夫婦が子供二人を連れて本土旅行をした。夫婦が人込みのなかで珍しい風景を追って写真撮影に気をとられていたあいだに、二人の子供を見失ってしまった。以来、夫婦は再三中国にやって来て死に物狂いでわが子を探して歩いた。広州に行ったときのことだ。自分の子供の年頃の女の子と男の子が泣きながら、しかし声も出せずにすがってきたというのだ。男の子は両手がなく、顔は鼻も口もぐしゃぐしゃに潰されていた。女の子はかわいい顔立ちだが、舌を切られてものを言えなかった。だが、よく見ると、まぎれもなくわが子兄妹だったというのだ。つまり、子供を誘拐して見るも無残に傷つけて見世物や物乞いに出すと、同情を買って金がたくさん集まるというのだ。西湖の笛吹きもそう理解したほうが納得できる。つまり、後ろにヒモがいる。だったら、本当のことは絶対に言うまい。言えば、消される。

ところで、西湖の浙江大学寄りに、福井市が寄贈したとされる小さな公園がある。それはいいのだが、ここに碑があって、その碑の縁にでかでかと当時の福井市長の名前が彫ってあるのは、いかにも目障りだ。福井出身のひとも「恥ずかしい」と言っていた。

中国と言えば自転車。実際、中国のように国土が平坦なところでは自転車はとても便利だ。今後、どんなにモータリゼーションが進んでも、中国から自転車が消えることは考えられない。子供や妻を前後ろに乗せるばかりでなく、プロパンのボンベとか、いくつもの小麦粉の袋、山のような稲藁を載せて走っている。それだけに、至るところに自転車修理が店を開いている。その多くは路傍に構えている。それに見合うように、中国の自転車はよく故障する。まず、空気がよく抜けるが、これはたいてい乗り手がポンプを借りて充填する。これは無料。サドルの調整とか曲がったフェンダーが当たるとかの修理は一元とか二元。チューブの交換でも一本一〇元と格安だが、ゴムの品質はあまり良さそうとは言えない。もっとも自転車の品質にもいろいろあるらしく、汎用品は金属の端部にバリが残っていて、手を傷つけたりするが、他方では充電器搭載の中国製ハイブリッドも登場している。その割りに多段式ギアのものが少ないのは、道路が比較的平坦なせいだとおもわれる。

この自転車を見ていると、中国と日本の経済の違いを考えさせられる。日本では熾烈な品質競争の結果、残っているメーカーは宮田と石丸の専業二社、ブリジストンとナショナルの大企業の副業から出たものの四社が中心とみられる。ぼくは専業メーカーの実用車を愛用してきたが、その品質は驚異的で、例えばパンクなんか釘でも踏まないかぎり三年でも五年でもなにも起こらない。だから四万円で買ったものが一〇年近くも買い替える必要がないという有り様。これではメーカーも修理屋もたいへんだ。中国のように、あまり品質のよくない汎用品がたくさん出回っていると、それだけで手軽なめしの種となって、雇用創出に貢献すること請け合いだ。おそらく、中国の自転車修理業は何十万軒どころではないのでは。留学生楼から大通りに出る好ポイントに、関所のようにおばさんが開業していた。ぼくはよくここにお世話になり、また立ち話もした。おばさんの柔らかい手が油汚れになるのが痛々しかったが、本人は気にしていないようだった。戸外の明かりをたよりに夕方まで小学生の子供の宿題をみながら客と応対していた。西湖に至る一五分ぐらいの道のりに、こうして三軒も修理屋が路上で営んでいたのだ。技術の進歩だけをよろこぶような経済のあり方ではいけないのかもしれない。

こういうことは他にもある。留学生楼の服務員の師傅（シーフ）たち。毎時、二名ずつ当番で受付で人の出入りをチェックしたり、切れた電球の交換などの相談に当たっているが、そのおおくは定年後に就業したようである。夜一〇時、実際は一一時くらいまでが勤務で、あとは仮眠の当直となっているが、四、五人で勤まりそうなところを八人ほどいる。いわばワークシェアリングしているのだ。ちなみに四階建ての寮で清掃にたずさわる人の数は二名だけだ。

いつか新聞で一面全面を使ってコダック社進出を紹介した記事を読んだことがある。こういうのを見ると、中国政府が何を期待しているかよくわかる。例えば、二万軒の現像所ができたとする。すると一〇万、一五万程度の雇用はすぐできるだろう。中国の現像所は一軒一軒が機械をもっていて、通常は中一日、早いのは二時間くらい、焼増は三〇分でやってくれる。質がよければ店の売上も高まるから、技術も日増しによくなる。中国では安定した仕事につくことをだれもが追求しており、だから仕事をとても大事にする。人口の八割が農民の国で、政府は「都会のような生活をしたい人は出てもいいのだよ」と宣伝する。とくに百万人規模の新都市に力を入れたいようだ。写真機の普及率は都市住民では一軒一台に来ているそうで、外国の観光客がカメラをぶら下げているのを羨ましがる状況は脱している。フジやコニカも進出している。

そういう点では、近郊農村の繁栄ぶりでもそうだ。人民大衆があれだけ大食し、大量に残すことがあれば、供給する側の農民もそれだけ食っていけるというものだ。自称イスラム信者という留学生が「残すくらいなら、貧しいものに分け与えるべきだ」と言ったことがある。ここには〝清貧〟なんて発想はない。だから、農民の住んでいる家だって、いまでは石造りの三階建てであったりして、あと欲しいのは車だろう。

人も自転車も車もおなじ道路を使い、信号も少ない割には中国では交通事故は多くないように思える。不思議に思って、このこともぼくが杭州で観察した一テーマだ。結論をまとめてみると——一、道路の幅が広く、見通しがよい。二、あまりスピードを出さない。これこそ国民性ではないかと思う。例えば、前車とのあいだに距離があくと、日本ではたちまち隣車線から割りこみが入る。しかも、ここ一五年くらいとくにマナーが悪くなり、ウィンカーも出さないでいきなり入る輩がおおい。中国人は前があいても一向にスピードを上げるようなことはせず、マイペースで行く。三、運転者も歩行者も速度のペースを変えない。急発進もしなければ急ブレーキも嫌う。横断する人も、走ったり、止まったりしない。ということは、お互いに相手のペースをよく見ていて、直前をやり過ごすか、直後を抜けるかを判断して動いているのである。実際、住んでみて、横断のコツとはゆっくり止まらずに渡ることだと認識した。ただ混んだ道路では、四、まず道路の中央まで一区切りで渡る。一呼吸入れてあとの半分を渡る。この場合は〝みんなで〟渡ることが多い。

そうは言っても、いいことばかりではない。殊に歩行者優先でなく、車優先で来てしまったのでないかという点が、今後車の数が増えるにしたがい悪いことにならないかと心配だ。車のなかには、歩行者に向けてやたらと警笛を鳴らす運転者がいる。鳴らされて避けられるものではなかろう。あるとき、タクシーに乗って珍しく警笛を鳴らさない運転手に出くわした。降りるとき「你開車開得很好。没有ブーブー」（あんたの運転はとても良い。ブーブー鳴らさないからね）と褒めてやったら、相手はしたり顔にニヤリと笑って受けてくれた。おそらく彼はそういうことを心掛けていた数少ない一人だったのだろう。外国で、こういう意の通じあいは気持ちがいい。

杭州名物の龍井茶（ロンジンチャー）についてもっと話そう。あるとき産地の龍井村に立ち寄る機会があった。住み家の近所からあるバス路線の終点までわずか二五分ほど乗って、さらに一五分ほど歩いたところにその鄙びた村はあった。つまり東京から静岡に行くよりはるかに近いところにお茶の名産地があったということである。家の前に中華鍋のような用具を出して手もみしているおじいさんがいた。下には熾《おき》でもあるのだろうか。もしかすると、緑茶にしては濃いあの色はこういう工程と関係あるのかもしれない。ここのお茶がなぜこまかい等級に分かれていて、高級品は一缶三〇〇元も四〇〇元もするのかよく理解できた。全般にこの村の茶の木はわれわれの常識からするとしょぼしょぼと立っており、刈りこんだ茶の木のような丸みをしていない。これでは多くの収量はとても望めないとみた。なかでもこの村の獅子山の中腹で仙人のように西湖から立ちのぼる靄《もや》を吸って育った茶葉は貴重で高価なのだそうだ。つまり、同じ緑茶であっても静岡などのものとは育成の背景が全然ちがうのだ。後年ぼくはほぼ同緯度の屋久島を訪れたが、そこでうまい比喩を考えついた。それは屋久杉と秋田杉の違いである。秋田杉が一五〇年かけて育つ太さを屋久杉は五〇〇年かけて育つ。それだけ屋久島は養分などの条件が悪いのだが、その分目が詰まり、油分もおおく、耐久性や強度や優美さに独特のものがある。つまり、静岡茶は秋田杉であり、龍井茶は屋久杉なのだ。

銭塘江の「海嘯《かいしょう》」は珍しい現象である。満ち潮が著しい段差を伴って河口を遡るのだが、毎年九、十月ごろの満潮時が見頃だとされている。ぼくは一九九九年の十月に見にいった。昔は死者も出たというので、いまは立派な堤防がめぐらされているが、この堤防ぞいに、また橋の上に鈴なりの人々が押しかけていたのには驚嘆した。一望しただけで一万人くらいは目にはいった。観光バスまで控えている。中国人の物見高さを絵に画いたような情景であるが、見に来るのは九割方男性であって、まだ午後の三時くらいでこうだからいったい仕事のほうはどうなっているの、という感じだ。毎年規模が異なるからおもしろいのだそうで、だから見にくるのはかなりリピーターがいるということ。この年はぼくの見た位置では三メートルくらいの落差でたいしたことはなかったが、翌年の二〇〇〇年には押し寄せた潮が一部の堤防を越え、怪我人が出る騒ぎとなって世界中の新聞種となった。この辺り、ただでさえ対岸がかすむほど川幅が広いので水がどちらに流れているのか見分けがつかず、上流が下流に見えてしまう。この現象は杭州湾への流出口がたまたまくびれていて、満ち潮が銭塘江を遡るタイミングにずれが生じるところにある。鯉幟の鯉がいきいきと身を張るのは尻尾《しっぽ》にくびれがあるからというのに似ている。この日は河を見るより物見高い見物人を眺めたことが、ぼくにとっては面白かった。

さて、中国の風景の美しさはしばしばシルエットにあるとぼくはみている。

船頭が櫂を操って夕陽のまえを漕ぎわたる風景。森のうえに突きでる楼閣の影。石積みのアーチ橋とその上を行き来する人々の姿。それに、釣り人。あれは絵になる。新しいものでは朝もやのなかの早朝の道路掃除人。アーチ橋はこれほど人工のものはないのだが、その対角交流の機能は人と自然の共存の象徴ともとれる。紙、印刷機、火薬、羅針盤は中国四大発明と言われるが、ぼくはひょっとするとアーチ橋も五番目の発明ではないかと思ったことがあって調べてみた。どうやらはじめは東ローマ帝国あたりがさかんだったようだが、中国で底の浅い運河を至るところに造りだすと、下から石を積んでアーチ型の橋を組むのが必然となって、世界でもどこよりも中国らしい風景となって定着してしまったのではないかと思うようになった。そうなると、シルクロード伝いの交流の成果というよりも、昔は案外〝世界各地独自発明〟なんちゅうことがありえたのではないか。のちに西安で会った中国の大学生から「隋朝の工匠李春が橋の建設に力を発揮した」と聞いた。名勝地の松の陰影あり。ここではないが、長い影を落として進む駱駝の隊商もシルエット風景の典型であろう。駱駝というものは脚がすらっとしていて、まるで現代の美女のよう。造物主は味なものを創りたもうたものだ。

四、南部めぐり

――紹　興――

杭州に住むまでは、紹興酒で有名な紹興（シャオシン）が隣町であることなど考えも及ばなかった。隣町といっても五〇キロくらい離れている。行くには、一日に何台も出ている高速バスを利用するが、これは一八・五元。ところがあるとき、ぼくが帰りを急いで紹興の巨大なバスターミナルに向かったとき、赤い字で「杭州」と大書した看板を運転席に掲げた一台のミニバスを見つけて以来、このバスの熱烈なファンになった。ミニバス、中国では小公共汽車（シャオコンゴンチーチョ）というのだが、それは中国の交通事情を補完するようにどこにでもある。だが杭州――紹興間を一〇元でとばすミニバスほど現代中国の〝生きのよさ〟を象徴するものはない。運転手と呼びこみ役兼車掌が組んで客をピックアップして走るのだが、そのペアはときには夫婦と思えるし、ときには知人友人とも思えるが、その売上の成否は運転手より呼びこみ役の肩にかかっているという感じ。

一度なんか、まさに紹興を出ようとするやつにぼくが手を振ったら、折悪しくおまわりさんが交通整理をしていて、規定の場所以外では停まれぬということで、ずっと先を指さした。一人でも乗る気のある客を粗末にしない彼らは、車をのろのろ進ませながらぼくを待ちうけるが、そうはいっても相手はバスだからこっちは懸命に小走りに走り、いくつかの道路を横断し、三百メートルぐらいしてやっと拾ってもらった。そしたらぼくより先に乗っていた客はただ一人。ところがその後も走行しながら通行人に声をかけ、途中適当なところで下車する者もいたが、結局杭州到着までに声を嗄らしてなんと一八人の客をピックアップしてしまった。最初から最後までこれを見ていたぼくは、降りるとき感激のあまりその若い呼びこみ役に、「君はすばらしい営業マンだ」と痛いほど肩を叩いてやった。中国人はただでさえひとに身体を触れられるのを好まないというが、このぼくの馴れ馴れしさにキョトンとしていたが。

それで思い出した。ある日、杭州へ帰ってきたら、駅前で人だかりがしていて男二人が喧嘩をしていた。鼻と鼻をつき合わせて、二センチくらいしか離れていない。口角沫をとばし、大声で口論しているのだが、ふたりとも両手はだらりと下げて、決して殴ったり、取っ組みあったりしようとしない。ただ、ひとを蹴るのは見たことがある。このときは女が男の下肢を蹴ったのだ。列車から降りたばかりで、なにがおもしろくなかったのか、わからない。激しく文句を言いながらだが、男のほうはニヤと笑って仕返すようなことはなかった。

紹興へ行ったら酒の製造を見られるだろう。各種の試飲もできるかもしれない。だがこの期待はまったく裏切られた。紹興博物館すら酒の「サの字」の展示もない。この地域の歴史博物館というところだ。中国では本当に代表的な文化遺産は南京や上海の博物館に収められているように思うのだが、それ以外は地方地方にまかされている。ここでは紀元前一五〇〇年ごろの商の時代の青銅器が目を引いた。全般に中国の青銅器は大きく、かつ繊細な模様のあるものが多いが、それは黄土のような細かいモールド材に恵まれていたことに因るといえる。この種の土は中国全土に黄砂を降らす厄介なものだが、古い遺跡の保持にも好都合だったろうし、中国の色のイメージにもなった。説明の中に、農具と武器の成分分析が出ていたので、興味のある方のために参考に供したい。

	スズ	鉛	銅	その他
劔刃	一七・一八	〇・〇八	八一・六一	一・〇三
鋤	一四・五九	五・六九	七六・四七	三・二五

こんな古い時代から、用途に応じて成分をコントロールしていたのだ。

運河の水もあまり奇麗とはいえない。あの美酒の原料となる水はどこから採っているのであろうか。酒の工廠は大きなものが二つ、その他個人酒造が何十かあるらしいが、そこでタクシーを拾っていきなり工場につけてみた。そしたら「市の紹介状がないと見学できない」とやんわりことわられ、一歩も進めないままに販売コーナーに通された。直売所だからといって特別安いわけではなく、八〇元以上する上物はここでもその価格を維持している。それはそうだろう。現地で廉価販売したら、酒好きはみんなここへ来て一括購入するだろう。それでは市場経済にそぐわない。

酒の工程を見られなかったといって、ぼくは紹興に悪い印象をもたなかった。ここには活力がある。個性がある。プライドがある。いま数十メートル幅の幹線道路を建設中だ。それは酒を中心とした製造業の成果であろう。特筆すべきことは、ここには越州外国語学校という私立の語学校がある。生徒数八〇〇名、英語と日本語を教え、夜間部もあって、日本語の生徒は二〇〇名だと聞いた。ぼくが立ち寄ったのは、こういう学校こそ中国語会話を上手に教えてくれるのではないかと期待したからにほかならない。しかし、外国人向けの授業はないとのことだった。それはまさに、世界に競争力ある紹興酒の輸出が土台にあって成立している学校なのであろう。日本語も、それを使って日本に紹興酒を売りさばく人材を養成しているということだろう。

酒がうまければ、魚介類も新鮮なものをとり揃えている。旅行者にとっても、嬉しい土地である。中国人はあまり帽子をかぶらないという話を前にしたが、紹興には氈帽《せんぼう》（チャンマオ）と呼ばれる伝統的なフェルト帽があり、いまでも老人の愛用者を見かける。

紹興が市の独自性を発揮しようとしているのは実はほかにもある。

それはこの地が昔から数々の人材を産み出してきた、というのだ。杭州にも白易居、蘇軾、マルコ・ポーロと著名な文人がいて、土地の名を高めたが、いずれも陝西省、四川省、イタリアと〝外地の〟人間である。ある紀念館で見た紹興歴代名人簡表には、目ぼしいものだけでも春秋の西施、東晋の王羲之、清朝の秋瑾、民国の魯迅、現代の朱自清（名文家）とある。これは驚いた。各時代に満遍なく、これだけの中国有数の人物をあまり大きくないこの地が輩出してきた、というのだ。この中で、形としてとり上げられているのは、秋瑾記念碑、秋瑾故居、魯迅紀念館、さらに周恩来祖家、周恩来紀念館である。ほかに紀元六五九～七四四年の詩人賀知章の小さな祠がある。

秋瑾《しゅうきん》（チウチン）は日本の実践女学院に学んだ。同校創立者の下田歌子は「大きく育てよ」と教師陣に指示したという。一葉の凄い写真がある。和服を着た秋瑾は美貌であるが、手には抜き身の短刀をもつ。清末の腐敗に怒りを抱き、革命運動に参加して活動していたが、逮捕される。そのとき家にピストルをかくしていたのを見つけられ、処刑される。一九〇七年。子供が二人いた。処刑の現場には胸を張って立つ彼女の白い像がある。いまはCD屋のかける音楽が喧しく、繁華街の雑踏のさ中だ。処刑のあと、清朝に仕える漢人の役人で後を追ったもの複数人ありという。故居には実践の分銅惇作院長が献じた一文も大事に展示されている。奥のほうに、もうすっかり錆びた四丁のピストルが見えた。

武田泰淳に『秋風秋雨人を愁殺す』という秋瑾をテーマとした作品がある。ちなみに、表題は絶命の詞である。これを読むと満人の清朝に対抗する漢人のたたかいという民族主義的対立の構図の上に、漢人への抑圧、清朝にまかしておいたら外国勢力にぼろぼろと国土を切り渡されてしまうという怒りがある。中国人に占める漢族の割合は九四パーセントというから、清朝による支配はもともと無理だったのであろう。のちに最後の皇帝溥儀を引っぱり出して傀儡国家満州国をつくった日本軍部の手法がいかに浅慮であり短慮であったか明白である。しかし中国の博物館では民族の結集を損ねるような記述はつとめて避けているようにぼくには思える。いまは宥和と協力の時代なのだ。大衆が手近で学ぶ紀念館、博物館で過去のことであれ征服、支配のことはあまり持ち出したくないのであろう。秋瑾故居でもそうだし、内蒙古で見た成吉思汗の説明でも「中国統一に貢献した」と書いてあったように記憶する。元から明に代わって、明は万里の長城を大整備した。その当時は、民族間にとても共存する余裕はなかったろう。博物館は〝すべて歴史の進歩に通じた〟というところまでであり、その時代の詳しい状況は書物をつうじて読む必要がありそうだ。余談だが、いま北京の中国革命博物館が改修のため閉鎖されているが、それも否定的評価が定着した文化大革命をどのように説明するか時間をかけて慎重に検討しているところではないだろうか。再開に興味が持たれる。

魯迅は中国の近代文学を代表する作家である。その出身地とあって、魯迅紀念館は大きく、立派である。彼もまた日本に留学した。はじめ医者を志したが、中国人の心を立て直すことの意義に目覚め、作家に転じた。時代の矛盾に真正面から向きあう作家として、決して安泰でなかった証拠には四〇ともいわれる名前で文章を書いたということでもわかる。こうなるとペンネームはおろか変名と言わざるをえない。

周恩来は今日の中国を築いた人々のなかで、人民大衆にもっとも親しまれ、尊敬されている指導者である。日中戦争、国民党との内戦を通じて危険な連絡、交渉にたずさわった人であるだけに、その足跡は各地にあり、それぞれの地域が「そこで周は何をしたか」の業績を賛える紀念館を建てた。紹興は彼の祖父の出身地であり、保存された家からぼくは清代の落ち着いた旧家の生活ぶりを感じとることができた。日本では東亜高等予備校に学んだが、それ以上の進学を果たせず、フランスに移り、生涯を決定づける基礎となったのはフランス留学ではなかったろうか。日中関係が悪化し、日本軍国主義によって多大の犠牲を蒙りながら、終戦処理に当たって日本に対して報復主義をとらなかった中心の人物であったようだ。あの透徹した、美しい眼光のかげに、どんな思想形成があったのか。戦後の活躍ぶりを見ても、つねに将来の世界のあるべき姿を視野にいれながら行動した大政治家であった。

紹興にかかわるこの三人はいずれも日本留学の経験者である。とても貧困な階級に育ったとは言えないにもかかわらず、民衆の側に立つことができたのは、近代の中国が単に貧困の問題ばかりでなく、腐敗、近代化の遅れ、国の不統一によってしばしば外国の屈辱的な支配を受けなければならなかった実態を、彼らの純粋なまなざしがそらすことができなかったからだろう。

ある壁画を見ようと近所のおばさんに聞いたら、その家のすぐ裏手だと子供に案内させてくれた。その帰り、小学生のその子が逆に質問してきたのはくしゃくしゃになるほど読みこんだ、中国語に翻訳した日本マンガについてだった。そこでは「ダ、ダァーッ」とか「ひそひそ」とか日本語の擬音表現がそのまま当て字で中文訳してあったから、子供には判らなかったのだ。

なんとなく日本と距離の近いところだなあ、と思った。

――蘇州――

橋梁の風景で名高い蘇州（スーチョウ）は早くからぼくがもっとも訪ねてみたいと思っていた所である。だが行ってみて、裏切られた。

たしかに今でも運河が走り、橋もあれば、両岸に立つ家並みは古風である。だがそれはその一画かぎりなのだ。写真を撮ればいまでも美しい構図がえられる。しかしその写真の構図から一メートル外れたら、まったくそれにそぐわない別な世界が取りつけたように存在する。それが数十メートルでも数百メートルでも続く。つまり額縁なのだ。名所とされながら保護を怠った、たしかな例がここにある。

では何を優先したのか。経済発展である。そのためにやたらと建物がたち、人口がふえ、車がふえ、運河による輸送は抛擲《ほうてき》され、水も空気も汚れた。とりわけ自転車の洪水は異常で、自転車と自転車がぶつかり合って口論している風景を何度か見かけた。「上に天国あり、下に蘇杭がある」と謳われたように、蘇州は杭州と並び称された名勝地だが、いまや杭州とはあまりにもかけ離れている。

中国では国家的重点政策とか国家的保護を加えるものは政府が主導したり援助したりしているように思えるが、それ以外は各級の自治体に任されているものと思われる。それが杭州と紹興のように隣同士で別な特長をだす競り合いをするという結果になっているように思う。実際、旅行者にとっても隣の村、隣の町に行くにも「今度はどんな農産物を作っているかな」「どんな名所があるのかな」という期待につながる。それはとてもいい。

蘇州は工業化を選んだのでないだろうか。そのとき蘇州が中国でも、いや世界でも比類のない美しい橋梁風景をもっていることを忘れてしまった。いや、滄浪亭、留園、拙政園、獅子林という四大庭園があるよ、というかもしれない。だがそこにあるのはミニチュア化した運河であり、橋であり、小舟であって、味もそっけもないものであって、ぼくは庭園を二つ見てやめてしまった。新たな経済力を得て、ホテルやレストランは立派なものが建った。「魚米の里」として味の方も健在である。だが環境は悪化し、使われない運河の水は淀んでいる。人心すらも荒れてしまった。使われないのは時の流れかもしれないが、川岸の家並みの改造を認めないところまでやったのなら、河川の保護も怠るべきでなかった。三年前に訪れた者でも〝ずいぶん変わってしまったな〟という印象をもつようだ。

石橋の上から運河を眺めながら嘆いていると、川岸の白い家の小窓が人の姿も見せずさっと開いて、手から二、三枚のチリ紙がほうり出された。はらはらと舞って水面についたときには、窓は事もなげに閉じられていた。チリ紙は汚水の上にしばらくは浮かんでいたが、やがて沈んでいった。

たしか蘇州はユネスコの世界遺産ではなかったかと思ったが、正しくは「蘇州の古典庭園」が文化遺産として世界遺産に登録されている。やはり蘇州のすべての〝橋梁〟が世界遺産として早くから登録されて保護してほしかったな、というのが実感である。〝庭園〟と〝橋梁〟とでは、住民の共存の感覚が全然ちがうだろうから。

ひとつ、おすすめがある。

蘇州、杭州間をつなぐフェリーは中国風情を味わう絶好の乗り物だということ。この両都市を結ぶ鉄道は上海を回らなくてはならない煩わしさがあり、バスや船はその点ダイレクトに行ける。そのうえ船の発着所の位置がいい。蘇州では幹線道路の両端に鉄道駅と波止場があり、杭州では市中心部に占める武林広場の裏手、京杭運河ぞいにあり、鉄道のメイン駅よりはるかに便利だ。両市とも夕方五時とか五時半に出航して、朝の七時台に目的地に着く。

フェリーといっても車を乗せたりしている様子はないが、乗船客は前後につないだ二隻に一〇〇人くらい乗れそうだ。この船が運河を航行していることは、夜中に船室の外に出てみると闇の中につねに両側に堤防が見えることからわかる。明るいうちはサトウキビ畑が見えたりする。大きな平船だが運河だからあまり揺れることはない。ただディーゼルエンジンのプスップスッチャッチャッチャッチャという独特な間歇音だけがしじまにこだまし、旅情をかきたててくれる。

それは行き交う船の対話でもある。この音を聞くと、中国大陸は夜でも起きているな、とつくづく思う。実際、デッキから見ると、一五メートルくらいの小さな船でもかならず二人は乗っており、それが若い夫婦だったりして、色物の洗濯物をへんぽんとはためかして進む。川を上るにも下るにも船を無人で操作することはできないから、一人は仮眠しても一人は覚めている。積み荷は煉瓦とか建設用の砂利とか浚渫泥とかたいした物でない場合が多いが、なかには幌をかぶせているものがあり、段ボールに詰めたのは工業製品とか部品かと思われる。

中国では列車内で湯のサービスがあるが、フェリーでも同様である。「開水」（カイシュイ）という。ただし、大抵デッキのタンクで供給しているから、そこまで備えつけのポットをもって取りにいかなくてはならない。乗客は即席ラーメンに湯をさしたり、お茶を飲んだりして船室で過ごす。船室は四人ずつになっていて、一人ずつベッドのスペースがもらえる。あるときは出港直前に切符を買ったものだから、ちょうど端数になったのか、ぼくは中国の若い娘さんと二人だけになってしまった。彼女はよほどの読書好きとみえて、寝ころんでも立っても読んでいた。清の乾隆帝かなんかのぶ厚い伝記だったように思う。それでも少しは二人で口をきいて、彼女が広州に住む運輸会社の事務員で、休暇をとってこの地方一帯を旅していることがわかった。船室といっても、廊下側からはまるまる見える硝子ドアになっているのだが、船側が未知の男女を一緒にしておくのはまずいと思ったのか、夜遅い時刻に同室者を追加してきた。ドヤドヤと入ってきた二人の男は背広姿ではあるが、どうやらこの船の船員らしい。そのうちの一人はすこし酒気をおびていて、ぼくに話しかけてまもなく、名刺をつきつけて「お前のもよこせ」というそぶりを示したが、ぼくは断った。中国人がロシヤ人などと異なるのは、名刺をやたらと配って、それで得た人脈をたよりに道を開こうとすることだ。彼にとってはぼくは利用価値があると見たかもしれないが、ぼくにとってはまったく得にならない。ロシヤだったら、ひとに住所など簡単におしえたりはしない。

朝になって、下船の準備に彼らは出ていったが、小姐（シャオジエ）とはまた下手な会話が再開した。彼らがちょっかいを入れるよりこちらが信頼感をもって親しくなっていた証拠には、住所、氏名、電話番号を知らせ合い、下船のときには軽く肩を抱いて別れを惜しんだことにも表れている。

——周荘——

蘇州が大事な財産の維持を手抜かったあいだに、逆にみずからの橋梁風景の保護にのり出して浮上してきたのが周荘（ヂョウヂュアン）である。周荘は蘇州と上海のあいだ、この辺りにいくらでもある水郷地帯のひとつである。昆山市に属する。

ぼくが行ったのは、ある冬の朝六時頃、上海側からであった。滬青平公路を走るミニバスに乗り、青浦で降りて乗りかえた。中国では観光地では公共トイレが完備しているが、このように田園風景を走る場合、なにもない。早朝三〇キロも走るあいだ、ぼくは暖房のないバスの後ろのほうで、どこからともなく忍びよる冷気にたまらず、ついに呼びこみ役の男にどこかで止めてくれと頼んだ。バスは停まった。一分以上もする長いトイレだった。だれも笑いもしなかった。おそらくこういうことを覚悟して利用者は水気を控えめにして乗っているのでないか。

青浦で乗りかえたときも、どこに橋梁風景があるかというところに放りだされた。茫然としていると、ツツと一台のバイクが寄ってきて「乗れ」と誘う。女の子なら悩んでしまうところだろうが、後部席にかじかんだ手でつかまりながら、次のミニバス発車地点まで乗せてもらった。五元。これも中国によくあるアイデアから出た個人商売のひとつである。着いたところにバスがいて、すでに周荘を目指す客が何人か乗って待っていた。この辺りになると水郷の雰囲気がただよっている。

周荘のバスターミナルに着いてから、ワッと寄ってきたのが、日焼けした幌つき自転車のおっさんたちである。そのうちのしつこいのが、駅を出ても追ってきて、ぼくは「歩いていく」と一旦はことわったが、見どころは大分先らしいとわかって「いくらだ」と聞いた。「三〇元出せば案内もする」。ぼくは親父の熱心さに従うことにした。

着いた。運河というより水路があって、大きな門があって、水路の一方の側に展開する幾多の小さな店。どこから集まってきたかと思えるおびただしい人々が石畳の水路ぞいを歩く。地べたに敷物をしいて小物を並べる〝店〟もある。もはや幌つき自転車も入れない。ぼくは幌から降りて、おっさんの後をつかず離れず歩く。橋に出くわすたびに水路の側に立つ。水は奇麗だ。そこに懸かる橋は美しい。何隻か舟を繋いでいるところがあった。その舟は船頭が棹をついて客人を導くためのものだ。この地域はこの一帯をとても大事にしているぞ、と感じた。

それをさらに裏づけたのは、途中にあったタイル貼りのトイレがとてもきれいで、なんと手洗い用に温水をちびちびと流していたのだ。手洗い水もないこともあるのにこんなの初めてだ。これはきっと地域興しの立派なリーダーがいるにちがいない。環境保護にこれだけの意気ごみを感じさせるところなんか滅多にあるものでない。ぼくは感激した。

帰りも同じ幌に乗って戻った。橋梁風景のある一帯の裏は静かな白壁の家並みが見える。老百姓（ラオバイシン）の家だそうだ。割合、大きな家である。メイン通りにさしかかると、川えびの水槽を並べた食堂が目についた。「この先は歩いて帰るからいいよ」とカネを払って降り、ぼくは昼飯に好物のエビ炒めを注文した。奥さんが準備するあいだ、ぼくは店の主人と気さくに話をした。

さて、食べ終わって、支払いの段になって聞くと、主人は「六〇元だ」と言う。

「おい、おい。すこし高いのじゃないの」

普通、南部地方でこの種の食事は三〇～四〇元が限度だ。

「それに、俺は本場の杭州から来たんだぜ」

しばらく押し問答していると、はたで見ていた身長一七〇センチくらいある中学生の息子が、親父をなじるように目配せした。それは〃またやってるな〃という非難のまなざしだった。ぼくはこれを見逃さず、すかさず言った。

「親父さん、すばらしい息子さんをお持ちじゃないか。彼は中国の未来だ」

親父もこれには降参し、ぼったくりを認めてあらためてメニュを見せ、四五元に訂正した。ぼくは払ったあと、息子の肩を叩き、堅く手を握り、大仰に「すばらしい息子だよ。中国の未来だよ」と親父にもう一度確認するように絶賛してやった。長身の息子はテレていたが、親父も息子を褒められてまんざら悪い気はしなかったろう。

日本と同じように、中国でも子供が扱いにくくなった、という話は多々ある。だが実際きいてみると、子供のほうが筋が通っていることがよくある。彼らは親の世代にある、大陸に住みながらみみっちい生きざまをすることに決別しようとしているようだ。

――南　京――

杭州から南京（ナンジン）へは鉄道で行けるが、それだといったん上海に出て北上するかたちになるので、まずフェリーで蘇州へ行き、そこから高速バスで向かうことにした。夕方発のフェリーは上席でも八五元かそこらで移動と宿泊を兼ねて一日を過ごせ、おまけに船内は自由に歩きまわれる。ただ、担当者次第でトイレがきれいだったり、汚かったりし、このときもあまりよくなかったもんだから、よそのキャビンにいた日本人の若者たちが立ち話で「恋人とは一緒に乗れないなあ」と嘆いていた。

南京は大きな都市である。人々はどこか物腰がやわらかく、言葉は標準語で、国民政府の首都であっただけに、背丈のさまざまな南北両系の人々が混在して住んでいるように見えた。中国では、杭州でも上海でもあるいは北京でも、一〇元でタクシーに乗ればたいてい要所から要所へ移動できるものだが、南京ではそうはいかない。それだけ広いのだ。

最初に比較的となり合っている中山陵と明孝陵へ行った。

中山陵、これは孫文の陵である。中山陵とは孫文の号中山から来たものである。孫中山は中国大陸でも台湾でもひとしく尊敬され、大事にされている。だから南京以外にも広州や台湾にも記念する名所は存在する。彼は広東省香山（中山）県の出身である。孫文は中国近代民主革命の祖であるが、具体的にはそれまでさまざまな皇帝が出現しては消えた歴史をもつ中国に共和制をもたらしたということにある。もともと少数派の満州族の清朝が中国全土を統治するのは滅びる運命にあったかもしれないが、そのとき彼はデモクラットとして皇帝という制度をやめるという画期的改革を果たしたのである。しばしば日本に来た人であり、日本で逆説的にどんな思想形成をしたのか大変興味がもたれるところである。

中台双方から尊敬をあつめている人物にはほかに張学良がいる。一九三六年、内戦を強化し紅軍討伐の督戦に西安にきた蔣介石を逆に監禁して、国共が協同して抗日に当たるよう路線転換させた。ために学良は以後戦後も軟禁されたままになる。寡黙で国民党、共産党のどっちにも偏ることも言わず、書にも「不怕死　不愛銭　大夫決不受人憐」（死を恐れず、金銭を愛さず、男たるもの決してひとの憐《あわ》れみを受けず）というのがあり、抗日ながら日本人にも共感を得やすい人物だ。関東軍の謀略により父張作霖が爆殺されたのが一九二八年六月四日、学良三〇歳の誕生日であった。この爆殺事件が彼を抗日の士に鍛えあげたのは間違いない。場所は瀋陽駅に通じる鉄道線路で、列車もろとも吹っとばした。瀋陽領事館逃げこみ事件で〝主権侵犯だ、謝れ〟とあまりデカい口を利くことが、中国人民にどんな印象を与えるだろうか。NHKがかつて蔣総統に取材したとき、「恨みに報いるに恨みをもってしない」と言ったことがあったそうだが、のちに同じ質問を受けて、張学良は「日本は中国に謝罪（賠罪）すべきだ」と断乎として答えた、という（NHK取材班「張学良の昭和史最後の発言」角川書店）。村山発言より前のことだが、村山発言は文書ではないし、納得したかどうか。歴史の教材になる人物である。

二〇〇一年十月十四日、ハワイで世を去る。一〇〇歳だった。

孫文の廟にたどりつくまでは、みごとな針葉樹に覆われた山腹に一直線に敷かれた石畳を歩かねばならない。しかし、ここは山腹であるから往きも帰りも雄大な立体的パノラマが展望できて、およそ疲れを感じさせない。途中、建物となった門があり、廟ははるか先だが、ともに藍色の釉で焼いた甍をいただいていて、これが周辺の針葉樹に溶けこんでまことに美しい。廟には孫文の巨大な像はあるが、説明は簡素で、目立つのは彼の掲げたスローガン「民族、民権、民生」である。

どこの国へ行っても、その国特有の色彩があるものであって、中国人の好む色のなかでは、朱のような赤、うすい空色、青に緑をふくんだような藍色、この三色がぼくは好きだ。その一つがここに使われているわけ。それと対照的に、つぎの明孝陵はいまの朱のような赤とこい黄色を基調としている。明《ミン》の朝廷の好みだろうか。

明孝陵は同じ山の裏側にある。明の初代皇帝朱元璋の廟といわれる。大きな壁は赤茶色とこい黄色に塗られ、これがまた自然の緑と対照によくマッチして、中山陵とはべつな美しさがある。この参道とは直角方向になるのだが、駱駝、麒麟、象、馬、獅子などの動物像を配した参道があるが、本来それが入口なのかもしれない。このような動物像を配列した参道は北京の明陵である十三陵にもあって、訪ねるひとの心をなごませてくれるが、よく見ると北京のはそれぞれが白の一枚岩から彫りだしたものであって、年代も書いてあり、本格的だという気がした。

このあたりのみやげ物屋は玉《ぎょく》というか、瑪瑙のような石を素材にした製品がおおく、見ただけで目の保養になる。ことに置物の類は、同じものが二つとなく、雲海につき出た山であったり、なにかの枝の姿をしていたり、さまざまである。留学生の身では買う気にもなれず、また重いということもあるが、偶然に発見してこれだけに磨きあげたものが二〇〇元もしない値段で販売されているのを見ると驚いてしまう。中国はＷＴＯ加盟後に観光をもっとも競争力の強い分野と位置づけているが、それはみやげ物についても言えることである。

中国選りすぐりの文物を集めている点で南京博物館と上海博物館は必見である。博物館では石器、青銅器、瓷器（焼き物）、漆器、絲綢（スーチョウ、絹織物）、刺繍、現代美術と分かれて見やすい。いちばん古いものでBC五〇〇〇年くらいのものだと見分けたが、小指ほどの石の先端にあきらかに人間が彫ったとみられる動物かなにかの姿があった。しかし、古いものはさすがにそう多くはない。分野としては瓷器、漆器の作品がすぐれているなと思ったが、明代、清代が盛んだったことがよくわかる。ここでも明代の陶器が赤系統、清代が青系統と好みを分けているようだった。またわれわれにとって元の時代は武力一本槍かと思っていたが、なかなか精緻な作品もあったのはおもしろい。

中国有数の南京博物館でも紀元前の古いものはそう多くはない。二〇〇〇年十月二十四日から十二月十七日まで、東京上野の国立博物館で「中国国宝展」が開催されたが、五千年前の彩陶文化がいくつも展示されているのにびっくりした。一体、どこの所蔵品だろうと見てみると、「中国考古学研究所」とあった。上海や南京の博物館にもすくないものだ。片や、新しく発見された、美術的価値のきわめて高い青州の菩薩像が何体も出品されていた。おそらく平山郁夫さんなどのご努力に中国側が応えたものかもしれないが、これだけのものは中国国内でもそう簡単に一堂で鑑賞できるものではない。もっとも、この直後には北京で同じ企画で展示することをどこかで読んだが。

まさに国宝級文物を日本人のために惜しげもなく提供したということ。中国側のだれが決断したことなのだろうか。

五千年前となると、数年前青森市で発見された縄文時代の大集落「三内丸山遺跡」は感激的だった。あそこに国立の博物館を創設する価値がある。中国でも近年黄河文明とならぶ揚子江文明が続々発見されつつあると聞く。それにつけても、ちょっと残念だと思うことは、上野の国立博物館を訪れた外国人が強いインパクトを受けるかどうかというと、はなはだこころもとない。二〇〇〇年には東京都現代美術館で〝近代洋画のあゆみ〟を追う展覧会が催されたが、行ってみて、主要作品がほとんど揃えられていないのにがっかりした。明治以降の洋画の発展は世界にも誇れるものだと思う。だが、それは東京国立近代美術館などで収蔵の努力はなされているようだが、日本人ですら体系的には画集でしか見られない。戦争のあいだに、収蔵事業が遅れたのだろう。日本画についても、宮内庁あたりが系統的に所蔵しているのなら、一般の人々にも時をおいて開放してほしいものだ。

最近、ぼくはこう考える。中国にはこういう文化遺産がある。日本ではこういうものが出土した。こうなれば、昔から交流のある隣国の成果を我がことのように喜びあうことがよいのではないかということである。過去の歴史を見るに、中国の文化遺産は西洋に比べても、遺っている数、技巧や美しさからみて、きわめて優れたものだ。つまり、アジアは昔、文化的にヨーロッパに決して劣っていたのではない、という再確認。

と同時に、経済では高度成長の先頭を切っている中国が、現代の絵画や音楽や文学で十分な発信をしていないのも事実ではないか。

ぼくが行ったとき、南京博物館ではアフリカ美術展を併催していた。作品は木彫なのだが、いずれも目を奪うほどすぐれた形象の逸品ぞろいで、それが当てられたコーナーに所せましと並んでいた。中国は第三世界の発展に非常に力を入れている。学園でもアフリカ祭りのようなことをやって励ましている。かつてアフリカはソ連の強い影響下にあるとみられたが、いまは国際社会で中国の強い支持基盤になっているように思われる。中国への留学生も多く、マリ共和国などは杭州に複数の女子学生まで送っていた。この美術展も中国側からの要請にアフリカ諸国が最良のものを提供して応えたものにちがいない。

残念なことに、鑑賞に来ている中国人がきわめて少ない。宣伝もゆき届いていないのではないか。大衆の鑑賞眼も創造の力も、かつて世界の文化をリードしたような状態にないということだ。伝統の国画の技術は伝えられているし、特有の勢いとか器用さ、繊細さもそなえている。しかし、それだけでは世界に訴える名作になるわけではない。むしろ、ぼくは今後中国からは小説とかノンフィクションの分野から先に世界をどよもすような作品が出てくる可能性があるとみている。いまの中国はそのまま経緯を書いただけでも話になるし、その〝時空観〟はショッキングだ。人脈社会といわれるから優秀でさえあれば大学の教授になれるとはかぎらないし、もしかするとタクシーの運転手をやっているような人のなかから大作家が誕生するかもしれない。すでに投稿短編を集めた雑誌が市販されているし、だいいち、一人っ子政策でどこの家も教育熱心だからこれから中国の本好きは増える一方だろう。いい著書を待ちうける基盤は整っている。ている。杭州の図書館では貸出しは二冊だが、期間は一カ月と長い。

さらに訪ねたのは周恩来の梅園新村紀念館と南京大虐殺紀念館である。梅園紀念館は一九四六年五月から四九年三月まで周恩来、董必武ら中国共産党代表団が国民党と交渉したときの施設を保存してある。そのとき国民党特務が覗いた隠し窓も残っている。以前、周恩来は妻と商人夫婦の姿に変装して移動中、日本軍に問いつめられたことがあったとどこかで読んだが、重責を果たしながら生き残れたのは世界歴史のために慶びたい。一九七六年に周恩来、毛沢東と続けて亡くなったが、若干の意見の相違があっても毛沢東に合わせてきた人だけに、長生きして鄧小平に先駆けて指導してほしかった人である。まして、中国人はもっとそう思っているであろう。文化大革命の異常さに不満をもっていた人民大衆がついに立ち上がったのはまさに周恩来の死を契機に天安門広場に集まったところからであった。文革という回り道をしないで、毛沢東が周恩来に思う存分まかせるようであれば、それがいちばんよかった。文革は毛沢東が晩年に犯した誤りであった。文学の世界でもノーベル賞の候補にあげられていた老舎は文革のさなかに自殺した。

南京大虐殺紀念館は一九三七年十二月の日本軍入城のさいおこなった南京虐殺のみを扱ったテーマ館である。ここへ向かう足は重いが、日本人としてこれを見ずして南京を去るわけにいかない。主要なものは写真パネルによる展示である。揚子江岸に漂う見るも無残なおびただしい死体の群れがあれば、中心的に関与した師団長谷寿夫らが国民政府南京国防部法廷の判決により処刑された情景もある。同胞の無残な姿を見れば、中国人にとってここまで出さなければいられないものがあろう。東京裁判における中支方面軍司令官松井石根大将の写真もある。この人については、死刑執行の直前に教誨師に語ったといわれることは、ぼくは本当だろうと信じる。彼が入城したときすでに狼藉を極めており、軍司令官を集めて自分の望まない方向に暴走したことへの無念を語ったら、司令官のなかには「あたりまえですよ」と答えたのがいた、というのだ。かくして、何万人の捕虜を司令官が「処分せよ」と命じ、強姦は放任された。そうであっても、統括しきれなかった総司令官の責任は問われるし、とくに一般民衆に対する加害については、今後の戦争においてますます厳しくなるにちがいない。中国全土に遺棄した化学爆弾の莫大な費用をかけての処理を見ても、他国の領土に攻めこんで獲ればトクをする時代は終わりなのだ。

ぼくがゆっくりパネルを見て歩いていると、一人の中国人が「お前は日本人か」と詰問してきた。大きくはないが、屈強そうな、目の光った、四〇くらいの男である。ぼくはまったく口を閉ざして答えなかった。こわい、とか、報復をおそれて、とかいうことではない。ぼくは自分が批判している日本軍の行為に対して、それがしかし自分にも責任を問うている苦い思いを噛みしめていた。それを確認するためには無言で、一人きりになることが必要だったのだ。

ぼくはかつて「中国」という詩を書いたことがある。

中国

あなたのとなりに子供がいます
「お父さん、お母さん、ずうっとずうっと手をにぎっていてよ」
そう言いながらも子供の手は自ずからゆるんでいきます
――子供は寝入ってしまいました
でも子供はそこにいます

もしそのとき、あなたがそうっと抜け出して
いまのうちに置き去りにして逃げて行く
――幾十里　幾百里　幾年　幾十年

子供は毎日ご飯を食べます
毎日三度ご飯を食べます
母を憶い父を慕い流す涙も涸れながらご飯を食べます
食べさせてくれる「親」がいます

南京をはじめ計り知れない無辜の同胞を
日本軍に殺されながら、それでも日本人の子に食事を与えてくれる民がいます
――中国は懐《ふところ》の宏い邦です
――中国は……重い邦です

第二次世界大戦で日本は敗れた。しかし、中国には〝二度敗れた〟と考えるべきだ、とぼくは思う。一つには戦争そのものに。もう一つは思想的に。敵国の子供を残されて、それが日本人だったら成人するまで保護し、食べ物をあたえて育てただろうか。胸に手を当てて考えてみたい。

パネルの地下室を出て、敷地の反対側の一角に建物があり、その中に土堤があって、犠牲者の遺骨が敷きつめられている。隣にもなにか建設中のものがあって、何を予定しているのかわからなかったが、総じて頭蓋骨など遺骨の収集はもっと進められてしかるべきだと思った。過去の忌まわしい事件を再発させないために、辛い記憶を消してはならないから。それはアウシュビッツでもポルポトのカンボジアでもルアンダでも同じだ。人類の教材として――。

翌日、ぼくは紀念館の図からいちばん虐殺死体が集まっていたと思われる地点を求めて、長

江大橋へ向かった。この辺の川幅は二キロくらい。いまは立て札などなんにもない。これまで書物や証言を通して学んできたところでは、揚子江を背に捕らえた群衆を立たせ、三方から機関銃で十字砲火を浴びせた例が多かったとみられる。そのとき群衆は機関銃の水平撃ちから逃れようとひとの上に乗り、山のように何度もとがってはついえたといわれる。

銃剣で刺す、日本刀で首を切り落とす、というもっとも残忍で〝嗜虐的な〟殺人もさかんに行われた。

最近、南京大虐殺の生存者六〇〇人の証言をまとめた本が南京大学から出版され、同時に加藤実牧師によって翻訳された日本語版も出版された。機銃で殺され、銃剣で刺され、そのあとの日本兵によるきびしい点検も逃れて助かった人々である。死んだふりして夜陰に乗じて、川を渡って逃げのびたような例が多いが、それだって弾創を受けてきたない川を渡れば、それだけで内臓まで化膿して治療も及ばず亡くなった方もいただろう。そう考えると、この生存者がいかに希少で、その何百倍もの人が犠牲になったろうと想像される。だが、この本の記述は事実だけを淡々と述べる抑制のきいたものとなっている。九九年に日本でもストーク社発行、星雲社発売で『この事実を……』というタイトルで市販された。重苦しく、ぼくは一日に五〇ページ読むのもやっとだった。

中国政府が大衆をセンセーショナルに導こうとしているものではないことを理解したい。南京でもっとも中心的な施設は中山陵であり、虐殺紀念館の敷地ははるかに小さい。一九九九年に大阪で〝南京虐殺はなかった〟とする集会が開かれたという記事も、週刊タブロイド紙「地球週報」では第一面全面に載せられたが、その何十倍も発行部数のある大新聞に同様にとりあげられたわけではまだない。記事の写真は毅然として抗議に立つ一僧侶と市民団体の数人で、日本人がみなそう思っているわけではないことを併せて紹介している。中国の日本に対する姿勢は決して報復を意図したものではない。つまり、日本がかつての道をふたたび歩もうとしているのか、注視しているというところだろう。それに対しては、日本人が過去を正視し、これは〝いけなかったことだ〟と自覚しているかどうかが重要だ。二〇〇〇年十月十四日にＴＢＳが試みた朱鎔基首相との対話で発表された調査によると、「日本は十分謝罪したか」という問いに対して、「していないと思う」と答えたのが日本人では三九パーセント、中国人では八七パーセントとなっている。ここから中国人の苛立ちを感じないわけにはいかない。

いまから四六年前に、みすず書房から出版された『夜と霧』という本がベストセラーになった。ユダヤ人の精神医学者ヴィクトル・Ｅ・フランクル教授はナチスドイツによりアウシュヴィッツ収容所に送られるが、奇蹟的に生還した一人である。これはその実体験の記録だ。その本の冒頭に出版社がつけた資料に A. G. Enock の This War Business から採った第二次世界大戦（一九三五―一九四五）戦争犠牲者数のデータがある。原文で見ると、ポーランドの「一般市民の死者及び行方不明数」が五〇〇万となっているのに対して、中国民衆のそれは「厖大な人数」と記述され、ポーランドの五〇〇万に劣らないことを言外に意味している！　アジア全体で二〇〇〇万ともいわれてきた。ちなみに中国の「戦死及び行方不明」は一五〇万だ。中国に戦争を仕掛けたのは日本だけである。われわれは南京虐殺の数の論争に留まっていてはならない。中国全土でなにをやったか、ということだと思う。実際、ぼくが小学生であったとき、「中国人はあきらめが早く、〝没法子〟（メイファーズ）と言って死んでくれるから、首を切るのも簡単だ」ということを平然と聞かされていた。こうした言葉が小学生にまで届いていたということは、中国大陸で日本軍が日常的に残虐行為を繰りかえしていたということだろう。にもかかわらず、一九四五年の敗戦の一時期を除いて、日本人が中国で中国人に殴られたという話も聞いていない。日本人が中国を自由に歩けるからといって、中国人が日本人に好意をもっているなぞと考えてはならないのかもしれない。ところが、ここ数年、おもに大学教授のポストにいて〝日本の歴史に自信を持とう。この前の戦争もアジアの植民地解放のためだった〟という「自由主義史観」なる俗流史観を主張する一派がでてきた。ついにはその主張をとりこんだ中学歴史教科書まで作ってしまった。これは犠牲となった国の人々の心情を逆なですることおびただしい。さすがに、歴史学者ではこういうことを主張するひとはごくまれのようだが。

もし、そういうことを言うなら、あえて問おう。

「それほど日本の対外政策や日本軍の進軍が立派であったというのなら、同じことを中国でも韓国でも日本にやってもいい、とあなたは言いきれますか？」

それは、たった一回でも、一年間だけでも耐えがたく、恐ろしいことだ。

本多勝一氏の『南京への道』（朝日新聞社）を読んでいたら、南京攻略の前哨となる上海事変に参加して中国でやったことをそのまま復員後も日本で実行して、連続強姦殺人の罪で死刑になったある男の話が出ていた。その名は小平義男。予審調書のなかで、彼は言う。「強盗強姦は日本軍隊のつきものですよ。銃剣で突き刺したり、妊娠している女を銃剣で刺して子供を出したりしました。私も五、六人はやっています」

もはや、否定のしようがない。謙虚に頭《こうべ》を垂れ、二度とこういう過ちをしない努力をするよりほかに日本人の生きるすべはない。そうすることによってのみ、ぼくらは人間として成長できるはずだ。

後世に歴史問題を正しく伝える必要がある。それには、一、戦争の実態をありのままに学ぶ。石油問題や国内経済の行き詰まりをとり上げるとともに、謀略から始まった開戦や宣戦なしの奇襲、掃討作戦の実態、一般民衆への加害、言論統制や徴兵、戦死、物資の不足、原爆……。ぼくは、中国に関連して、つぎのことを含めて伝える必要があると思う。つまり、それにもかかわらず、二、中国は賠償権を放棄した。そればかりか、三、中国共産党が率いる人民解放軍は日本の戦争犯罪人について罪を告白した者は処刑しないで釈放した。この人たちのなかから、余生を日中友好のためにつくした人がたくさんいる。

ここまで次世代に伝えることによって、これからの日中関係がどうあるべきか、考える方向が出てくるであろう。中国は報復主義でない高い立場に立って、未来を見据えた終戦処理をした。かつて日本が日清戦争に勝ったとき、一八九五年の下関条約で、遼東半島、台湾、澎湖諸島の割譲、二億両の賠償金の支払いを清国に約束させた。中華人民共和国の対応はこれとはまったく異なっていた。過去の歴史に目を覆わないことこそが、たしかな未来を作りだす。

一方、ぼくは戦後の日本が駄目だとは思っていない。

アメリカの影響が大きかったのは、単にアメリカが強かっただけではなく、それだけアメリカ民主主義が鮮烈で、魅力的だったからだ。技術や人間のあり方からみて、軍国主義がなぜ敗れたのかよくわかった。不満があるとすれば、冷戦の論理に立って、アメリカが日本を自己の陣営に取りこもうとして改革の不徹底を許し、自国に協力させる軍事力を強いたことである。さらに、ほとんど単一の政党による長期政権下で日本国民自身による戦争責任の追及はまったく不十分のままで来てしまった。だが、太平洋戦争を経て、日本人はアメリカや日本の為政者の期待さえのり越えて、圧倒的に〝戦争嫌い〟になった。これは日本人みずからが獲得したものである。

戦後の経済は、通産省のどなたかが言ったように、〝町人道〟を追うことによって、成功した。コマーシャルベースで外国から原料を買い、優れた技術で加工して、ひろくかつ深耕された国内市場で売るとともに、高品質品を求める外国市場に輸出する。そこから生まれた貿易黒字で中近東から石油を買う。戦前になぜこれができなかったのか。日本が唯一の〝資源〟として「技術の優位性」をキープしようとするのは今後とも不可欠であろう。

ぼくは趣味のサークル、街の外国語教室、外国留学の経験のなかで、個性的で能力の高い、尊敬に値する魅力的な人々を老若や男女を問わずたくさん見てきた。聞いてみると、いわゆる〝エリート校〟出身者はほとんどいない。国内でもいろんな情報をとりやすいし、そうしたなかで育った人がNGOや国連機関などで活躍できればとてもよいことだ。そういう下支えになることは、安全保障理事国になるよりふさわしいように思う。

いま、青少年犯罪に異常な事態が生じているのは、社会が先に進めなくなった閉塞感と関係があるように思う。牢固としたタテ社会を壊し、いろんな生き方を可能にするような改革が強く求められている。ただ「言論の自由」ということは、〝歴史の過ちを繰りかえすな〟と国内、国際世論が確認したことを、ふたたび〝美化〟することまで保証することなのか、ドイツ政府がとってきた方針と見比べてみても、はなはだ疑問である。中国人の、とくに知識人のなかに、日本人への不信があると言われるが、ぼくはいまの日本の言論状況をみて、彼らが苛立ちを感じているとしても、それは不当であると思わない。〝戦争をしよう〟という勢力がふたたび頭をもたげないと言いきれないからだ。

中国に対する二兆五〇〇〇万円におよぶ円借款についても、これは大変意義があったと思う。このような形で中国の経済建設に役立ち、社会を安定させるなら、それは〝戦争の原因〟を取り除くことになるからだ。さらには環太平洋の経済循環の土台作りにもつながるであろう。中国人はこれを知らされていない、という声もあるが、上海出身の毛君という大学院生がかつて

「日本からの低利の借款がどんなに中国の経済建設に役立っているか」と熱く語ったのをぼくは覚えている。ぼく自身でも新聞記事のなかで、日本の援助でなされた事業の話を散見している。

逆に、中国からも日本が十分に中国を紹介していないという不満があるのでないか。一九九九年十月一日の建国五〇周年国慶節は二時間におよぶパレードを中心に盛大なものであった。ところが帰国して聞いてみても、だれも「そういう映像は見ていない」と言う。あのとき、赤いミニスカートの女性部隊の行進は映像としても文句なく美しいものであったが、なんらかの圧力なり、自己検閲が働いたりしなかったのか心配だ。というのも、ぼくはテレビ取材が日本、アメリカの順で多かったということを新聞で読んだからだ。世界の多くの観方は「中国経済がもっとも急成長する」としているが、人口の規模からしても、二十一世紀の早い段階で中国がGNPの上で日本を超えることが〝きわめて自然に〟起こりうる。だから中国情報は目を離せないとぼくは見るのだが。多分、クリントン大統領は五〇周年国慶節パレードのビデオを、右に経済担当、左に軍事担当を控えさせて終わりまで見たのではないか、とぼくは想像する。

南京はおいしいものを手軽に食べられるところではない。ぼくが尊敬していた人で、もう物故されたが、古家鴻三という俳人がいる。研究社の辞書部におられたが、清廉潔白の人で、晩年は東京大田区の質素な家に住んで予備校講師をしながら世界各地をおなじく俳人の奥様と歩くのを楽しんでおられた。その方が、過去の日本による侵略の事実から「中国は行くのがつらい。あすこはご馳走もゆっくり食べる気になれない」と言われたことがある。ぼくは古家さんほど立派でないから、おいしい中国料理を食べているあいだはほかのことを忘れている。南京でご馳走にありつけなかったことは、かえってよかったと思っている。

中国を歩いていて、どこか鄙びた村や町に着いて、〝まさかこんなところまで日本軍は踏みこまなかったろうな〟と思ったのに、あとで書物を通してその地域名がやはり日本軍の軍靴に踏まれていたと知って、とても嫌な気になることがある。

――千島湖――

千島湖（チェンダォフ）は日本の旅行会社がまだほとんどとりあげてない新しい観光スポットである。杭州から八〇キロ、車かバスで行くほかないが、途中の道路が一部整備が悪く、後輪が窪みにとられたりすると乗客は天井に頭をぶつけるほど飛びあがる。道路の舗装工事は行われているのだが、人海戦術というほどの人々がたずさわっているわけではない。

従来、まるで杭州の一部のような宣伝のされ方をしてきたが、杭州の西湖とは全然異なる。まず、千島湖は一九五九年に新安江水庫として建設されたダム湖であり、渓谷をせき止めているため水量は西湖の二千倍弱と桁外れである。隣の安徽省黄山の降水を一手に引き受けているくらいだから、実に奇麗だ。西湖ではモーターボートなどレジャー用は認められておらず、せいぜいエンジンつきパラグライダーが水面近くまで飛ぶ程度だが、千島湖ではモーターボートが勢いよく湖面を走り、また朝もやの中を漁船が帰ってくる。ここでも隣同士が独自性を発揮する試みがなされている。千島湖という呼び名も誇大ではなく、実際に学者に依頼して島数をかぞえたところ、一〇七八あったものだから、それにちなんで一九八三年に「千島湖」と名づけたそうだ。まさにできたての観光スポットである。

誇大といえば、日本には中国人はなんでも誇大に言うように考える節があるが、科学教育の進んだいま、そう思うのは偏見であろう。例えば「万里の長城」は日本ではそう言うが、中国人は単に「長城」（チャンチェン）と言うほうが普通だ。むしろ、道など聞いたときに、知らなくてもその場をとり繕って適当に答えるものだから、三人くらい聞いてからでないと方向ちがいだったりする。これのほうが困る。その点では、まだ科学が十分に大衆化しているとはいえないが。

千島湖は今後、若者に人気のあるような行楽地として発展するのでないか。沢山の百万都市を作って、農村から移住する人々を迎えようとしているが、ここもそうした人々の受け入れ先になりつつある。近傍の建徳市にはすでに大きな店舗やレストランが建ち、一本の通りに果物屋がテントを連ねているようなところもあり、生活の不自由を感じさせない。杭州からほど遠くないところに新発展地があることは、杭州が人口過剰になるのを防ぎ、環境保護にも役立っているようにぼくには思える。まさに、杭州が蘇州の轍を踏まないようにしてくれていると言ったら、蘇州のひとはなんと言うだろう。

この幻想的な山塊が杭州から手の届くところにあるということを杭州に住むまで知らなかった。

——黄山——

怪奇にして幽玄、中国大陸にしかない独特の風景をかもしだす桂林とか黄山(ファンシャン)は、ぼくは北部とか中西部のものと思っていたが、実はともに南部にあったのである。だからこそ冬にも訪れることができる。

それにしても、鉄道だといったん上海に出て、南京まで上がり、やや南に下がってとややこしく、時間もかかる。また、中国の長距離鉄道はうっかり硬席車に乗ったりすると、乗り心地がわるく、お薦めできない。木製の椅子は背当て部分が垂直に立っており、長時間座っているとひどく腰に負担がかかる。脚を伸ばそうにも前の人の脚に当たり、ままならない。観光は中国が競争力が強いと自他ともに認める分野であり、ぼくもその通りと思うが、残念ながら夜間長距離の硬席車だけは、寝台車はいいとしても、人間工学に反することははなはだしい。中国当局にぜひ改良をお願いしたいところだ。乗るなら軟席車のキップを手に入れねばならない。というわけで、鉄道で行くかぎり、黄山に行くことは射程内になかった。

ところが、ひょっとしたところから黄山行きが現実のものとして浮上してきた。

ある日、ぼくは浙江大学表門前の大通りを市中心部と逆方向に自転車で行ってみたのだ。そしたら、大通りが曲がるのとは別に、小さな舗装されてない道路が真っすぐ先に連なっているのが見えたので、誘われるように入っていった。果物を山積みにして売っている庶民市場が道の両側に開け、水の淀んだクリークがあり、その先には交通のはげしい広い通りが姿を現したのである。そこにバスの西站(西ターミナル)をみつけた。住んでこそわかる近道の発見であった。

建物の入口には、まるで蜘蛛の巣のように長距離バスの路線が天井ぎりぎりまで掛かる大きな地図にしてある。どこだったか記憶にないが遠い一本は西部のある町につながっていた。中国政府は各交通機関が儲かりそうな路線を自由に引いて、客も喜べば職業創出にもなるようなことを歓迎しているらしい。このバスが公営なのか民営なのか定かでないが、独立採算なのは確かだろう。と、ぼくは蜘蛛の糸の一本が黄山に伸びているのに目を留めた。

そうだ。二〇〇〇年の元旦に黄山で初日の出を仰ごう!

行程七時間、一日に三便くらいあるようだから、十二月三十一日朝には出発した方がよかろう。

朝七時に行った。もやが晴れて順調にバスが出るかと思っていたら、運転手が「大霧のため高速道路封鎖で、乗っていくバスがまだ到着していない」と言う。途中それほど高いところを走るわけもないのだが、中国ではときに杭州市街でも霧につつまれることがあるくらいだから、他の地域がそうあっても不思議ではない。「バスが出ないと給与が出ないから、われわれもつらいよ」と加えて言う。申し遅れたが、こういう話はちょっとこみいってくると、相手が日本人だと手帳を出し、筆談で伝えてくれる。一般に中国ではかならずしも雇用が安定しているわけでもないので、ちょっとした仕事をもった人はそれをとても大事にする。ここのバスの運転手はヘビースモーカーで髭面で体裁がいいとはいえないが、客には親切だし、待ち時間に営業の役も果たしたりもする。が、とにかく、朝の便がとりやめで一旦家に帰った。

午後になって再度学生楼を出た。今度は運行している。ただし、直行で黄山に辿りつく便はすでになく、大晦日のうちに着くには黄山市の中心地屯渓までバスで行き、そこからタクシーで黄山の宿につけることを車掌に勧められた。それに決めた。途中、浙江省の外れと思われるところで夕食の休憩があった。ぼくが店員のいない、置物などの売り場をのぞこうとしたら、運転手二人と車掌が別室で鍋を囲んで、「狗肉（ゴウロウ）だ。温まるぞ。一緒に食おう」と誘った。狗肉とは犬の肉のこと。席についたが、可哀想で犬肉は遠慮し、野菜だけすくって食べた。さすがに臭い。

かくして屯渓につき、着いたら車掌が「この人についていくとよい」と人を紹介してくれた。それがタクシーの運転手で、若くてネクタイをしめ、車も新車でこれまで見たこともないほど立派なものであるが、合弁の国産車であった。なんと手際のよいこと。携帯電話で連絡してあったらしい。すでに後席に女性が一人乗っている。ぼくは助手席に乗った。黄山に至る六五キロの山道も完璧な舗装道路であるが、明るくはない。こういうところはつとめて賑やかに話をするにかぎる。ところがこちらの四声音が少し悪いと、運転手に通じないのだ。そこをすかさず、後ろに乗っている女性が「それはこう言っているのじゃない」とカバーしてくれた。どうやら彼の妻らしいと判明。だから、黄山に着いて降りるとき、「あなたの奥さんはすばらしく頭のよい人だ」と思いっきり褒めてやった。

降りたところはバスの切符売り場を兼業している小さな宿屋であった。一六〇元という安さもあったし、今晩泊まれる場所をこれからさがす当てもなかったので即決した。ところが、である。夜中十時を過ぎたらシャワーの温水は止まる。おまけに暖房は来てないときてる。持ってきたパンを食べ、開水（飲料用に沸かした湯）を飲み、してベッドにもぐりこんだが、寒くて眠れたものじゃない。明日の初日の出に間に合うように起こしてもらうことになっている。非常手段として隣のベッドの掛け布団を全部はいで頭からかぶったのは、夜半を相当過ぎてからだった。

六時前、電話で起こしてもらうまでもなく、自分で起きて下に降りていった。カウンターは一晩中開いていたらしく、電話で車を呼んでくれた。まもなく、女運転手が運転するミニキャブのような車がやって来て、ところがぼくを乗せるのでもなく立ち去った。どうしたのかなと思っていると、先に山岳ガイドを乗せに行ったのだった。日の出は六時半ごろだから、こんな調子で間にあうものだろうかと思っていたら、キャブがたどりついた。そして、程さんという女性ガイドを紹介された。

暗い町をかなりのスピードで通り抜け、山道にはいり、止まったところは右側に崖のある地点。程さんは「黄山の頂上はいまからでは間に合いません。この峠は日の出を仰ぐ絶好の場所となっています」と言う。愛想のよくない女運転手からは一〇〇元請求された。この辺りをぶらぶらしてひたすら日の出を待つ。ぼくと同じように、二〇〇〇年の初日の出を見ようとしたのか、中国人のグループが大きなバンで登ってきた。

六時半、もうそろそろと思ったが一向に日の昇る気配がない。辺りはうす青く明るくなりはじめた。あきらめかけて、ガイドさんと道路を歩きだしたら、なんとはるかな山の頂きが一点、鋭く輝きだしたではないか。雲に覆われているが、その雲を突き破らんばかり。それから真ん丸な朱色の太陽が昇り綱をたぐるように抜けだし、今日の一日が始まった。七時をわずか回ったばかり。山の高さ分だけ遅れたわけだが、それはあたかも二〇〇〇年の元旦などまったく意に介していないかのような、太陽の振る舞いであった。

ぼくらはゆるい上り坂を歩いて、ロープウエイの入り口に来た。途中、早起きの人々が集団で針金の束や米の袋を運搬する作業をしていた。二人分の入山料、ゴンドラ料、ぼくのための保険料などかなりの額を支払ってゴンドラに乗る。黄山は峰々の塊だ。降りてみると、直方体に削った白い石を敷きつめた登山道が網の目のように走っている。二〇センチ×七〇センチ、高さ一五センチくらいの石を幅方向に二個ずつ並べて、やっと二〇センチ道が伸びるという、気が遠くなるような工事だったはずである。ロープウエイを使ったとしても、終点から現場まで一個運ぶのに屈強な男が天秤棒に二人ずつとりついてやっと果たしたことだろう。それは新中国建国後にやった事業であろうから、何十という峰々から成る黄山の全山に敷きつめる工事はさながら〝現代の長城建設〟に近かったと思う。実際、この日も男たちが太い番線運びに従事していたが、目的の場所まで何度も立ち休みして息を整えていた。南部とはいえ冬なのに、上半身は汗びっしょり、裸同然であった。ぼくはその姿をカメラに収めたいと労働者に許可を求めたが、断られたのであきらめた。だがこの石の登山道のお蔭で黄山は今日、子供や老人でも安全に好きなだけ登れるようになっている。

　さいわいこの日は冬にしては暖かく、この山に多い雨も降らなかった。歩くにつれて重畳たる峰々の姿が変わっていく。ほとんどが岩むきだしの尖塔のような形をしている。その所々に根を張るわずかなすき間をみつけては松の木がはえている。急峻はおろか、オーバーハングもある。奇にして怪。色は濃いグレイにわずかな茶をしのばせたと言うべきか。だが、山容をほとんど壊すことなく、かなりむずかしそうな峰にも登山道が這っている。

　主要峰は光明頂（一八四一メートル）、蓮花峰（一八六四メートル）、天都峰（一八一〇メートル）であるが、その他の峰々も当然名前はある。ガイド歴一〇年の程さんはすべて頭の中に入っているようで、ひとつひとつ名前とかいわれをていねいに説明してくれた。さらに自然の形象は猿とか獅子とか、仙人、仙女、石筍、観音、双猫、天狗、佛掌、語りあう翁などをイメージさせ、それなりの呼称をもつ。松の生え方にも男女の縁を掛けたものがある。しかし共通していることは、みな同種の岩石でできており、横の層ではなく、縦か斜めの層でできているということだ。まさに何億年の昔、地下のマグマがまるで腕を出すように地上に突き上げたそのままに固まったのだと言えよう。その意味では黄山はすべての人を地質学者の興味に誘ってくれる。ぼくが行ったシーズンは特有の雲、霧がなく、ふつう写真で見るような幻想的風景というより、V字型の谷底まで一直線に覗けるというものだった。引きずりこまれそうだった。壮絶というより凄絶と表現したい。

然り、黄山は正真正銘の世界遺産である——自然および文化の。

こんな山だから過去にも落ちた人がいたのか、要所にステンレスの金網が張ってあり、また鎖の柵が設置されてあるが、美観を損ねるほどのものではない。その代わり、公安官が巡回していて、登山者の安全に目を配っている。

程さんは写真を撮ったり、立ち止まったりするぼくの動きを辛抱強く待ってくれた。ガイドがいなくても歩けるように道は整地してあるが、不規則につらなる峰々を訪ね歩くのに、同じ経路にまぎれこまないためには、ガイドの存在はありがたかった。おそらくこの山塊の三分の二は歩いたのではないか。だが、ぼくは途中からひどく脚が重くなった。見かねた中国人のおばさんが、程さんに「おいくつなの」と聞いたくらいだ。普段ならなんでもなかった。だが昨晩、寒いなかで二時間くらいしか眠れなかったのがこたえた。安宿に泊まったことを後悔した。

「今度の四月ごろ、また来てみてください。全然別な黄山を見られますよ」

程さんは言った。〝別な黄山〟とは、あの真綿のような雲の上にそびえ立つ、遠近のある、幻想的な黄山のことである。神社の境内のような石畳は、雨が降っても、雨合羽を着て滑らないで山水画のような景色を愛でながら歩けるような工夫なのであろう。

今夜も一泊しなくてはならない。バスがないからだ。昨夜の宿には戻りたくない。現金が不足して、中国はトラベラーズチェックがほとんど使えないので困った。頼みは予備にもってきた百ドル紙幣一枚である。程さんに聞くと、中国銀行が山中に出張所をもっているという。なんと北海賓館という日本人観光客がよく泊まる一泊一〇〇〇元以上するホテルのすぐ前だった。百ドル紙幣は八〇〇元になり、程さんへのお礼もすませた。癪なのは、今朝のミニキャブのこと。タクシーで二〇元くらいで行ける距離を一〇〇元請求したのだ。そして安かろう悪かろうがバス停前の宿だ。程さんは、自分が紹介してもらっただけに、帰りのタクシーをそこへ寄せざるをえなかったが、「今夜はいい部屋をご用意してあります」という係員の誘いにもぼくは頑としてことわった。そして三五〇元で二四時間お湯が出るというホテルに泊まった。浴槽もついていてつかることができ、外出しては現地の山菜を使った夕食をとり、くつろぐことができた。のちに「安徽の人間はがめつい」という言葉を聞いたことがあるが、ぼくは印象深いとても真面目な人にも会っているし、両極端なのかなと思っている。

この章を閉じるにあたって、どうしても言っておきたいことがある。

十五年戦争の途中からだ。ぼくが育った杉並の家の隣家を拓殖大学が借りきって学生寮にしていた。「東盟塾」と呼んだ。ぼくらは小学校低学年。若い学生たちの発散する汗の臭いにひんしゅくしながら、よく遊びに行った。ぼくらは彼らを誰彼かまわず〝オッス〟と呼び、「オッスと相撲とったよ」という具合に話題にしていた。彼ら同士の挨拶が〝オッス〟だったからだ。戦争は拡大して当時のよび名で大東亜戦争、つまり太平洋戦争に突入した。ぼくは長野県に集団疎開した。五年生のときだ。これから後は、おふくろから聞いた話である。

戦争がだいぶ進んだ、おそらく昭和十九年のことだとおもうが、東盟塾の留守中に、少数の私服が訪ねてきたというのだ。彼らは勝手に上がりこんで、物品をいじりまわしたあと、隣家のぼくの家に来て、おふくろに尋ねたそうだ。

「学生たちの様子はどうですか。なにか変わったこととしてませんか」

「いいえ、いいえ。とってもいい人たちですよ」

「そういう連中にかぎって、逆に問題があるものですよ」

彼らは特高警察かなんかだったのだろう。その日は、それで帰った。

それから間もなくして、ひとりの学生がおふくろに挨拶にきた——肩には名前を書いた大きな襷《たすき》を掛けて。菅江さんというたしか滋賀県出身で、そのときの〝寮長〟だった人だ。

「私に〝赤紙〟が届きました。征ってまいります」

「それはまた突然に。ちょっとお待ちなさい」

急いでおふくろは台所に戻り、どんぶりにあるだけのご飯を盛り、急遽とっておきの鮭の缶詰を切って思いっきり上からかけ、菅江さんに供した。

菅江さんは喜んでたいらげ、「ああ、旨かった」と言って、出ていかれたそうだ。

〝菅江さん戦死〟の報がとどいたのは、それから何日も経たなかった。

おふくろはそのとき庭で草取りをしていた。草を取ったあとの地面に涙がとめどなくこぼれ、涙は止まらず、そこ一帯の地面を黒くぬらした。

〝フィリピンのバシー海峡で潜水艦にやられたらしい〟という噂がたった。

それからたて続けに二人目、三人目の学生に徴兵令がとどいた。そして、還らぬ人となった。全部〝寮長〟だった。

この後はだれも寮長になり手がなくなった。学生たちは皆すさんで、大道で糞便をたれるなどの奇行が目立った。

ぼく自身、菅江さんのことをよく覚えている。

勉強家で、毎朝早起きし、鬱蒼と樹木が繁った隣家の庭で、小鳥のさえずりのように中国語を朗読していた。ぼくもいま中国語を末席で学んでいるひとりだが、当時の菅江さんの域はぼくなんかと比較にならないところに到達していただろう。

そこで思うのだ。日中国交回復は昭和四七年＝一九七二年だから、菅江さんが生きていたらまさに大活躍する舞台がちょっと先に整っていたということだ。こんな死に方をして、とても無念であったろう。日本という社会にとっても、おおきな損失であった。

戦争は二重にも三重にも残酷なものである。

あとがき

ぼくは「わが人生に悔いあり」だらけの人間である。

ぼくのこれまでの人生で、なかでももっとも長く過ごしたのはサラリーマン生活である。それは二十数年に及ぶものだが、そこには二つの意味で〝不甲斐なさ〟を感じる。一つは、日本全体を〝海〟のように覆うシステムであるにもかかわらず、そこに働く人々から気持ちよく活力を引き出すものになっていない実態。能力、実績よりも人脈、組織への従順が重視されるタテ社会。しかし、個人の力ではそれを壊すことも改造することもできなかったということ。もう一つは、仕事の分野が自分にとって適職であるか疑問であったにもかかわらず、経済の下降局面に入るとともに、罷めるわけにもいかず、定年まで来てしまったことだ。

しかし、兎も角も年金を手にすることはできた。自分の過去をやり直すいい機会だ。もう今度こそこのチャンスを無駄にしないぞ。これ以上人生を取られまいぞ。すでに六〇歳の足音が聞こえだす頃から、ぼくは自分のカネを使い、自分の意志による選定で「留学の旅」に出てみようと思っていた。いわば〝留学という名の漂流〟である。そしてついに、ロシヤ、カナダ、中国と三カ国に住む結果となってしまった。

とは言っても、家庭がある。妻は働いていたし、子供はまだ学生だった。いわば家の中は賑やかだった。家事の忙しさはあったが、妻はぼくの希望を認めてくれた。というよりも、引き留めて止めるひとではないと思ったのかもしれない。今になってみると、この時期を外して行けたかわからない。子供は自分中心になり、妻は退職しても体調がよくないとなると、ぼくのわがままは通ったろうか。あとはおカネのことである。しかし、外国は住んでしまうとそんなにカネのかかるものではないとわかった。この点、ぼくは、円安局面に入っても、つねに〝円は円高である〟という実感をもっている。留学生は住居が保障され、ホテルに宿泊する旅行と全然ちがう。結果として、授業料、宿泊費、航空運賃を含めた総額が、日本で日常的に暮らすのと大差なくなる。それなら、毎日生き生きできるほうがよい。

最近は、中高年女性の留学の話も耳にするようになったのは、嬉しいことである。

行って、ぼくは解放感にひたった。留学先ではどの国も、努力することがそのまま認められ日本の暮らしで久しく絶えてなかったことだ。外国の自然、人間、文物にリフレッシュされ、日本の良さも悪さも見直すことができた。

ぼくの行った三国はそれぞれに特長をもった国であった。

ロシヤは味わい深い国である。そこに住む人々の人情は厚い。しかしまた、粗暴なひともいる。かつて海洋学者の日高孝次教授が「各国のひとびととつき合ってみて、ロシヤ人がいちばん気持ちがいい」とおっしゃったことがある。にもかかわらず、ロシヤが北方四島を不当に占領し続けることが、日本人の心情を傷つけていることを理解しないのは不思議だ。戦後世界のあり方からして、ロシヤの〝近代化〟を問うものであろう。解決すれば、日ロ関係に大発展が開けよう。悪いと言われた経済面でも、このところ持ち直しているが、外国からの投資などの流動性をそこなうのは、ロシヤの得策にならないはずだ。しかし、文化交流などはつねに持続させたい。石油問題などで再浮上の可能性もある。

カナダは自然の豊かな国である。そして市民レベルの民主主義の発達した、大人の国である。人々のマナーはよく、微笑をたたえている。広大な割に地平線の見えるところは少ないが、それだけに緑と水に恵まれている。ピーマンやニンジンが生食して旨いのも水のせいだろう。ぼくの行っているあいだに、フランス語を日常語とするケベック州の独立運動の動きがあったが、「独立すればひとりでやっていけないから、水資源を当てこむ米国に併合されてしまう」と言ったカナダ人がいた。オイルサンドなど次世代有望資源も豊富にある。人口不足が課題だが、この理想郷を壊さないペースで移民を受け入れることが求められるように思う。

中国は活力の国である。今後どう発展するか、目を離せない。日本一国から戦争のひどい痛手を蒙りながら、報復主義をとらなかったことを重く受け止めたい。しかしまた、日本の経済援助も意義あった。いまは粗削りな青年の国だが、同時に五千年の歴史、そして人類や生物の発達の跡を呑みこむ大地を擁している。一三億の人々の生活向上とともに、トータルの経済力が日本を上回る日がきわめて自然にやってくるだろう。それはアジアの行方の鍵を握る。過去の反省のうえに立って接すれば、日本の「一村一品運動」などを介して更に交流が深まろう。

ただし、日本国内での中国人犯罪は憂慮すべき状態にあり、中国政府の協力もえて直さないと、いけない。黄砂や亜硫酸ガス、砂漠化現象など共同して当たる課題もある。民衆の学習意欲も旺んなだけに、さまざまな分野でなにがとび出してくるかも、興味深い。

ここでおふくろのことにふれることをお許しねがいたい。明治三十七年、長野市生まれ。昔、鈴木三重吉がおこした児童文学誌「赤い鳥」に伊藤百代の名で二度作文を掲載されたことがある。戦争中、うちの兄弟は当時中学生までいたから、気が気ではなかったろう。クリスチャンの家庭に育って、戦争の行く末もかなり正確に読んでいたようだが、子供にもそれは言わなかった。そして戦後、社会活動の機会こそなかったが、つねに精神活動活発で前向きに生きるひとであった。一九九九年に九五歳で他界した。生前、この書が届かなくて、残念だ。

おことわり。地名について「ロシヤ」「ヴィクトリア」は原語のつづりに近い表記とし、その他は「バンクーバー」など一般に慣れた表現を使った。外国語の複合語をカタカナつづりにするとき入る「・」は、姓名以外では「トラベラーズチェック」などなるたけ一綴りにした。

外国語文について、中国語の横浜朋友会李敬敏先生、日本ユーラシア協会横浜ロシア語教室東ガンナ先生、その他ネイティブの方に要所で助言をいただいた。本書発刊にあたっては、文芸社企画担当奥山喜裕氏、編集担当若林孝文氏に格別お世話になった。それぞれの方々に深く感謝いたします。

二〇〇二年八月

旅山端人

著者プロフィール

旅山 端人（たびやま たんじん）

1933年東京生まれ。

早大文学部卒後、東北地方の高校英語教員、関東で素材メーカー現業、市場調査など事務サラリーマンをつとめ定年。

1995年ラバウルにて
ピースボート南太平洋を行く

漂々三国留学記

2002年8月15日 初版第1刷発行

著 者 旅山 端人
発行者 瓜谷 綱延
発行所 株式会社 文芸社
〒160-0022 東京都新宿区新宿 1-10-1
電話 03-5369-3060（編集）
03-5369-2299（販売）
振替 00190-8-728265
印刷所 株式会社 フクイン

ISBN4-8355-4202-9 C0095